1984 台文版

George Orwell

周盈成―――譯

IT KIÚ PAT SÙ

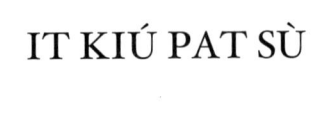

目 錄

I ……………………………………… 5

II ……………………………………… 125

III ……………………………………… 269

附錄　新講原理 ……………………………………… 361

譯者ê話 ……………………………………… 379

I-1

4月一个寒清好天ê日子,時鐘霆13點,Winston Smith共下頦勾倚胸坎,閃覕歹毒ê風,伊躼過勝利大樓ê玻璃門,跤手緊猛,猶是去予一卷塗沙粉綴伊走入來。

巷路ê氣味敢若煮過ê高麗菜濫舊布苴仔。一頭ê壁頂有釘一張彩色海報,展佇室內有較大。頂頭kan-na一个大大大ê人面,較闊一公尺。He是一个45歲左右ê查埔人,頂脣鬚厚koh烏,鼻目喙有寡性格ê緣投。Winston向樓梯行,電梯試都免試,上順序ê時mā罕得會振動,tsit站ê日時,電規氣切掉矣,因為當咧備辦「仇恨週」,著減省。Winston蹛ê厝間愛peh七節樓梯起去。伊今年39歲,正跤目較頂懸有靜脈爛瘡。伊慢慢仔行,規路歇幾若改。佇每一層平台,電梯ê正對面,大个面ê海報就uì壁頂金金看落來。Tsia-ê相有專工設計,目光會綴你徙位。相ê下跤一逝字講:**大兄哥咧共你看。**

佇厝間內,有一个飽水ê人聲咧唸規捾關係生鐵生

1984

產ê數字。聲音來自一塊長篙形ê金屬枋,若像暗霧ê鏡,鬥佇正手爿ê壁頂。Winston搝一粒開關,音量小降--lueh,猶是逐字聽有。Tsit个裝置號做「千里幕」(telescreen),聲會當挼細,毋過禁袂掉。Winston行去窗仔邊,玻璃照出伊細漢、茈身款ê體格,伊穿連褲ê藍色作穡衫,tse是黨ê制服,予伊看著koh較薄板。伊頭毛金sih-sih,面血色自然。皮膚粗粗,是bái質ê sap-bûn、無利ê喙鬚刀和拄才收尾ê寒人剾--ê。

窗仔關咧,猶是看會出來外口真寒。下跤ê街路,捲螺仔風細細仔一陣一陣,共塗粉和破字紙絞咧飛。日頭光炎,天青kah tshàk目,煞若像一切lóng無啥色水,kan-na hit張貼kah滿四界ê海報例外。Hit个留烏頂骻鬚ê人面,uì每一个優勢ê方位看落來。正對面ê大樓壁頂就有一張。親像圖說講--ê,**大兄哥咧共你看**,兩蕊烏目睭深深仔tsîn入去Winston ê眼底。路邊koh一張,一个角hiauh起來矣,佇風中擽咧擽咧,「英社」(INGSOC) ê字liâm-mi無去、liâm-mi koh出現。遠遠一隻直升機佇厝尾頂之間飛低低,佇空中停一下,若青胡蠅,隨koh翸一个大彎,射tuì別位。He是警察咧巡邏,siam對人窗仔內。總是tsit款巡邏無打緊,有打緊--ê是思想警察。

佇Winston尻脊後,千里幕ê聲koh咧唸,講生

鐵，講第九个三年計畫超標達成。千里幕會仝時接收佮放送，Winston出啥物聲，只要是小較超過輕聲細說，lóng會予tsit台機器聽去。毋但按呢，只要伊踮佇tsit塊金屬枋ê視野內底，mā會予看去。當然佇任何特定時陣你lóng無地知影敢當咧hőng監視。思想警察偌捷抑用啥方式接線去探查啥物人，予你臆。甚至mā會當料想個透暝規日咧共所有ê人監視。橫直個若欲愛，隨時會當切入去恁兜ê線路。日常生活中，你就愛假設你lóng會hőng偷聽；除非是暗眠摸，mā lóng會hőng偷看。眾人也確實按呢過日，習慣成做本能。

　　Winston保持尻脊骿向千里幕。按呢較安全，雖罔伊誠知背影mā是會漏洩訊息。一公里遠ê所在，真理部懸大ê白色大樓徛tshāi佇規片牢垢ê地景頂頭，he是伊上班ê所在。Tsia--ah，伊想著略仔起反感，tsia就是London，第一跑道（Airstrip One）ê首府，第一跑道是海洋國（Oceania）人口排第三ê省。伊想欲tsik一寡囡仔時ê記持出來，鬥確認London敢是自早就生做tsit款。Uì tsia看出去，規片漚古ê 19世紀舊厝，邊仔用大枝柴楎咧，窗仔用紙枋、厝頂用波浪鉛鉼補kah一塊一塊，亂操操ê花園牆圍東倒西歪，另外一爿hőng爆擊過ê所在，灰塗烌佇空中趄飛，草仔花佇規堆ê磚仔頭頂面生湠。Tsit款光景，敢是從到tann lóng仝

1984

款?Koh有hia,he炸彈炸出來ê大塊空地頂頭,起kah一簇一簇、袂輸雞牢ê lâ-sâm椅家咧?毋過無效,伊想袂起來。伊ê童年啥物都無賰,只有一堆發光ê畫面,無背景,mā㑑得理解。

真理部用新講(Newspeak)叫做真部(新講是海洋國ê官方語言。關係新講ê結構佮詞源學,請看附錄)。Tsit个機關ê大樓和眼前所有ê物體天差地。He是一棟懸拄天ê金字塔型紅毛塗建築,一坎koh一坎,疊kah 300公尺懸,外觀白siak-siak。Winston徛佇tsia,拄好讀會著用優雅字體寫佇白壁頂的黨標語,三句:

戰爭就是和平
自由就是奴役
無知就是力量

聽講真理部大樓地上有3000个房間,地下mā有相對應ê複雜規模。以外通London tsit款外型佮寸尺ê建築物kan-na有三棟。四棟分佈佇無仝跡,箍圍所有ê建築相比lóng加足矮,所致uì勝利大樓頂tsit四棟lóng看會著。Tsit四个所在就是分伻政府全部功能ê四个部:真理部擔當新聞、娛樂、教育佮藝術。和平部管戰爭。

I-1

慈愛部維持法律佮秩序。冗剩部負責經濟事務。四个部ê名稱，用新講各別叫做真部、和部、愛部佮冗部。

慈愛部是真正恐怖ê衙門。Hia規棟連窗仔都無。Winston毋捌去過內底，連四箍圍仔半公里內也毋捌行跤到。Tsit个所在若毋是為公事無可能會得入去。去mā著先經過規片鐵刺網ê迷宮、一扇koh一扇ê鋼門、張機關銃ê掩窟。連週外沿路鬧ê街路頂，mā lóng有穿烏制服、面若大猩猩ê警衛攑警棍咧巡。

Winston雄雄越頭。伊已經換一个恬靜樂觀ê面腔，tse是面對千里幕上妥當ê表情。伊行過房間，到細細間仔ê灶跤。佇tsit个時間離開部裡，食堂ê中晝頓就是放棄矣，伊mā知影灶跤kan-na賰一大塊烏pháng，愛留咧做隔工ê早頓。伊uì架仔頂提一矸無色ê液體落來，白色標仔頂寫「勝利牌tsín酒（gin）」。Tse酒發散歹鼻ê油味，親像中國米酒。Winston斟一甌欲滇，神經繃絚，像啉藥仔hit款，做一喙共kiat--lueh。

伊面隨紅，目睭出水。Tsit-hō物若硝酸，吞--lueh ê時袂輸後擴去予橡奶棍仔hmh一下。好佳哉，liâm-mi伊腹肚內ê燒疼就轉和，世界mā開始變彩色矣。伊uì一个jiâu-pheh-pheh ê薰lok仔攑一枝「勝利牌紙薰」出來，無細膩共提坦直去，薰草落kah規塗跤。提第二枝才好勢。伊行轉去客廳，佇千里幕倒爿ê

1984

一塊細塊桌仔邊仔坐落來，uì雇仔提一枝筆桿、一罐墨水，佮一本厚厚ê白紙簿仔出來。簿仔寸尺略仔較大普通雜誌，有大理石紋ê封面佮紅色ê封底。

毋知是按怎，客廳tsit台千里幕ê位置無啥正常，照講應該愛安佇較遠hit堵壁，才通監視規个房間，煞安佇正對窗仔、較闊ê tsit堵。壁ê一頭有一个淺淺ê lap窩仔，拍算是起厝ê時本底欲留咧安冊架--ê。坐佇tsit个所在，坐較後壁咧，Winston就通覗佇千里幕ê視界外口。當然千里幕猶是聽伊會著，tsóng--sī只要伊照按呢踞佇tsia，就袂予看著。伊tsit-má欲做一件代誌，當初就是有予室內tsit个特殊ê地形點著，才想欲做。

共點著--ê，koh有伊拄uì雇仔提出來ê簿仔。Tsit本簿仔有奇巧ê媠。奶油紙幼koh滑，年久有小可仔黃去，tsit款紙足久無咧生產矣，上無有40年，毋過伊臆tsit本簿仔koh較有歲，加真老。伊當初是佇城市某一个已經袂記得是佗ê散赤區，看著tsit本簿仔the佇一間細細溫溫ê舊貨仔店ê窗仔內底，隨去予哐著，袂禁得足想欲挃。黨員照講是袂使入去普通ê商店（he叫做「佇自由市場交易」），毋過tsit條規則並無嚴格執行，總是有濟濟項物仔，比論講鞋帶抑喙鬚刀片，別位無地入手。伊緊氣共街仔頭尾lió一下，顯入去店

10

內，開兩箍半共hit本簿仔買起來。Hit陣伊猶無想著欲愛tsit本簿仔有特別欲創啥。伊kânn罪惡感共物件hē kha-báng紮轉去厝。雖然簿仔內無半字，持有tsit个物件猶是不止仔冒險。

伊tsit-má欲做ê代誌，就是開始寫日記。Tse並無違法（無啥物是違法--ê，因為根本已經無法律矣），毋過若hőng tsang著，合理研判會處死，上無mā會掠去勞改營跔25冬。Winston共一粒筆尖鬥起去筆桿，koh小含一下去油。Tsit款筆是古早味ê家私，tsit站連簽名都罕得用，伊煞掩掩撐撐真無簡單去買著一枝，只不過是伊感覺tsiah-nī嬌ê奶油紙值得用正港ê筆尖來寫，毋是用墨水筆清彩抓。窮實伊袂慣勢手寫。除起足短ê筆記，普通lóng是喙講，予「講寫機」聽寫出來，tsit-má tsit件代誌當然袂用得。伊攑筆搵墨水，躊躇一秒，腹內tsùn一下。落筆佇紙頂是決定tik ê行動，伊寫--lueh，字細細，bái才bái才：

1984年，4月初4

伊擋恬，透底ê無助感罩踮身軀頂。首先，伊並無確定tsit-má是1984年。拍算是tsit跤兜無毋著，起碼伊相信家己今年39歲，並且是1944抑45年出世。只不

過目今欲佇一兩年範圍內精準指一个日期，根本無可能矣。

無張持一个疑問puh出來：伊寫tsit个日記，是為著啥人？為著未來、為著猶未出世ê人？伊ê心思佇紙頂hit个可疑ê日期頂頭躊一時仔，去碰著新講ê一个詞，號做**雙想**（doublethink）。伊tsit-má才了解伊手頭tsit件代誌ê重量。一个人欲按怎和未來溝通？生本就無可能。未來若是和現時仝款，就無人會聽伊講話；若是和現時無仝，伊ê困境對後人就無意義。

伊坐咧，gōng-gōng仔相hit頁白紙有一睏仔。千里幕ê放送已經換做噪人耳ê軍樂。講來怪奇，伊毋但親像失去表達家己ê能力，連本來欲寫啥mā袂記得矣。為tsit个時刻伊已經準備幾若禮拜，想都毋捌想過除起勇氣，敢koh有需要啥。寫字本身應該真簡單，只要共已經佇伊頭殼內流動幾若年hia-ê袂了盡、ngiàuh-tshī-tshah ê心內話抾去紙頂就好，tsit時煞連hia-ê心內話都焦洘去矣。伊ê爛瘡koh癢起來，伊毋敢去抓，見抓見發癢。時間一秒一秒過去，伊ê意識內煞kan-na面頭前紙頁ê空白、跤目頂皮膚ê癢，佮hit杯酒起致ê一屑仔茫。

雄雄伊佇驚惶中起筆，連家己咧寫啥都無kài清楚。囡仔款ê細細字潦草掖kah規紙頂，頭起先是愛大

寫ê字母無大寫，落尾連句點mā揤揀矣。

1984年，4月初4。昨暝去看電影。Lóng戰爭齣。有一齣足讚--ê是做一隻滿滿難民ê船佇地中海啥物所在hōng轟炸。觀眾看著一个大箍查埔人著銃ê時看kah暢kah，一隻直升機咧共逐，伊想欲suan，佇海裡拍翸若一隻海豬仔，下一幕伊出現佇直升機ê瞄準鏡內底，koh來伊就規身軀全銃子空，邊仔ê海水轉粉紅仔色，伊隨沉--lueh，袂輸是uì hia-ê空進水，觀眾那看伊沉那笑那大聲喝咻。koh來是一隻救生艇，滿滿囡仔，頭頂有一隻直升機咧踅。一个若像是iû-thài人ê中年婦女坐佇船頭手抱一个量約仔三歲ê查埔囡仔。囡仔著驚吼kah足悽慘，共頭藏入去婦人人ê胸坎，親像想欲nǹg入去伊身軀內。婦人人共囡仔攬牢牢共安慰，家己已經驚kah面青恂恂猶是全力保護囡仔，袂輸叫是家己ê手股通替伊擋銃子。koh來直升機擲一粒20公斤ê炸彈落去tsit陣人中央驚人ê閃光規隻船隨碎做柴幼仔。然後是足厲害ê鏡頭hit个囡仔ê一肢手飛起來向空中愈飛愈懸愈懸愈懸，若像鬥佇直升機鼻頭ê攝影機綴咧共翕噗仔聲uì黨員席催出來佇普魯仔席ê一个查某人煞跳出來吵喝講無應該搬tse無應該佇囡仔面頭前按呢毋著無應該予囡仔看tse到警察共㧎共㧎出去我想伊應該是無按怎無人要意普魯仔

1984

講啥典型普魯仔ê反應個從來毋捌……

Winston寫kah糾筋，伊停筆，家己mā毋知影是按怎倒tsia-ê規大港ê五四三出來。毋過奇--ê是：伊那寫，一段完全無仝款ê記持，意義煞佇心內明顯起來，明kah伊強欲感覺會當共寫落來。伊tsit-má了解，原來就是tsit个事件，才予伊臨時決定欲走轉來厝裡，開始寫日記。

He是今仔早起佇部裡發生--ê，準講hiah-nī茫渺mā算有發生啥。

He是咧欲11點ê時，佇Winston上班ê記錄司，逐家共椅仔uì各人辦公ê小隔間搬出來大廳，正對大台千里幕排排做伙，準備欲進行「兩分鐘仇恨」活動。Winston佇中央排拄欲坐落來，意外看著兩个伊會認得、毋過毋捌講過話ê人行入來。一个姑娘伊不時會佇巷路拄著，名毋知，kan-na知影是小說司--ê，大概是咧維修小說寫作機ê款，因為有時仔看見伊手沐kah油油，koh紮一枝扳仔。姑娘在膽款，27歲hia，頭鬃烏koh濟，面有雀斑，跤手扭掠，敢若運動員。伊ê腰纏一條代表「青年反性聯盟」ê大紅彩帶狹狹，箍幾若輾，綴度拄仔好表現出伊ê翹尻川。Winston自頭一擺看著伊就討厭，理由伊心內清楚，因為tsit个姑娘規身

驅黨味，予人想著棍仔球場、冷水游泳池、團體遠足，總講就是純潔思想hit規套。Winston討厭女性，特別是少年koh嬌--ê。自來lóng是查某人，尤其查某囡仔，對黨上死忠、對口號上信篤、上愛做抓耙仔、上勢鼻揣異端。Tsit个姑娘予伊ê印象koh特別危險。有一改佃佇巷路相閃身，對方斜目共影一下，he眼神若像共伊看透透，害伊一時強欲破膽。伊甚至有想著姑娘檢采是思想警察ê密探。Tse實在講無啥可能。Tsóng--sī只要tsit个查某佇附近，Winston就誠袂四序，心內驚惶濫敵意。

另外是一个查埔人，號做O'Brien，是內黨部（Inner Party）ê成員，職位真重要ê款，只是到底是咧做啥，以Winston ê層級來講傷過離遠，知若毋知。眾人佇坐位邊仔看著穿烏色制服ê內黨部成員行過來，隨一个一个恬去。O'Brien漢草大欉koh勇，頷頸大箍，面容粗魯若歹人，煞koh有詼諧款。雖然外型強勢，伊ê行放有相當ê迷人特質。伊共目鏡佇鼻仔頂抍正ê手勢，講袂出來是按怎，就是足優雅斯文，會予人uì心內解除防衛。若是猶koh有人心思較古典--ê，甚至會聯想著18世紀ê貴族共鼻薰篋仔提出來請人用ê風度。Winston十捅年來mā tsiah看過O'Brien十捅改，誠受伊吸引，毋但是因為O'Brien斯文人ê氣質佮拚獎

1984

金拳手ê體格反差有夠大，koh較要緊--ê，是伊偷偷仔相信，或者講只是希望，希望O'Brien意識形態mā並無hiah純正。定著是按呢，看面就知。話講倒轉來，凡勢寫佇O'Brien面仔--ê mā毋是異端，只是聰明。毋管按怎，看O'Brien ê外表，你會感覺若是覕會過千里幕，在場睭你佮伊，你佮tsit个人會當有話講。Tsit个料想敢著，Winston試也毋捌小試過，實際上mā無法度。Tsit時，O'Brien看一下仔手錶，欲11點矣，明顯伊決定欲佇記錄司度過兩分鐘仇恨。伊佇Winston tsit排離伊無偌遠ê椅仔坐落來。兩人中央koh有一个小樣、頭毛沙仔色ê查某人，是Winston小隔間ê厝邊。烏頭毛ê姑娘就坐佇Winston尻脊骿後壁。

Liâm-mi，一个若破雞筅ê人聲uì壁頂ê大台千里幕piak出來，袂輸巨獸機器無針油咧紡，予人聽著喙齒痠，頷頸後ê毛mā徛起來。仇恨起鼓矣。

和自來仝款，人民公敵Emmanuel Goldstein ê面閃現佇螢幕頂。規大廳ê觀眾lóng共催落氣。Hit个細粒子、沙仔色頭毛ê查某面色驚koh gê。Goldstein是一个反背者佮反動份子，足久、無人會記得是偌久ê久以前，伊是黨ê頭人之一，倚欲和大兄哥平坐徛，煞去舞反革命，hőng掠著判死刑了後，koh真神祕來溜旋，失蹤去矣。兩分鐘仇恨ê節目逐日無仝，毋過無一

擺毋是Goldstein做主角。伊是排頭名ê叛徒,頭一个將黨ê純潔性汙染ê人。自伊叛亂開始,所有反黨ê罪、一切反背、破壞ê行為、任何異端佮偏差,lóng是伊教出來--ê。伊猶koh活佇世界ê某乜所在咧策畫陰謀。人可能佇海外受外國金主保護,也可能像風聲講--ê,猶koh覕佇國內ê祕密巢窟。

Winston膈肉糾束。逐擺看著Goldstein ê面,伊就無法度無感受著痛苦ê情緒攪滥。Goldstein ê面焦瘦無肉,Iû-thài人ê型,頭毛白kah若一个光箍,koh留一撮羊犅鬚。看著真巧,煞也足卑鄙款。長長狹狹ê鼻仔老番顛款,頂頭khuè一支目鏡。規个面生kah若綿羊,講話聲mā成。螢幕頂ê Goldstein照例咧對黨ê主義發動惡毒ê攻擊,罵kah真超過,連囡仔mā聽會出來咧烏白講,煞koh若像有一寡歪理,拄好通予人煩惱比家己較無冷靜ê人會予騙去。伊嗌罵大兄哥、批判黨內獨裁,主張即時和歐亞國和談,koh鼓吹言論自由、出版自由、集會自由、思想自由,咻kah袂輸起痟,講革命予人出賣矣。伊講話足緊,用ê詞脹脹長,刁工學樣咧孿黨內演說家慣勢hit套,甚至新講ê詞用kah比任何黨員日常koh較濟。伊ê大頭後壁ê背景是歐亞國ê大軍咧行進,一排koh一排,行袂煞。用tsit款畫面ê目的,是防止有人猶是認袂清現實,予Goldstein以假亂真ê

1984

喙花迷去。影片內ê兵逐个漢草結實，亞洲面完全無表情，一排tshînn到螢幕表面消失，跤後koh來一排一模一樣--ê。軍靴tsàm塗跤ê單調節奏做底，疊Goldstein ê羊仔聲。

仇恨開始未曾30秒，廳內過半ê人就已經風火壓袂牢，大聲嚷罵。螢幕頂頭hit个自認高明ê羊仔面，佮伊背後歐亞國大軍ê可怕武力，實在是予人袂堪得。其實kan-na看著抑是想著Goldstein，就夠通予眾人憤慨佮驚惶夯起來矣。比起歐亞國抑是東亞國，Goldstein是koh較固定ê仇恨對象，畢竟若當海洋國咧和其中一个強權相戰ê時，大體tik和另外一个相安無事。毋過奇怪--ê是：雖然逐家lóng厭恨Goldstein，看伊無目地；雖然伊ê主張逐工、而且是逐工無數改，佇講台頂、千里幕、報紙佮冊內底hőng駁斥、hőng修理、hőng訾相、hőng當做糞埽倒佇眾人目睭前現世，伊ê影響力煞敢若lóng毋捌減。隨時lóng有新ê戀人等咧予伊拐弄，每日lóng有受伊指令ê透仔抑創空--ê去予思想警察tsang著，毋捌一日無。伊是一支烏影大軍ê總司令，指揮一个地下ê陰謀網，目標是將國家捽píng過。Tsit 个陰謀組織聽講號做兄弟會。Koh有風聲講有一本傷天害理ê冊，內底綜合一切邪說，暗中四界流傳，作者正是Goldstein。Tsit本冊無冊名，準若罕罕仔有人提

起,也kan-na稱呼**hit本冊**。Tsia-ê代誌lóng是霧霧ê謠言咧傳niâ。毋管是兄弟會抑是**hit本冊**,一般黨員會當免講起就袂去講起。

第二分鐘,仇恨夯到失心癲ê狀態。眾人跳懸跳低,使死力喝,想欲共螢幕頂he使人掠狂ê meh-meh聲壓落去,沙仔色頭毛ê查某面脹紅,喙開咧合咧,若魚仔上岸。連O'Brien mā規个面紅絳絳,伊佇椅仔頂坐thîng-thîng,勇壯ê胸坎膨起來,那tsùn,敢若是咧出力抵抗大湧擊拍。Winston後壁hit个烏頭毛ê姑娘利聲叫:「精牲!精牲!精牲!」無張持共一本厚厚ê新語詞典khian tuì千里幕,拄好著Goldstein ê鼻仔,彈去邊仔。話聲接續,無受影響。有一睏仔Winston頭腦反醒,發見家己和眾人做伙咧喝咻,跤後蹬koh大力tsàm椅仔杆。兩分鐘仇恨恐怖ê所在,毋是人規定你愛搬一腳,是你無可能毋同齊。免kah 30秒,演都無需要演矣。驚惶參怨恨大爆發,到痴狂ê地步,想欲刣人、共人凌遲、用摃槌仔共人ê面hám予碎。Tsit款慾望若電流,眾人予電kah袂控制,總變做橫肉面、吱吱叫ê瘖人。毋過個所感受ê tsit種憤怒只是抽象、無方向ê情緒,若點火銃ê火,會當燒tsit个物件,mā會當斡去燒別个。一時仔Winston ê仇恨毋指對Goldstein,煞踅頭去對準大兄哥、對準黨佮思想警察。伊ê心走去

1984

和螢幕頂hit个予人恥笑ê孤單異議者仝國，tsit位才是白賊世界內底唯一咧保衛真理佮理智ê人啊。毋過伊liâm-mi koh變矣，koh加入身軀邊ê眾人，接受一切反Goldstein ê宣傳。Tsit時，伊藏佇心肝內對大兄哥ê怨恨又koh轉變做欽慕，大兄哥ê形象徛懸起來，成做一个無敵、無懼ê守護者，若石山，共亞洲大軍擋佇外口。Goldstein咧，hiah-nī孤立無援，甚至人有存在無都歹講，煞若像一个奸邪ê巫師，kan-na開喙出聲，就有夠通毀拆文明。

有時仔，人甚至有法度照家己意願，共仇恨切來tsit爿抑切過去hit爿。Winston大力共念頭tńg過，敢若惡夢醒，頭uì枕頭雄雄擎起來hit款，正經共伊ê恨uì螢幕頂ê大頭徙去尻脊後hit个烏頭毛ê姑娘身上。生動美妙ê幻覺一幕一幕liòng上頭殼：伊欲擎橡奶警棍共tsit个查某捽kah無氣；共裼光光縛柱仔頂，koh共亂箭穿身；伊欲共強，tng高潮ê時共伊ê嚨喉割開。伊tsit-má比進前koh較清楚，到底**是按怎**家己tsiah-nī恨伊。因為tsit个查某少年、嬌koh性冷感，因為家己想欲佮伊睏毋過無望，因為伊he甜軟ê腰敢若咧叫人伸手去攬，煞予討厭ê紅彩帶霸占牢咧，hit條貞潔ê符號敢若咧唱聲。

仇恨tshìng kah頂上。Goldstein ê聲變做真正ê羊

20

仔meh，有一霎仔面mā變做綿羊ê面，隨koh溶去，化做一个歐亞國戰士，愈行愈近，大身koh惡，手裡ê短機關銃phng-phng吼，人親像欲uì螢幕跳出來。頭前排ê人著一个生驚，正經佇椅仔頂倒退匀。佳哉就佇tsit時，敵兵koh溶做大兄哥ê面，眾人敨一口氣。大兄哥烏頭毛、烏喙鬚，滿含力量佮神祕ê穩靜，面大kah強欲共規个螢幕占滿。伊喙講啥，無人聽有，橫直只是一寡鼓舞ê話，戰事內底會講ê hit類，吵鬧中無法度逐字lóng聽予明，毋過單單是有講，眾人就koh有信心矣。大兄哥ê面koh漸漸霧去，原所在浮出hit三句黨標語，用粗體大寫：

TSIÀN-TSING TŌ SĪ HÔ-PÎNG
TSŪ-IÛ TŌ SĪ LÔO-İK
BÛ-TI TŌ SĪ LİK-LIŌNG

　　毋過大兄哥ê面若像佇螢幕頂koh維持幾若秒，大概是拄才印佇眾人目睭仁ê影像傷鮮活，猶袂赴隨散去。沙仔色頭毛ê細漢查某大力覆tuì頭前ê椅背，聲慄慄掣，敢若咧nauh「我ê救主啊！」伊共雙手ǹg螢幕伸長長，koh收轉來共面om咧。聽會出來伊咧祈禱。

　　Tsit个時陣，所有ê人開始和齊喝：「大—兄—

1984

哥！……大—兄—哥！」聲音低、慢、有節奏，一遍koh一遍，字佮字中間閬真長。He是一種厚重ê nauh聲，koh帶某種蠻性，那聽，煞敢若背景有赤跤tsàm地，koh有人咧拍非洲手鼓。Tse維持可能有欲kah 30秒。Tsit款重複吟唱真捷出現佇眾人情緒激動ê時，是呵咾大兄哥英明偉大，mā是自我催眠，刁工用節奏性ê噪音，共意識抑落去tū水。Winston臟腑反冷。兩分鐘仇恨ê時，伊不由自主就加入集體起痟，毋過tsit款「大—兄—哥！……大—兄—哥！」ê非人叫聲，逐遍lóng予伊心內恐怖充滿。當然伊mā是綴咧喝，袂得毋。人佇tsit種情境，本能ê反應就是共真實感受藏起來，表情控制予好勢，別人做啥就綴咧做。毋過有幾秒，伊ê眼神拍算是有漏洩真心。Hit个重要ê事件就佇tsit時發生，若是he mā算有發生。

　　一時，伊佮O'Brien眼神相接著。O'Brien已經徛起來，用伊ê招牌手勢，共扞才遛落來ê目鏡khuè轉去鼻仔頂。無張持in兩人目睭對著，才無kah幾分之一秒，Winston隨知影O'Brien咧想--ê佮伊完全仝——著，伊**知影**！一个絕對袂重耽ê訊息已經傳送完成，若像想法透過目睭，uì一个搝開ê心傳去到另外一个。O'Brien敢若咧共伊講「我佮你仝款」，「你ê感受我完全了解，你袂癮、怨恨、倒彈，我lóng了解，我

lóng知。毋過免煩惱，我佮你仝國！」Tsit个情報爍一下隨消失，O'Brien ê表情恢復和每一个人仝款，看無咧想啥矣。

按呢niâ。伊tsit-má已經無確定he敢正經發生過。Tsit款小事從來袂koh有啥物紲後，只是通支持伊繼續相信、至少是希望伊毋是孤一个咧和黨做對頭。凡勢人咧講有足大ê地下陰謀是真--ê，凡勢正經有兄弟會！雖然逮捕、認罪佮處決毋捌停過，兄弟會只是傳說抑是有影，猶是無法度確定。有時仔伊相信有，過幾工koh毋信矣。Tsóng--sī你看袂著證據，kan-na有一寡來隨去ê影跡，可能有代表啥意義，mā可能啥物都無：無細膩偷聽著ê幾句仔對話、便所壁頂看袂明ê烏白皂，連兩个生份人相拄ê時ê一个小手勢，mā敢若是某種相認ê暗號。Tse一切kan-na靠臆，凡勢lóng是伊家己想像--ê。Winston無koh看O'Brien，行轉去家己ê小隔間。Tse短暫ê拄搭了後koh欲按怎，伊無啥共想。就準講伊知影按怎做，mā是危險kah袂想像得。兩人交換意思無明ê目光一兩秒，就煞矣。只是對一个禁閉中ê寂寞心靈來講，tse已經算是真值得記牢牢ê事件矣。

Winston振作精神，坐thîng，拍一个呃，tsín酒uì伊胃內底漲起來。

1984

伊ê目睭koh再對焦佇紙頂。伊發現拄才伊失志恬恬坐咧想ê時陣，手mā咧那寫，敢若自動--ê。而且字已經無像進前ê uai-ko-tshih-tshuah，伊ê筆逞嬈佇光滑ê紙面趨溜，整齊ê大字袂輸印--ê：

大兄哥予倒
大兄哥予倒
大兄哥予倒
大兄哥予倒
大兄哥予倒

一遍koh一遍，半頁寫滿。

伊袂禁得驚惶起來。其實無道理，因為寫tsit幾字並無比下手寫日記本身較危險。一時伊猶是足想欲共已經寫字ê hit幾頁lih掉，規氣放棄寫日記。

伊無按呢做，伊知影無效。**大兄哥予倒**tsit幾字，不管伊有寫抑是忍咧無寫，lóng無差。日記欲koh寫，抑是停手，mā無差。思想警察lóng會共伊掠著。伊已經犯下根本ê罪，所有其他ê罪行lóng包含佇內底矣，就準伊毋捌落筆佇紙頂mā仝款。Tsit个罪就是人所講ê**思想罪**（thoughtcrime）。思想罪掩崁袂久。準若你有法度覕幾日，甚至幾年，緊縒慢仝款會hőng tsang著。

掠人lóng是佇暗暝。睏眠當中擎一下精神、有一肢手粗魯搖你ê肩胛頭、光焱入你ê目瞘、眠床邊仔冷清清ê面圍規輾。大多數ê案件lóng無審判，mā無逮捕ê報導。人就按呢消失去，lóng是佇暗暝。你ê名uì人口登記簿仔頂拊掉，你所做代誌ê記錄lóng hőng拭掉，你捌佇世間ê事實hőng否認掉、hőng放袂記得。你hőng廢揀矣、撤銷矣，通常ê講法，是**蒸發**矣。

Winston起狂，寫kah緊koh潦草：

個會共我銃殺無要緊個會uì我領頸後共我開銃無要緊大兄哥予倒個lóng是uì人領頸後共人開銃大兄哥予倒……

伊佇椅仔頂the向後，心內淡薄仔見笑，筆囥落來。雄雄，伊越一下足大下。有人挵門。

Tsiah緊！伊坐咧毋敢振動，恬kah若鳥鼠，數想對方挵一遍若看無人應就會離開。無hiah好，猶koh咧挵。Tsit款情形iân-tshiân上毋通。伊ê心臟跳kah若摜鼓，只是面色凡勢因為長久ê習慣，無啥各樣。伊徛起來，跤步沉重行向門。

I-2

　　Winston手扞佇門khip仔頂頭，越頭看著日記簿仔猶展開佇桌仔頂。「大兄哥予倒」ê字大kah uì門tsit頭就看會著。無代無誌寫tse實在有夠gōng。雖然tsiah-nī緊張，伊知影家己無想欲共簿仔合起來，毋甘奶油紙予猶澹澹ê墨水kō bái去。

　　伊禁氣，共門開--khui，規个人隨鬆落來。徛佇外口--ê是一个婦人人，無血色，mi-mi-mauh-mauh，面厚皺痕，頭鬃疏lang-lang。

　　「同志，」婦人人開喙，聲嗽陰鬱koh哀怨，「我想講有聽著你轉來。你敢會當來共我鬥看一下仔阮兜灶跤ê水槽？窒牢矣，tann……」

　　是Parsons太太，徛仝樓ê厝邊（「太太」tsit个詞黨無啥佮意，照講對任何人lóng愛稱呼「同志」，毋過對有ê查某人你就是直覺會共叫「太太」）。Parsons太太量約30歲，毋過看著加足老，面若像皺痕內底有牢塗粉。Winston綴伊沿巷路行。Tsit款業外ê修理工課差不多逐日有，足煩。勝利大樓是1930年

抑hit跤兜起ê舊公寓，漚kah強欲散去。天篷佮壁頂ê灰塗不時一phuè一phuè落落來；天氣大凊，水管就piak；若落雪，厝頂就漏；燒氣通常是半燒冷，tse是講猶無為著減省規氣禁掉ê時。修理上好是家己來，無就愛等天邊ê啥物委員會批准，連一塊窗玻璃欲補mā會當拖kah兩年。

「啊都Tom無佇厝，」Parsons太太講kah無頭無尾。

Parsons個兜比Winston hia較大間，破爛無全形--ê。逐項物件看著毋是損過就是豎過ê款，規厝間袂輸拄才予啥物大隻猛獸踮過。各種耍奕ê家私抨kah規塗跤：棍仔球棍、拳擊手套、一粒破去ê跤球、一領內外反過來ê汗溼短褲，桌頂koh有規堆無洗ê盤仔佮紙頁hiauh-hiauh ê練習簿仔。壁頂有「青年團」佮「小情報員」ê大紅橫布條，koh有一張全寸尺ê大兄哥海報。參規棟大樓全款，tsia mā有hit款煮過ê高麗菜ê氣味，內底koh有一个加khah刺tshàk ê味捅出來。是臭汗酸，一下鼻就知影汗ê原主tsit時無佇現場，是按怎知koh僫解說。佇另外一間房間，有人提一支用捋仔佮薄紙做ê口琴咧歕，想欲綴著千里幕頂頭軍樂ê旋律。

「是囡仔，」Parsons太太講，看一下仔門，膽膽仔。「個今仔日無出去。免講mā……」

1984

　　伊慣勢話講一半就無去。灶跤ê水槽內底，反青ê thái-ko水咧欲滿墘，比he高麗菜味koh較歹鼻。Winston跪落來檢查水管相接ê彎頭。伊真袂giàn用手去沐，mā真袂癮ànn腰落去，tsit个姿勢定定會害伊嗽。Parsons太太佇邊仔看，毋知欲按怎。

　　「當然若是Tom佇厝，伊liâm-mi就會創好勢，」伊講。「Tom真愛做tsit類ê工課。伊手工真勢，誠實--ê。」

　　Parsons先生是Winston佇真理部ê同事，略仔大箍，毋過真活跳。人足gōng，gōng kah袂扒癢，規sian就是弱智ê熱狂積做堆。Tsit款人對指令完全袂質疑，kan-na規心骨力做，黨ê穩定靠個較濟靠思想警察。35歲ê伊最近才真毋甘願退出青年團。少年時伊照歲愛轉入青年團ê時，mā刁工佇小情報員koh加蹛一冬。佇真理部，伊占一个免頭殼好ê基層職位，毋過伊佇體育委員會是一个主要角色，佇負責辦團體遠足、自發示威、儉錢宣導等等志願活動ê各種委員會mā仝款。伊有時會薰吹那pok，那用一款平靜ê驕傲共你講伊過去四年來逐暗lóng去社區中心，毋捌欠席過。He予人擋袂牢ê臭汗酸綴伊四界去，甚至人走矣味猶koh留咧，無意中成做伊人生拍拚ê見證。

　　「你敢有扳仔？」Winston問，手那捘彎頭ê螺絲

母。

「扳仔--honnh,」Parsons太太應,完全袂做主。「我毋知呢,無確定,凡勢囡仔……」

靴管暫步佮捋仔口琴聲綴囡仔衝入去客廳,Parsons太太攑扳仔轉來。Winston共積水落掉,hia̍p嫌共水管內底窒牢ê規丸頭毛挖出來。伊開水道頭,共指頭仔用冷水洗kah袂當koh較清氣矣,才行轉去客廳。

「手攑懸!」一个粗魯ê聲喝。

一个緣投、硬氣款ê九歲查埔囡仔uì桌仔後壁跳出來,攑一枝tshit-thô自動短銃共嚇。減伊兩歲ê小妹mā提一枝柴,比仝款ê手勢。兄妹仔lóng穿小情報員ê制服:藍短褲、䘥siat-tsuh、紅頷巾。Winston共雙手攑懸過頭,心內袂四序。Tsit个查埔囡仔橫惡kah tsit款,tse已經毋是咧耍niâ。

「你是叛徒!」查埔囡仔喝。「你是思想犯!你是歐亞國ê透仔!我欲共你銃殺,我欲共你蒸發!我欲共你送去鹽礦場!」

兩个囡仔共圍起來,暫箍仔跳,直直喝「叛徒!」、「思想犯!」查某囡仔模仿個阿兄ê每一个動作。光景小可驚人,親像真緊就會大kah會食人ê虎仔囝咧耍。查埔囡仔ê目睭內底有一款勢計算ê粗殘,

1984

分明真想欲共Winston bok、共戱，而且意識著家己已經咧欲大漢kah有才調。好佳哉伊手裡提--ê毋是真銃，Winston想。

　　Parsons太太緊張ê目光uì Winston跳去囡仔身上，koh轉來。Tsit間客廳光線較好，Winston才發現Parsons太太面ê皺痕內底正經有塗粉。

　　「伊真正足吵，」Parsons太太講，「伊袂當去看吊刑，足失望。就是按呢。我無時間通tshuā in去。Tom下班koh傷晏矣。」

　　「是按怎阮袂當去看吊刑？」查埔囡仔大聲喝。

　　「欲去看吊刑！欲去看吊刑！」查某囡仔叫，猶koh咧躘箍仔跳。

　　Winston想著，下昏暗佇公園預定欲吊死幾若名被定罪做戰犯ê歐亞國俘虜。Tsit款場面量其約一個月一擺，眾人真愛看，囡仔人lóng不時吵大人著炁伊去。Winston告辭，才行出門未曾六步，領頸後就予啥物件sut一下，疼kah袂輸一條燒紅ê鐵線挵入去。伊越頭，拄會赴看著Parsons太太共伊後生giú轉去門內，囡仔共一支鳥擗仔收入去lak袋仔。

　　「Goldstein！」門欲關ê時囡仔koh罵。毋過真正共伊嚇著--ê，是Parsons太太陰鬱ê面裡hit款無助ê驚惶。

轉到厝，伊趕緊行過千里幕頭前，佇hit塊桌仔邊仔koh坐落來，頷頸仔猶那授。千里幕頂ê音樂停矣，換做一个軍人氣口ê聲，無囉嗦、無感情，咧報一座新浮水要塞ê武器裝備，tsit座要塞才拄拋碇佇冰島和Faroe群島之間。

伊想，有hit兩个囡仔，hit个可憐ê婦人人定著是活佇恐怖當中。Koh一年抑兩年，囡仔就會開始暝日共老母監視，搜攬伊ê反黨言行。Tsit陣差不多所有ê囡仔lóng足恐怖，上害--ê，是像小情報員tsit款組織，系統tik共囡仔捏做管無法ê小惡霸，個ê橫逆koh完全袂指對黨。Hia-ê歌曲、遊行、布條、遠足、假銃演習、喝口號、崇拜大兄哥等等，對個來講lóng是足光榮ê活動。個一切ê雄惡lóng hőng趂向外，指對國家之敵，指對外國人、叛徒、創空者、思想犯。30歲以上ê人驚家己ê囡仔，會當講是正常，個mā確實愛驚。罕得規禮拜無看見《時報》刊一段所謂「囡仔英雄」ê報導，就是講囡仔偷聽著爸母講話透露思想有問題，tsuánn去報思想警察，tsit類ê事蹟。

予摒仔子射著ê所在袂疼矣，伊共筆攑起來，興頭有較減，考慮敢koh有啥通好寫入日記。忽然間伊koh想起O'Brien。

幾若年前——he是tang時？應該是七年前——伊

佇夢中行迵過一間暗墨墨ê房間，邊仔有坐一个人，佇伊經過ê時共講：「有一日咱會見面，佇一个無烏暗ê所在。」聲輕輕，若像隨意講出來；是聲明，毋是命令。伊繼續行，無停跤。奇怪--ê是，hit當時，佇夢中，tsit句話並無予伊特別感覺按怎，是後來才若像愈來愈有意義。伊tsit-má袂記得初見著O'Brien是佇做tsit个夢進前抑以後，mā袂記得家己是何時認出he是O'Brien ê聲音。不管按怎，伊就是有認出來。佇烏暗中對伊講話ê hit个人就是O'Brien。

Winston從來無地確定O'Brien是友抑是敵——連tsit早起目光相接了後也無改變。甚至tse mā毋是kài重要。個兩人之間有一種互相理解ê連結，比感情抑是黨性較要緊。「有一日咱會見面，佇一个無烏暗ê所在。」Winston無了解O'Brien tsit句話是啥意思，kan-na相信he會以某種方式實現。

千里幕頂頭ê話聲頓tenn，一个清koh嬌ê小吹聲注入去本底停恬ê空氣。粗魯ê話聲紲落去講：

「注意！請注意！Tsit-má有來自Malabar前線ê新聞快報。咱軍佇南印度光榮戰贏。我得著授權宣佈，經過tsit擺ê行動，到終戰ê距離可能量會著矣。以下就是新聞快報——」

歹消息來矣，Winston想。果然。快報先血saisai描述歐亞國軍隊ê滅亡、報出驚人ê拍死佮活掠ê敵軍人數，紲落來就宣佈講，自後禮拜開始，促可力（chocolate）ê配給就欲uì 30公克減到20公克。

　　Winston koh拍一个呃。Tsín酒已經退去，賰消風ê感覺。千里幕開始放國歌〈海洋國，tse是為你〉，毋知是咧慶祝勝利，抑是欲予人袂記得促可力勼水。照講tsit時愛徛予好、注意聽，毋過佇tsit-má ê位置千里幕看伊袂著。

　　〈海洋國，tse是為你〉放煞，換放輕音樂。Winston行去窗仔邊，保持背向千里幕。天氣猶是冷koh清。遠遠啥物所在有火箭彈爆炸，鈍鈍ê回聲傳來。Tsit站一禮拜大概有20至30粒火箭彈落佇London。

　　下跤ê街路，風咧搧海報hiauh起來ê hit个角，**英社**ê字現咧藏咧。英社。神聖ê英社主義。新講、雙想、會修改ê往過。伊感覺若像佇海底ê森林咧蹛，失路佇一个怪獸ê世界，家己就是怪獸。伊孤單一个，往過死去矣，未來無地想像。伊敢通確定tsit个時代有任何一个活人佮伊仝爿？敢有啥物方法通知影英社黨袂ÍNG-UÁN統治？真理部白牆頂hit三句標語，若像咧共伊回答：

1984

戰爭就是和平
自由就是奴役
無知就是力量

　　伊uì lak袋仔撏一粒25 sián ê銀角仔出來。頂頭mā全款，hit三句標語用細細仔誠明ê字刻佇hia。Píng面，就是大兄哥ê大頭，兩蕊目睭uì銀角仔頂mā是共你掠牢牢。不管是銀錢、郵票、冊皮、布條、海報，抑是薰lok仔——四界。Hit雙目睭永遠咧共你看，伊ê聲音共你包圍。無論你是睏抑醒，做抑食，佇室內抑室外，去便所抑倒佇眠床，lóng走無路。無佗一項是你家己ê，除起你頭殼碗下跤hit一搣仔囝。

　　日頭徙位矣，真理部大樓濟kah算袂清ê窗仔mā uì光炎變做暗淡，親像一座要塞外牆ê狹空。面對懸大ê金字塔，Winston心肝膽膽。Tsit个傷勇，你拍伊袂贏。1000粒火箭彈mā炸伊袂倒。伊koh再起憢疑，tann寫tsit-hō日記是為著啥人。為著未來，抑是為著往過——為著凡勢只是幻想出來ê時代。佇伊頭前聽候--ê毋是死亡，是滅絕。日記會化做火烌，伊人tshìng做水煙。伊唯一ê讀者就是思想警察，個讀了就會挷一下予消失，無人會記得。若是連你ê一絲仔痕跡，連無倚名寫佇一張紙頂ê一兩字，都無任何形體通

留落來，你是欲按怎共未來訴求？

千里幕報14點。極加koh十分鐘就好來去矣，伊著佇14點30以前轉到辦公室。

講也奇怪，聽著報時，伊煞若像koh生出希望。伊是一條孤魂，講ê事實無人聽會著。毋過只要伊有講出來，怙某種暗僻ê方式，訊息就會延續。欲傳承人性ê遺產，毋是你著講啥物予人聽著，是你著維持精神健全。伊坐轉去桌仔邊，筆搵予澹，koh寫--lueh：

致未來，抑是往過，致一个思想自由、人人無仝而且毋是孤單活咧ê時代，致一个有真相，而且人做過ê代誌袂hōng拊掉ê時代：

Tsit句相借問，來自集體一致ê時代、隔離ê時代、大兄哥ê時代、雙想ê時代：平安！

伊已經死矣，伊慄。伊感覺若像到tsit陣，tann伊開始會當清楚表達伊ê想法，伊才踏出決定tik ê一伐。每一個行動ê結果lóng已經包含佇hit个行動本身內底矣。伊寫講：

並毋是思想罪引致死亡。思想罪TŌ SĪ死亡。

1984

　　Tann伊自認無命矣,要緊--ê就是盡量活較久咧。伊正手ê兩肢指頭仔沐著墨水,tse就是會害人piak空ê幼項。部裡一寡興探聽ê熱狂份子(可能是查某,像hit个沙仔色頭毛--ê,抑小說司hit个烏頭毛ê查某囡仔)凡勢會開始懷疑伊是按怎趁歇畫去寫物件、怎樣用舊式ê筆,koh到底是咧寫SIÁNN,隨去報有關當局。伊行去浴間,用he塗色ê粗sap-bûn細膩共墨跡洗掉。Tsit款sap-bûn粗kah袂輸砂布,會剾面皮,tsit-má拄好合用。

　　伊共日記收扆仔內。免數想有法度藏,毋過上無會當想辦法確認有予人發現無。佇紙頁尾khuè一枝頭毛就傷明顯。伊用手尾拈一粒通辨認ê白塗粉,囥踮封面ê角仔,拍算若簿仔予人振動一下,就會落落來。

I-3

Winston夢著阿母。

伊想,阿母失蹤ê時,伊應該是十歲抑11歲。阿母身材䐺,若雕像hiah優雅,恬靜少話,動作勻勻,有美麗ê金頭毛。伊對阿爸ê記持koh較霧,大概就是烏koh瘦,掛目鏡,不時深色ê衫仔褲穿kah誠整齊(鞋仔足狹形tsit點伊特別有印象)。爸母兩人定著是佇50年代上早期ê其中一場大打整內底無去--ê。

夢中,阿母手抱細漢小妹,坐佇一个比伊較低而且足深ê所在。伊對小妹ê印象,kan-na賰細粒子、茬身、恬tsiuh-tsiuh,大大蕊ê目睭不時猛醒。阿母佮小妹lóng攑頭咧共看。個佇一个比地面較低ê啥物所在,敢若是鼓井底,抑是足深ê墓空,總是比伊踞ê所在加足低,而且koh當咧lap--lueh。個佇一隻船ê船艙內底,隔愈來愈烏ê水攑頭共看。船艙內底猶有空氣,個看會著伊,伊mā看會著個,毋過個猶直直koh咧沉,沉落去暗綠ê水內底,liâm-mi就會看袂著矣。伊踞佇有光線、有空氣ê所在,個hőng吸落去下底,吸tuì死

1984

亡。佇下跤，正是因為伊佇tsia。伊知，個mā知，伊uì個ê面看會出來個lóng知。個無怪伊，面裡無，心內也無，只是有數，個著死，伊才會活，tse不過是一種無通避免ê事物規則。

伊袂記得是發生啥物代誌，毋過伊佇夢中就是知影，阿母佮小妹，就是為著伊來犧牲性命--ê。有ê夢就是按呢，雖然內底是夢ê情景，佮智識生活猶是接相連，佇夢中發現ê一寡事實佮想法，精神了後猶有新意佮價值。Winston雄雄悟著，阿母佇大約30年前ê死，所含ê hit款悲劇佮哀情，佇tsit陣ê世界已經袂koh有矣。悲劇屬佇古早年代，伊想，也就是世間猶koh有隱私、愛、友情，而且厝裡ê人相thīn免理由ê年代。對阿母ê記持lì伊ê心肝，因為阿母到死都愛伊，hit時伊猶傷細漢、傷自私，袂曉回愛阿母，mā因為阿母共性命奉獻予一个叫做忠誠ê觀念，忠誠是真私人而且堅守不變--ê，雖罔hit時ê情形伊mā袂記得矣。Tsit-má無hit款代誌矣。目今ê世界有驚惶、有仇恨、有痛苦，毋過無感情ê尊嚴，無深刻、幼路ê哀傷。Tsia-ê物件，伊敢若有佇阿母佮小妹大大蕊ê目睭內底看著，個就按呢透過綠色ê水攑頭共看，已經幾若百尋深，koh咧沉。

Liâm-mi，伊徛佇剪短短、飽水ê草埔頂懸，熱天暗頭仔斜斜ê日頭光趨落佇塗跤。眼前tsit个景緻時常

I-3

重複出現佇夢中,伊從來無確定佇現實世界敢捌看過。清醒ê時伊共tsit个所在號做「金色鄉國」。He是一塊有兔仔咬過ê古老牧草埔,有一條步道彎彎仔穿過,鼢鼠崙仔tsia一个hia一个。對面漚爛ê籬笆內底有一寡榆樹,樹絡佇微風中荏荏仔幌咧幌咧,葉仔密密規大捧咧搖,若查某人ê頭鬃。附近看袂著ê某乜所在有一條真清ê溪仔慢慢仔流,魚仔佇柳樹跤ê水窟內底咧洄。

Hit个烏頭鬃ê姑娘uì平洋hit頭行來,用若像一个動作niâ,共規身軀ê衫仔褲剝掉,足輕視捅去邊仔。伊ê身軀白koh幼,毋過並無引起Winston ê慾望,事實上伊根本無啥共看。正經予伊佮意kah擋袂牢--ê,是姑娘共衫抨出去ê hit个手勢,優雅koh清彩,若像一下就共規个文化、規个思想體系lóng滅掉;袂輸大兄哥佮黨佮思想警察lóng通án-ne婧氣一下掰就無去。Hit个手勢mā屬佇古早時代。Winston精神,喙唸出一个字「Shakespeare」。

千里幕當咧放送lì人耳ê pi仔聲,仝一个音pi kah 30秒。Khòng 7點15矣,是內勤人員ê起床時間。Winston ngiú一下起身,光光無穿,因為外黨部黨員一年份ê服裝配給券才3000點,一軀睏衫著愛600點。伊伸手uì椅仔頂hôo一領垃圾ê內衫佮一領短褲。體操賭無三分鐘就欲開始矣。雄雄伊煞嗽kah規个身軀對

1984

拗，伊定定拄起床就嗽tsit形--ê，嗽kah兩爿肺lóng空去，著the落來深深仔欶幾口氣，才通koh再喘氣。伊ê靜脈mā因為大力嗽浮起來，爛瘡koh開始癢矣。

「30至40幾--ê！」一个尖利ê查某聲咧吼。「30至40幾--ê！請緊就位。30到40幾歲tsit組！」

Winston佇千里幕頭前注神徛好勢，螢幕頂已經出現一个鐵骨仔生ê查某人，穿束腰短衫佮運動鞋。

「手曲彎，koh伸直，來！」伊喝。「綴我口令，TSİT，nn̄g，sann，sì！TSİT，nn̄g，sann，sì！來，同志，較有元氣咧！TSİT，nn̄g，sann，sì！TSİT，nn̄g，sann，sì！……」

夢中ê畫面猶未總予艱苦ê嗽沖散去，tsit-má身體律動一下，koh明起來矣。伊機械tik共手幌前幌後，激一个嚴肅ê滿足面容，tse是體操時間上適當ê表情。伊激力回想茫渺ê童年早期，煞困難kah袂輸登天。50年代尾以前ê一切lóng退色去矣。無外部ê記錄通參考，連你人生ê大概形體都糊去。你所會記得ê一寡重大事件凡勢毋捌發生過。你會記得一寡代誌ê細節，毋過無法度koh掠著當時ê氣氛，時序內底koh有一段一段長長ê記憶空白，無物件通囥入去。Hit个時代逐項都和tsit-má無仝，連各國ê國名kah佇地圖頂頭ê形mā變矣。比論講，第一跑道，hit時就毋是叫tsit个名，是

叫做England或者是Britain。毋過London，伊真確定，是自早就叫做London。

Winston無法度明確想起伊ê國家tang時無咧戰爭，毋過伊囡仔時定著有一段無算短ê和平時期，因為伊ê早期記憶中，有一擺拄著空襲ê時逐家lóng誠意外。無的確就是原子彈khian佇Colchester hit擺。伊袂記得空襲本身，毋過會記得個阿爸共伊ê手牽牢咧，緊跤向下走。落去，koh再落去，欲去地下足深ê某乜所在。個一輾koh一輾踏捲螺仔梯，一直到伊軟跤矣，哭出來，只好停落來歇喘。個阿母猶原真優雅款款仔行，遠遠綴後，手抱伊ê嬰仔小妹，或者只是一捆毯仔——凡勢個小妹hit陣都猶未出世？伊無啥確定。落尾個髞出來到一个足吵足陝ê所在，原來是一个地下鐵站。

石板塗跤坐kah滿滿全人，koh有足濟人挨挨陣陣坐佇兩層ê鐵架仔床頂頭。Winston佮爸母佇塗跤揣著一个位，邊仔有一對老阿公老阿婆mā相並坐佇鐵架仔床頂。老阿公穿一軀有體面ê深色西裝，戴一頂烏布帽仔，足白ê頭毛崁袂牢。伊面紅紅，藍色ê目睭浸佇目屎內底，規身軀發散tsín酒ê味，袂輸uì伊皮膚流出來--ê是酒毋是汗，目箍含--ê mā是純ê tsín酒。茫huān茫，伊koh好親像當咧承受一種真真正正、袂堪

得ê痛苦。Winston ê囡仔心悟著，應該是拄發生啥物恐怖ê慘事，恐怖kah袂使原諒，mā無地修復。伊koh若像知影是啥物代誌：老人親愛ê啥物人死去矣，伊ê細漢查某囝抑啥人。老人幾分鐘就唸一擺：

「咱當初就無應該信靠個，我早就講矣。媽媽，我敢無講？信靠個ê結局就是按呢，我早就講矣。咱無應該信靠tsia-ê毋成人。」

毋過到底個無應該信靠ê毋成人是siáng，Winston tsit-má想袂起來。

自差不多hit時開始，戰爭就無斷站矣，雖罔嚴格講毋是lóng全一場戰爭。伊細漢ê時，捌有幾若月日，London爆發混亂ê街頭戰事，有幾場仔伊猶記kah誠明。毋過若欲追想規个時期ê歷史，欲講佇tang時佮一爿佮佗一爿咧戰，就講袂出來矣。畢竟並無任何記錄抑話語會講著和現時官方版本無仝ê敵我關係。比論講tsit-má，1984年，準是1984年，海洋國和東亞國聯盟，咧和歐亞國相戰。不管是公開抑私底下，lóng無人會承認tsit三國捌有半擺排做無全款ê陣線。實際上，Winston就誠明白，海洋國和東亞國聯合對付歐亞國，到tann才四年。毋過伊頭殼內偷偷仔知影tsit點，只是因為伊ê記憶拄好猶未受控kah嶄然好。照官方講法，聯盟關係從來都毋捌變過。海洋國咧和歐亞

國相戰,所以海洋國自來就是咧和歐亞國相戰。現時ê敵人不管時lóng代表絕對ê邪惡,所以無論是往過抑未來,lóng無可能佮佴結盟。

驚人ê代誌,伊想第1萬遍矣,那忍疼出力共肩胛頭向後壁弓,手囥佇尻川頓,ngiú腰䅺身軀,tsit个動作聽講練尻脊骿ê筋肉真好。驚人ê代誌,是tse一切可能是真--ê。若是黨會當共手伸入去往過,共實際有ê tsit个抑hit个事件講做M̄-BAT HUAT-SING,tse敢毋是koh較恐怖凌勒佮死亡?

黨講海洋國毋捌和歐亞國聯盟。伊Winston Smith就是知影海洋國捌和歐亞國聯盟,才四年前ê代誌niâ。是講tsit个智識存在佇佗位?Kan-na佇伊ê意識內底,而且橫直真緊就會hōng消滅。而且若是其他ê人lóng接受黨強施ê嘐話,若是所有ê記錄lóng講一致ê版本,嘐話就傳入歷史,成做真--ê。「啥人控制往過,」照黨ê口號,「就控制未來;啥人控制現時,就控制往過。」毋過本質tik會得修改ê往過mā是無修改過。Tsit陣ê真實,就是自無限ê往過到無限ê未來lóng真實。就是tsiah-nī簡單。咱所需要--ê只是不斷戰勝家己ê記憶。Tse號做「真實控制」,用新講,就是「雙想」。

「徛歇!」女教練喝,tsit擺口氣較親切。

1984

　　Winston雙手放落來,勻勻仔軟氣,共肺koh灌予飽。伊ê心思趨入去雙想ê迷宮世界。知佮毋知,了解真實毋過講出精心建構ê嚙話,全時保有兩種相拄消ê意見,知影兩者互相矛盾koh全時lóng相信,用路則(logic)對抗路則,否定道德koh自稱守道德,認為民主袂實行得koh講黨是民主ê守護者,共所有需要放袂記得--ê lóng放袂記得,koh佇需要特定記持ê時共叫倒轉來,隨koh一遍共放袂記得,上要緊--ê,是共tsit个過程適用到tsit个過程本身。Tse就是盡極ê鋩角:存意識來造成無意識,紲落來,koh一遍,對你拄才ê自我催眠愛無意識。連欲了解「雙想」tsit个詞,mā愛使用雙想。

　　女教練重頭叫逐家注意。「Tsit-má,咱來看啥物人會當摸著跤指頭仔!」伊喝kah足熱情。「Uì尻川斗做一下彎落來!來,同志。TSİT,nñg!TSİT,nñg!……」

　　Winston足厭tsit个運動,因為會操kah uì跤後蹬疼到尻川斗,煞尾koh害伊加嗽一睏。恬恬思考ê一寡趣味mā消去矣。伊想,往過毋但是修改矣,根本是毀滅矣。就準是上明顯ê事實,若除起你ê記憶以外已經無任何記錄,你是欲按怎確認?伊想欲回想起頭一擺聽著大兄哥ê名號是佗一年。伊想應該是60年代,毋過

無可能確定。佇黨ê歷史內底，免講大兄哥自上早就扮演革命ê領袖佮守護者。伊ê功績愈來愈提早，伸延到40佮30年代ê美妙世界，hit時資本家猶koh戴怪形ê圓筒帽仔，坐光閃閃ê大張汽車，抑是兩爿安玻璃窗仔ê馬車，駛過London ê街仔路。無人知影tsit款故事有偌濟是真--ê，偌濟是發明--ê。伊自認佇1960年以前毋捌聽過Ingsoc tsit字，雖然講tsit个意識形態有可能早就存在矣，只是用舊講叫做「英國社會主義」。一切lóng化做雺霧。確實有時你會當清楚指出佗一个傳說是假--ê。譬論講，黨ê歷史冊宣稱是黨發明飛行機，其實Winston會記得伊猶是幼囡仔ê時就有飛行機矣。問題是你啥物mā無法度證明，你啥物證據都無。伊規世人kan-na有一擺提著袂出差錯ê文件證據，通證明歷史hőng偽造矣。Hit擺……。

「Smith！」女教練吱kah足tshiah。「6079號ê Smith！著，就是你！跕較低咧，來！你會當做koh較好。你無盡力。Koh較低咧！有較好矣，同志。Tsit-má歇咧，全員lóng看我tsia。」

一陣熱汗uì Winston身軀噴出來。伊ê面保持完全看袂透。絕對莫顯露驚惶！莫顯露袂爽！目睭一下亂nih你都會害。伊徛咧看女教練示範共手股擇懸過頭，身軀拗落來，共手指頭仔ê第一節攕入去跤指頭仔下

1984

跤。動作袂當講是優雅,上無是準koh緊,真無簡單。

「LÂI!同志!我愛恁照ÁN-NE做。Koh看一遍。我39歲矣,囡仔四个。看喔。」伊koh向腰--lueh。「你看我ê跤頭趺無彎喔。你若欲你mā做會到,」伊那徛直那紲咧講。「猶未45歲ê人絕對lóng摸會著跤指頭仔。咱無hit个榮幸去前線戰鬥,上無咱會當保持健康。想一下仔咱佇Malabar前線ê少年家!Koh有浮水要塞ê水手!想看覓偝著面對啥。Koh試一遍。誠好,同志,加足好!」佇伊ê鼓舞聲中,Winston喘kah肺欲破去,總算跤頭趺無彎,手去摸著跤指頭仔矣,tse是幾若年來ê頭一斗。

I-4

一工ê工課開始，Winston就不知不覺吐一个足大ê大氣，無khuà千里幕就佇邊仔。伊共講寫機摸倚來，mài-kuh頂頭ê塗粉歕掉，目鏡掛起來。桌頂已經有四卷紙卷仔，是拄uì正手爿ê風送管落出來--ê，伊一張一張共展開、鋏做伙。

小隔間ê壁頂頭有三个空。佇講寫機正爿較細个--ê，是送文字訊息來ê風送管，倒爿較大空--ê是送報紙--ê。佇邊壁Winston ê伸手距離內，koh有一條長形ê大條縫，有格仔網保護，是共廢紙銷毀用--ê。Tsit款ê縫佇規棟建築物內底有幾若千甚至幾若萬个，毋但逐間房間lóng有，連逐條巷路mā無幾步就有一个，為著某種因端，偏名叫做「記憶空」。便若有人知影有任何文件愛銷毀，抑只是影著塗跤有一張廢紙，lóng會足自動去共記憶空ê蓋掀起來，紙擲入去。紙隨予燒風捲去藏佇大樓內底ê大型焚化爐燒掉。

Winston斟酌看伊拄展開ê hit四張紙。逐張頂lóng有一條指令，用足簡省ê僻話寫一兩逝長爾。Tsit

个寫法是部內工課使用--ê，毋是真正ê新講，只是主要使用新講ê字詞。Tsit四條是：

時報 17.3.84 thk 演說 錯報 非洲 改正
時報 19.12.83 預報3年計 83 第4季 錯印 改照當期
時報 14.2.84 冗部 錯引 促可力 改正
時報 3.12.83 報thk日令 雙更不好 提無人 全重寫 交前呈頂

Winston頗略仔滿足，伊共第四條先下邊仔。He是一件較複雜koh愛擔責任ê工課，留kah上尾較妥當。另外三條是例行公事，只是第二條拍算愛真費氣和規山ê數字捙拚。

Winston佇千里幕頂敲「過期報刊」，注文指定日期ê《時報》。幾分鐘仔，報紙就uì風送管走出來。伊收著ê紙條仔lóng是咧講佗一篇文章抑佗一條新聞為著某種原因愛撨。照官方用語，是愛改正。比論講，3月17 ê《時報》寫講大兄哥（thk）佇前一日ê演說內底預測南印度ê前線會平靜無事，毋過歐亞國會隨進攻北非。結局，歐亞國ê指揮部煞是發兵拍南印度，無拍北非。所以tsit-má愛重寫大兄哥演說內底hit段，予伊料著後來ê事實。仝款意思，1983年12月19 ê《時報》

有刊政府對hit年第四季,也就是第九个三年計畫ê第六季濟類消費產品產量ê預測。今仔日ê報紙刊出實際ê產量,對照煞顯示進前ê預測全面大走精。Winston ê工課就是共原本ê數字改正,予新舊數字會鬥搭。第三條訊息是關係一項誠單純ê錯誤,幾分鐘仔就撨會好勢。才無偌久進前ê 2月,冗剩部發表一項承諾(官方名詞號做「絕對保證」),講1984年規冬,促可力ê配給袂減。毋過照Winston所知,實際上tsit禮拜尾,促可力ê配給就會uì 30公克減到20公克。Tsit-má愛做--ê,就是共本來ê承諾換做一个警告,講凡勢uì 4月ê某一日開始,配給量著愛減少。

Winston用講寫機做工課,一條消息改正好勢,伊就共鋏踮hit份《時報》,sak入去風送管。然後想也無想,紲手共原本ê紙條仔和家己寫ê筆記總jiȯk-jiȯk--leh,擲入去記憶空去飼火。

風送管迵去ê迷宮內底發生啥物代誌,伊知影大概,毋知影詳細,就是某一日ê《時報》所需要ê改正lóng撨好勢了後,hit份《時報》就會重印,收入去檔案。舊版銷毀。毋但是報紙,tsit款連紲修改mā適用佇冊、期刊、小冊、海報、傳單、影片、錄音、bàng-gà、相片……各種文獻抑記錄,只要是想會著凡勢有政治抑意識形態意義--ê,lóng在內。逐工,甚至是

1984

逐分鐘,往過lóng換做最新版。黨ê預測永遠正確,有記錄為證。任何報導抑是意見,若是無符合現在ê需要,lóng袂使留。一切歷史親像羊皮紙,只要有需要,隨時lóng通一沿圖掉koh重刻,愛偌捷就偌捷。偽造一旦完成,就無地證明捌發生。記錄司內底上大ê單位比Winston tsia加足濟人,就是專門咧共已經無正確ê冊、報紙佮各種文件追回,通好銷毀。檔案內ê《時報》,有濟濟期數因為當初報導ê政治結盟改變矣,抑是大兄哥ê預言無準,已經改到第十幾版,頂頭ê日期mā是照舊,無半份其他版本猶留佇世間咧講無全故事。冊mā是,不時回收、重寫、重出,卻無人承認有按呢做。連Winston逐工收著koh隨處理隨擲掉ê hia-ê指令紙條仔,mā lóng無明抑暗提起偽造,lóng講是為著精確,愛共有重耽、thut-tshê、印毋著、引用錯誤ê所在改予著。

毋過論真,Winston那改冗剩部ê數字那咧想,tse mā無算偽造,只是用一个五四三去代替另外一个五四三。橫直你手頭咧處理ê資料,大部份lóng和真實世界無一屑仔相關,比一句透直ê白賊koh較無相關。原本ê統計數字比起改過--ê,空想ê程度無懸低。舞tse常在你著家己創造。舉一个例,冗剩部進前預測tsit季會生產1億4500萬雙靴管,tsit-má宣佈實際產量是

6200萬雙。Winston修改進前ê預測，規氣共降到5700萬雙，按呢政府koh有額通照老步數，宣稱表現超過預估。橫直6200萬mā袂比5700萬抑1億4500萬較倚事實。真可能根本半雙靴管也無做。Koh較大面是無人知影有做幾雙，koh較無人要意。所知--ê是每一季lóng有天文數字ê靴管uì紙頂生產出來，全時規海洋國凡勢有半數ê人民猶褪赤跤。大大細細各類記錄lóng仝款。一切總消散去，世界若幻影，路尾連今年是幾年都袂確定矣。

　　Winston瞭一下仔辦公廳，另外一頭ê小隔間有一个細漢、下頦喙鬚烏烏、看著真嚴謹ê查埔人認真咧做工課。伊ê名號做Tillotson，跤頭趺頂园一份拗咧ê報紙，喙足倚講寫機ê mài-kuh，袂輸除起佮千里幕，伊無願意佮任何人分享伊講出ê祕密。伊攑頭看，目鏡閃一條敵意ê光鋩，射tuì Winston tsia來。

　　Winston無算捌Tillotson，mā毋知伊是做啥--ê。記錄司ê人lóng袂無代無誌講起家己ê工課。Tsit間辦公廳長長、無窗仔，小隔間排做兩排，規所在不管時lóng聽會著掀紙jiȯk紙ê聲，佮對講寫機講話ê tshi-bú-tshih-tshū。Winston逐日看tsia ê同事從來從去，抑是伫兩分鐘仇恨比手勢，猶是有十外个人伊連名都毋知。伊知影隔壁hit个沙仔色頭毛ê細漢查

1984

某一日到暗拚勢咧共人名uì報刊頂頭刣掉，hia-ê人就是已經hőng蒸發，也就是毋捌存在--ê。伊來做tse mā算適合，個翁幾年前就是hőng蒸發去矣。Koh過去幾間仔，有一个溫和、無路用、愛眠夢ê人，耳仔真厚毛，號做Ampleforth。伊對詩ê音韻佮格律特別有天才，伊ê任務就是篡改詩。有ê以早ê詩犯著現時ê意識形態，毋過為著一寡原因猶是需要留咧，就愛改做黨佮意ê版本，叫做「決定文本」。Tsit間有大約50个人ê辦公廳，只不過是規大个纏頭絞尾ê記錄司內底ê一个單位。樓頂、樓跤、隔壁，lóng koh有大篷大篷ê員工，咧做濟kah無地想像ê穡頭。有大大間ê印刷廠，倩足濟編輯、印刷專家，koh有精心設置來偽造相片ê攝影棚；有製作千里幕節目ê部門，倩工程師、製作人佮勢模仿聲音ê演員；有規團規隊ê資料人員，專門咧整理愛回收ê冊佮期刊ê清單；有闊闊ê書庫咧保管修改好ê文獻；mā有暗藏ê焚化爐咧燒化頭先ê版本。Koh有毋知啥物名ê指導者佇佗位咧統整tse一切佮制定政策規範，決定佗一塊ê往過愛保留、佗一塊愛篡改、佗一塊愛完全uì世間消失。

Tsit个記錄司總講mā只是真理部下底ê一个司，真理部主要ê任務毋是改造往過，是共海洋國ê國民提供報紙、電影、課本、千里幕節目、戲劇、小說……包

括一切想會著ê資訊、指導、娛樂，uì一身雕像到一句口號、一首抒情詩到一篇生物學論文、一本囡仔拼字冊到一部新講詞典。真理部毋但愛提供符合黨意識形態ê百百款產品，mā著照顧普魯階層（proletariat）水準較低ê需求。部裡有規捾單位咧產製普魯文學、音樂、戲劇佮種種娛樂。有kan-na報體育、犯罪佮星相術ê糞埽報紙，有重鹹ê俗價小說、春宮電影，koh有用原理類似萬花鏡ê「詩韻機」全自動寫出來ê煽情歌曲。甚至有一个照新講號做「春組」ê下級單位，專門咧出上a-lí-put-tát ê春宮冊，tsit款冊發行ê時lóng包封起來，非參與工課ê黨員lóng不准看。

Winston tng咧無閒，koh有三條訊息uì風送管走出來，lóng是簡單ê稿頭，伊佇兩分鐘仇恨插入來進前，就總共khán-jióo矣。仇恨時間煞，伊轉來家己ê小隔間，uì冊架仔提一本新講詞典落來，講寫機sak去邊仔，目鏡拭拭咧，起手做伊頂晡ê正事。

Winston人生上大ê快樂來自工課。大部份稿頭lóng是致癌ê例事，毋過總是有一寡正經困難koh奧妙--ê，會引人入迷，袂輸咧解高深ê數學題目。做tsit款幼路ê偽造，無前例通共你指引，你kan-na會當靠家己對英社主義ê認捌，推測黨ê要求來做。Winston真gâu做tsit款代誌。有時仔伊甚至會受命修改規篇用新

1984

講ê《時報》社論。伊共進前囥佇邊仔ê紙條仔展開,頂頭寫講:

時報 3.12.83 報thk日令 雙更不好 提無人 全重寫 交前呈頂

若是用舊講,也就是所謂標準英語,大概是會按呢講:

《時報》1983年12月初3報導大兄哥ê「當日訓令」,極無妥當,講著無存在ê人。全部重寫,草稿先呈頂懸審閱了後才交。

Winston共hit篇犯錯ê文章讀了,原來hit日大兄哥ê訓令主要是咧呵咾一个叫做FFCC ê組織,個有提供薰佮別項慰勞品予浮水要塞頂ê官兵。大兄哥特別指名褒賞FFCC內底一位顯要ê內黨部成員Withers,頒授二等出擢功績勳章予伊。

三個月後,FFCC雄雄hōng解散,官方無公佈任何理由。想mā知,Withers佮個同事落災矣,毋過報紙抑千里幕lóng無報。Tse無意外,足罕得有政治犯受審抑是被公開譴責。有ê大打整牽連數千人,會公開審

判叛徒佮思想犯，予佮落魄認罪然後受死，tsit款特別戲齣幾若年才有一擺。較四常，黨袂爽ê人消失就消失矣，袂koh聽著伊ê名，mā無一屑仔線索通知影伊發生啥代誌。有ê狀況，犯人凡勢都猶未死。Winston熟似ê人內底，陸續消失去--ê拍算就有30个，伊家己ê爸母koh無算在內。

　　Winston提紙鋏仔輕輕仔挲鼻仔。對面ê小隔間內，Tillotson猶是神祕神祕勼佇講寫機頭前，一下攑頭，目鏡頂he敵意ê光鏗koh爍一下。Winston懷疑Tillotson敢是和伊咧做全款ê穡頭。凡勢凡勢，tsiah-nī厚鏗角ê工課袂指派孤一个人去做，啊若交予一个委員會，koh袂輸公開承認就是咧偽造。真可能現此時有十捅个人咧作文比賽，拍拚編寫大兄哥hit工到底講啥。內黨部ê某一个主腦會選一个版本出來，koh改編一下，佮其他文章ê互相參照關係mā愛撨予好勢，tsit个選定ê嘐話就會收入永久記錄，成做真理。

　　Winston毋知Withers按怎樣跋馬--ê。無定著是貪腐抑無能；無定著大兄哥只是共一个人氣傷旺ê部下創掉；無定著Withers佮身軀邊ê一寡人有異端嫌疑；抑無定著一切只不過因為打整佮蒸發就是tsit个政府ê運作必要ê一部份。唯一實在ê線索，就佇「提無人」tsit幾字，顯示Withers已經死矣。你袂當lóng假定

1984

人hōng掠去就是死去矣，有時仔個koh會hōng放出來，自由來去一兩年，才hōng處決。一半擺仔，你叫是早就死去ê人，煞若像幽靈koh再現身佇公審頂頭，招出數百名共犯，紲落來hit擺消失就是永遠矣。毋過Withers已經是**無人**矣。伊無存在，伊毋捌存在過。Winston掠定，單純共大兄哥演說ê內容撨倒反猶無夠，不如予伊談論一个佮本來完全無相關ê主題。

伊會當共演說照例改做譴責叛徒抑思想犯，毋過按呢就略仔傷無聊；創作一場前線ê勝利，抑是第九个三年計畫某項物件生產超標ê成就，koh會傷加添記錄ê複雜。上好是編一个全然空想ê故事。才咧想niâ，一个Ogilvy同志ê形象就佇伊頭殼內跳出來，袂輸早就攢好咧等。Tsit个Ogilvy是最近足英雄氣來戰死。大兄哥ê當日訓令有時仔會規篇用來記念一位普通黨員，用伊ê生涯故事勉勵眾人效法。Tsit日伊應該愛表彰Ogilvy同志。當然實際上並無Ogilvy同志tsit个人。無要緊，幾逝字印出來、幾張假相片刊出來，伊就是真人矣。

Winston思考一睏仔，共講寫機挨倚來，開始用大兄哥ê慣用風格口述。He是軍人兼博士博ê風格，而且愛自問自答tsit點足好模仿，像「各位同志，咱uì tsit个事實學著啥物教訓？Tsit个教訓，也是英社主義ê根本信條之一，就是……」，按呢按呢。

Ogilvy同志三歲ê時，就逐項迌迌物lóng無愛，kan-na欲一面鼓、一枝短機關銃，佮一隻直升機模型。伊六歲加入小情報員，破例比人較早一年。九歲成做隊長。11歲ê時，偷聽著倨阿叔佮人講話透露犯罪傾向，去報思想警察。17歲伊成為青年反性聯盟ê地區組織者。19歲伊設計一款手榴彈，被和平部採用，初試用就一聲炸死31个歐亞國囚犯。23歲伊就戰死矣。Hit當時伊坐直升機運送重要文件，佇印度洋頂頭遇著敵軍ê噴射機來追殺。伊共機關銃縛佇身軀增加重量，跳出去，就按呢和文件同齊沉落去上深上深ê海底。大兄哥講，tsit種死法，咱想著就無法度無欣羨。伊koh對Ogilvy同志一生ê純粹佮專一加幾句仔評論。Ogilvy同志薰酒無食，除起逐工去健身室一點鐘以外，啥也無興。伊咒誓保持獨身，認為結婚和照顧家庭會妨害伊一工24點鐘為職責獻身。伊講話ê主題lóng是英社主義ê信條，人生ê目標kan-na共歐亞國拍敗，佮追捒各種ê間諜、破壞者、思想犯和叛徒。

　　Winston佇心內和家己辯論敢愛頒出擢功績勳章予Ogilvy同志。路尾決定猶是莫。無，koh著顧慮資料交叉參照ê問題，加費氣--ê。

　　伊koh共對面小隔間ê對手眕一下。愈看愈確定Tillotson就是咧做佮伊仝一項ê工課。啥人ê作品會

hőng採用,無地通知,毋過Winston真自信會贏。一點鐘進前猶想像袂著ê Ogilvy同志,tsit-má已經是真人矣。實在真奇,伊想,你會當創造死人,煞袂當創造活人。Ogilvy同志毋捌存在佇現時,卻存在佇往過矣。而且只要偽造ê行為無人會記得矣,Ogilvy同志捌存在,就親像Charlemagne大帝抑Caesar大帝捌存在hiah-nī真實,hiah-nī證據充足。

I-5

　　真理部ê員工食堂佇誠深ê地下樓層，天篷低低。食晝時間，隊列慢慢仔徙進前，規間已經人滿滿是，吵kah強欲臭耳。燖物件ê蒸氣uì櫃台ê欄格tshìng出來，he金屬ê酸味猶是壓勝利牌tsín酒ê野味袂lueh。食堂另外一頭有一个細細个ê酒檯，其實是壁頂ê一空爾，tsín酒細細一杯賣十sián。

　　「正是我咧揣ê人，」Winston後壁一个聲音講。

　　伊越頭，是個朋友Syme，研究司--ê。講「朋友」凡勢無kài精確。Tsit个時代人無朋友，kan-na有同志，只是有ê同志你佮佢做伙比和另外--ê做伙較快活。Syme是文獻學家，mā是新講ê專家。事實上，伊就佇編輯第11版新講詞典ê專家大團隊內底。伊體格足細漢，較細漢Winston，烏頭鬃，大目睭phok-phok，眼神若全時咧哀悼啥koh咧譀笑啥，佮人講話ê時袂輸佇對方ê面咧趖酌搜揣啥。

　　「我想欲問你猶koh有一兩片仔喙鬚刀片無？」Syme問。

1984

「無半片!」Winston心虛應kah並緊--ê,「我四界lóng搜過矣,lóng總無。」

逐家lóng咧問有喙鬚刀片無。事實上伊猶有囤兩片新--ê佇咧。喙鬚刀片ê飢荒已經幾若個月。不管當時,黨ê賣店lóng有一寡必用品會欠貨,有時是鈕仔,有時是織補ê膨紗線,有時是鞋帶,tsit-má是喙鬚刀片。偷偷仔去「自由」市仔揣檢采koh有機會。

「我已經全一片刀片用六禮拜矣,」Winston無老實加一句。

隊列koh向頭前thuh一下。停落來,伊koh越頭佮Syme面對面,兩人uì櫃台尾規疊ê金屬桶盤隨人提一塊起來,lóng油lap-lap。

「你昨昏敢有去看吊死囚犯?」Syme問。

「我hit陣咧無閒,」Winston應kah無啥趣味,「我大概會去戲園看。」

「He真無夠khuì,」Syme講。

伊he共人詵ê目睭佇Winston ê面頂頭晢,敢若咧講「我了解你,我共你看透透,我真清楚你是按怎無去看吊死囚犯。」Syme教條kah一个酷毒ê程度,koh足博。伊足愛談論直升機按怎攻擊敵人ê庄社、思想犯按怎受審招認、慈愛部按怎佇地下室共人處決。人落衰伊樂暢ê態度,實在予人袂呵咾得。佮伊講話,你著

開袂少氣力共挍離開tsia-ê話題，撇步是盡量牽去新講ê技術幼項，共伊纏佇tsit个伊權威koh勢講ê領域。Winston頭小斡一下，閃覕hit雙大蕊烏目睭ê檢查。

「Tsit場吊刑袂bái，」Syme回想。「有時仔共犯人ê雙跤縛做伙，就真無彩。我較愛看個跤踢來踢去。Koh有，上讚--ê是上尾個青青ê喙舌吐出來，青kah足鮮沢。Tsit點上吸引我。」

「下一位！」穿白圍軀裙、攑大枝湯匙ê普魯仔（prole）大聲喝。

Winston佮Syme共桶盤挰入去欄格下底，一份標準ê中晝飯隨抨佇頂頭，有一份芋仔色ê菜肉燖貯佇金屬khok仔內、一大塊麭、一塊切四角ê tshì-suh（cheese）、一杯勝利牌清咖啡，佮一片糖丹。

「千里幕下跤hia有一塊桌仔，」Syme講，「咱順路提一杯tsín酒來去。」

Tsín酒貯佇無耳ê幼瓷甌仔內底。個躼過人縫到hit塊桌仔，共食物囥佇金屬ê桌面，桌仔角毋知啥人留一跡菜肉燖ê湯，足thái-ko，袂輸吐出來--ê。Winston酒杯提起來，定神一下，大喙共he油味ê物仔吞--lueh。伊瞘目共目屎擠出來，煞感覺栂矣。伊開始一湯匙仔koh一湯匙仔sut菜肉燖，湯足洘，內底有寡粉紅色四角鬆鬆軟軟ê物件，拍算是肉。兩人一直到khok

1984

仔空矣lóng無講話。Uì Winston倒爿偏後壁hit塊桌，有一个講話聲傳來，緊koh無閬縫，若鴨仔咧叫，迵過周圍ê噪音。

「詞典進行kah按怎？」為著欲共噪音拚過，Winston嚨喉空弓大。

「勻仔咧振動，」Syme講。「我當咧處理形容詞。足迷人--ê。」

講著新講，伊liâm-mi規个人發光。伊共khok仔sak去邊仔，一肢幼骨ê手共麭提起來，另外一手抾tshì-suh，身軀ànn過桌仔頂，講話較免用喝--ê。

「第11版就是決定版本矣，」伊講。「Tsit个語言ê最後形體咧欲完成矣，以後所有ê人講話lóng照tse，無別款。等kah阮共完成hit日，恁逐家lóng愛重學。你一定想講阮是咧發明新字詞。完全毋著！阮是咧消滅字詞，逐工刣幾十个、幾百个掉。阮共tsit个語言削kah賰骨。第11版內底ê每一字，到2050年以前lóng袂退時。」

伊足枵燥款共麭咬--lueh，吞幾若喙，用一款冊氅ê熱情繼續講話。烏瘦ê面活潑起來，謔笑ê目神mā無去矣，變有成咧陷眠。

「共字詞刣捔揀，是足美妙ê代誌。上鎮地--ê免講是動詞佮形容詞，毋過名詞mā有數百个通擲掉。

毋但仝義詞，反義詞mā仝款。你共想，若一个字ê意思只是另外一字ê倒píng，有啥道理通存在？舉『好（good）』tsit字來講。都有一字『好』矣，哪著koh有一字『bái（bad）』？講『不好（ungood）』仝意思，甚至koh較合，因為正正表示倒反，『穤』koh無tsiah準。Koh來，欲比『好』koh較好，哪著規捾無清楚koh無效ê字詞，像『優』啦、『讚』啦tsia--ê？『更好（plusgood）』就好矣，程度欲koh較強，就講『雙更好（doubleplusgood）』。當然tsit款形式ê字咱有咧用矣，毋過佇新講ê最後版本，別款--ê就lóng無矣。路尾，好佮bái ê觀念用六个字就包括矣，實際上是一字。你共看，Winston，按呢敢毋是足美妙？當然，tse自頭就是大兄哥ê主意，」Syme想著koh加tsit句。

聽著大兄哥，Winston ê面閃現一絲仔有若無ê興頭。Syme隨發現伊其實無kài趣味。

「Winston，你無真正欣賞新講，」伊講kah略仔傷心ê款。「甚至你用新講咧寫ê時，你mā猶咧用舊講思考。一半擺仔你寫佇《時報》ê文章我有讀過。寫了袂穤，毋過he只是翻譯。你心內猶是甘願共舊講拚咧，保留舊講無明確佮無意義ê部份。你無體會著毀滅字詞tsit件代誌ê嫷。你敢知影新講是全世界唯一詞彙

1984

量逐年咧減少ê語言？」

　　Winston當然知影。伊笑笑，希望有表現出共感，無自信講啥較好。Syme koh提深色ê麭咬一喙，哺哺咧，紲咧講：

　　「你敢看袂出來新講ê規个目的就是欲縮減思想ê範圍？到尾仔思想罪會變做正正實實ê無可能，因為無字通好表達。每一个會需要表達ê概念，lóng kan-na會當用拄好一个字詞來表達，tsit个字詞唯一ê意思有嚴格定義，其他附屬ê意思lóng hőng拊掉而且放袂記得。佇11版，阮已經離hit个目標無遠矣。毋過規个過程猶koh會接續進行到咱lóng死去以後足久足久。字詞一年較少一年，意識ê範圍mā一年較狹一年。當然，tsit-má mā無理由去犯思想罪。He只是一个自我規訓佮現實控制ê問題。毋過到最後，連he都無必要矣。語言十全hit日，革命才算完整。新講就是英社主義，英社主義就是新講，」伊掛一款神祕ê滿足感補充。「Winston，你敢捌想像，上慢到2050年，無一个活人會當了解咱tsit-má tsit款ê對話？」

　　「除起……」Winston tiû-tû敢愛講，隨擋恬。

　　已經到伊舌尾ê話是「除起普魯仔，」毋過伊隨自我檢查，懷疑tsit句話無的確會怎樣違反著主義。Syme煞臆著伊欲講啥。

「普魯仔毋是人類,」Syme講kah無要無緊。「到2050年,抑是免hiah久,舊講ê實在智識會總消失去。往過ê全部文學會lóng毀掉。Chaucer、Shakespeare、Milton、Byron,lóng kan-na會賭新講版本,毋是和原本無全niâ,是會對反衝突。黨ê文獻mā會改變,連口號mā會改變。你共想,若是連自由tsit个概念都廢除矣,『自由就是奴役』tsit句口號欲按怎存在?規个思想ê氣候會真無全。事實上到時連思想都無,若照咱tsit-má所了解tsit个詞ê意思。正統ê主義就是無思考,毋免思考。正統性是無意識。」

緊縒慢,Syme會hŏng蒸發,Winston才想著隨真確定。伊傷巧。伊代誌看kah傷明,話koh講kah傷白,tsit款人黨無佮意。有一工伊會消失,看面就知。

Winston麵佮tshì-suh已經食了,伊共坐向小撨tuì邊仔,啉伊ê咖啡。伊倒爿hit塊桌hit个足尖聲ê查埔人猶koh咧喋袂煞。一个大概是個祕書ê小姐坐邊仔聽,尻脊向Winston,敢若對每一字lóng熱情贊成。Winston直直聽著tsit个gōng-gōng ê少年查某聲講「你講了足著,我完全同意」。毋過hit个查埔聲一tiap都無停,連查某綴聲ê時伊mā無歇。Winston看面會認得tsit个人是小說司ê重要官員,其他就毋知矣。伊量約仔30歲,大嚨喉空,嗓闊koh靈活。伊頭

1984

略仔the uì後壁，因為坐ê角度，兩塊目鏡仁反光，在Winston看敢若兩塊空砸仔，看袂著目睭。Uì伊喙沖出來ê規條無斷ê聲流內底，煞罕得有一字聽會明--ê，tsit款情境小可驚人。Winston kan-na一遍撈著半句「Goldstein主義澈底、終尾ê消滅」，話tiuh一下足緊，字lóng糊做伙，敢若規迮鉛字鑄做一粒。以外lóng是ah、ah、ah ê噪音。毋過準你無法度正經聽著伊咧講啥，主旨猶是想就知。伊凡勢咧譴責Goldstein，並且主張koh較嚴厲打擊思想犯和破壞者；伊凡勢咧咒歐亞軍ê暴行；伊mā凡勢咧呵咾大兄哥抑是Malabar前線ê英雄。Tse lóng無差，總講你會當確定伊逐字lóng是正統ê意識形態，lóng是純正ê英社主義。Winston那看hit个無目睭ê面，看hit塊下頦緊氣起起落落，煞有一个怪奇ê感覺，若像he毋是一个真人，是一身傀儡。Hit个查埔人kan-na嚨喉咧講話，頭殼無咧講。Uì伊喙出來ê物件是字鬥起來--ê，毋過論真毋是話語，只是無意識發出來ê噪音，袂輸鴨仔咧叫。

Syme落恬一時仔，用湯匙仔柄搵桌頂hit跡肉湯那畫。四邊huā-huā滾，隔壁桌足緊ê鴨仔聲猶是一直鑽入耳仔。

「新講內底有一个詞，我毋知你敢捌聽過，」

Syme講,「叫做**鴨講**,就是若鴨仔咧叫。有一寡詞仝時有兩个相扴ê意思,誠心適,tsit个就是。若用來講敵人,tse是罵人;若用佇家己人,就是呵咾。」

免懷疑,Syme會hőng蒸發。Winston知影Syme看伊袂起,無佮意伊,而且只要Syme認為有理由,完全有才調共伊舉報做思想犯。毋過tann伊koh想著Syme ê末路,煞莫名悲傷起來。Syme有一个小小ê毛病,伊欠缺謹慎、冷淡佮會保命ê gōng鈍。你袂當講伊思想無夠純正。伊信仰英社主義、崇敬大兄哥、慶祝戰勝、怨恨異端,lóng毋但是單純ê誠心niâ,koh有一款衝碰ê熱狂,連一般黨員袂去探聽ê消息,伊mā足緊知。毋過伊名聲在來毋是kài好。伊會講一寡較輸莫講ê代誌,伊冊讀傷濟,koh定定去畫家和音樂家出入ê栗樹咖啡廳。並無一條成文抑非成文ê法律講袂使捷去栗樹咖啡廳,毋過hit个所在就是有較歹吉兆。一寡已經敗名ê早期黨內頭人,往陣就常在佇hia聚會,一直到路尾hőng處理掉。聽講Goldstein本人幾若年抑幾若十年以前mā有時仔捌去hia。照按呢,Syme ê命運袂歹預測。是講,若是Syme覺察著Winston掩崁ê想法,就準kan-na三秒鐘,百面mā會隨報思想警察共掠。Tsit件代誌任何人lóng會做,毋過Syme比任何人lóng koh較會。熱狂koh無夠,正統性是無意識。

1984

　　Syme攑頭看，講：「Parsons來矣。」

　　聽伊ê口氣，親像koh欲加一句「hit箍死癮頭」。Parsons當咧骹tuì tsit爿來。伊是Winston蹛勝利大樓ê厝邊，身材略仔肥短，金毛，面有成水雞。才35歲，頷頸佮腰已經肥肉幾若層。毋過伊動作扭掠koh囡仔性。伊ê外容就是一个查埔囡仔放大，連伊身軀明明是穿一般制服，mā真僫無共想做是穿小情報員ê藍短褲、䘼siat-tsuh佮紅頷巾。骹頭趺有肉窟仔，手䘼uì粗短ê手下節pih起來，是伊ê固定形象。便若有團體遠足抑其他體育活動，Parsons確實lóng會趁機會共短褲穿倒轉來。Tsit-má伊用歡喜ê聲音共個兩人相借問，坐落來，發散一个足重ê臭汗酸。水珠仔大粒細粒uì伊粉紅色ê面tsuh出來。伊世界勢流汗，佇社區中心你若看著有球梏柄澹糊糊，就知影伊拄佇hia拍過phín-phóng。Syme提一張紙條出來，頂頭寫長長規行足濟字，伊墨水筆挾佇指頭仔縫，開始讀。

　　「你共看，食晝時間mā咧做工課，」Parsons講，手曲共Winston thuh一下。「足積極乎？兄弟，你he是啥？一定是我看無ê物件。Smith，兄弟，我共你講是按怎我逐你逐到tsia。寄付，你袂記得予我。」

　　「寄付？佗一項？」Winston問，手自動去搜錢。每一个人ê月給大概有四份一愛撥做各種自願寄

付,項目濟kah僫記。

「是仇恨週--ê,就hit-hō,照戶納--ê he。我是咱tsit棟管數--ê。咱tsit-má欲拚全力舞一齣上讚--ê。我共你講,到時若是咱勝利大樓排袂出規條街上大ê旗陣,就袂當怪我。兩箍,進前你有允我。」

Winston搜著兩張皺皺烏烏ê銀票,交出去,Parsons隨記佇小簿仔,以一个捌無幾字ê人來講,寫了猶算整齊。

「是講,兄弟,」伊講。「聽講阮hit个毋成囝昨昏用鳥擗仔共你彈。我共罵一停矣。我共講伊若是koh彈一遍,鳥擗仔就欲共沒收。」

「我想伊是袂當去看處決,咧khí-móo-bái,」Winston講。

「Hennh,著啦,我就咧講,tse有表現正確ê精神,敢毋是咧?Tsit兩个毋成囝足孽,兩个lóng是。毋過講著積極性絕對無話講,規頭殼想--ê lóng是小情報員,當然koh有戰爭。阮查某囝頂禮拜六佮個hit團去遠足,你敢知影伊按怎?伊招另外兩个查某囡仔做伙,脫隊去追蹤一个奇怪ê查埔人,綴規下晡。個nǹg樹林綴伊後壁行兩點鐘,行到Amersham ê時,報巡警共掠。」

「個哪欲按呢?」Winston略仔驚著。Parsons風

1984

神繼續講：

「阮查某囝發現伊是敵國特務，可能是跳傘抑按怎來--ê。毋過兄弟，重點是：你敢知阮查某囝頭起先是按怎注意著hit个人--ê？伊看著伊穿一雙足奇怪ê鞋仔，毋捌看過有人穿hit款--ê，所以較大面伊是外國人。七歲ê囡仔按呢有巧乎？」

「啊hit个人後來按怎？」Winston問。

「我曷知。毋過若準hit-hō我是袂意外啦——」Parsons比擧長銃瞄準ê手勢，喙舌觸一下準銃聲。

「誠好，」Syme清彩應，猶原咧看伊ê文件。

「當然咱袂堪得錯放，」Winston盡責贊成。

「我意思是講，當咧戰爭--neh，」Parsons講。

若像咧確認tsit點，小吹聲uì個頭頂ê千里幕傳來。毋過tsit擺毋是報戰勝，只是冗剩部有消息欲宣佈。

「各位同志！」少年ê聲音熱phut-phut。「注意，各位同志！光榮ê消息，咱ê生產戰役拍贏矣！各項消費產品ê產量報表出來矣，顯示生活水準過去一年提升上無20%。今仔早起，全海洋國各地ê勞動者自發uì工場佮事務所行上街頭，展布條仔遊行，氣勢鬧袂牢。群眾喝出個對大兄哥ê感謝，咱ê幸福新生活lóng是伊英明ê領導所賜。以下報一寡統計完成ê數字。糧

食——」

「咱ê幸福新生活」報幾若遍，tse是冗剩部近來ê愛用詞。Parsons予小吹叫一下注神起來，愣愣仔聽放送，激一个足嚴肅ê面，乖乖仔忍受無聊。伊無理解hia-ê數字，毋過知影橫直是代表值得歡喜ê代誌。伊撏一枝垃圾ê大枝薰吹出來，臭焦ê薰草貯半滇。Tsit-má薰草配給一禮拜才100公克niâ，欲共薰吹貯予滿有較僫。Winston當咧噗一枝勝利牌紙薰，真細膩共坦平提咧。伊賰四枝薰，明仔載才會koh領著配給。伊忽略食堂ê噪音，注意聽千里幕播送。內底講koh有人遊行感謝大兄哥共促可力ê配給提懸到一禮拜20公克。才昨昏niâ，伊回想，政府拄宣佈配給就欲KIÁM到一禮拜20公克。才過24點鐘niâ，逐家敢有法度吞會lueh？著，個吞--lueh矣。Parsons像一隻gōng精牲按呢，簡單吞--lueh矣。隔壁桌hit个無目睭ê生物攪熱情佮激動吞--lueh矣，而且堅心欲追緝任何敢講出頂禮拜配給猶是30公克ê人，欲共個控訴、共個蒸發。Syme ê方式小可厚工，伊運用雙想，mā吞--lueh矣。敢講伊Winston是UÎ-IT有記憶ê人？

精彩ê統計數字koh直直uì千里幕倒出來。佮舊年比較，tsit-má有較濟食物、衫、厝、家具、鼎、燃料、船、直升機、冊、嬰仔……逐項lóng增加矣，

1984

kan-na疾病、犯罪、起痟減少矣。逐年佮逐分鐘，所有ê人佮所有ê物件lóng咧緊速提升，緊kah siù-siù叫。Winston mā像Syme拄才按呢，提湯匙仔去搵he滴佇桌頂ê洘湯，牽長長一巡出來，畫做一个圖形。伊恬惴一生ê物質成分，想kah起憤慨。一切敢自來lóng是按呢？食物敢自來lóng tsit-hō味？伊踅看食堂內，天篷低低，規間足㧬，壁予算袂清ê人摸kah烏mà-mà；金屬ê椅桌歪膏揤斜，排kah足近倚，人坐咧都會手曲硞手曲；湯匙仔彎去、桶盤lap窟、死白ê甌仔粗koh漚；逐項物ê表面lóng油leh-leh，必巡ê所在牢污垢；tsín酒bái，咖啡bái，和金屬味ê菜肉燖參垃圾衫濫濫做一个酸味。你ê胃腸佮皮膚敢若不時咧抗議，會予你僥疑家己本來應得ê物件予人騙去矣。確實伊袂記得往過有啥物件佮現狀足另樣。佇伊通精確想會起來ê任何時期，食物lóng毋捌夠額，襪仔佮內衫毋捌無tsia一空hia一空，家具自來lóng mi-mi-mauh-mauh，室內燒氣無燒，地下鐵永遠㧬kah，厝宅離離落落，麭烏sô-sô，茶罕得有，咖啡thái-ko味，薰無夠噗……唯一俗koh冗--ê kan-na合成ê tsín酒。你身體愈濟歲，感受就會愈害，tse無意外。毋過，若是人會對tsia-ê無四序、垃圾鬼佮欠東欠西倒彈，對袂煞ê寒天、黏thi-thi ê襪仔、袂振袂動ê電梯、冷ki-ki ê水、粗硬ê sap-bûn、碎糊糊ê薰佮怪味邪氣ê食物袂爽，敢毋是表示tse一切M̄-SĪ事物自然ê秩序？一个人若毋是保有一寡「代誌本底毋是按呢」ê祖傳記憶，哪會感覺現狀袂堪得？

　　Winston koh聖看食堂內一遍。差不多所有ê人模樣lóng真bái，就準個毋是穿tsit軀藍色制服，換穿便衫，應該mā是平bái。佇室內另外一頭，有一个細漢、怪形若金龜仔ê查埔人，單獨坐一塊桌咧啉咖啡，伊目睭細細粒，僥疑ê目光巡來巡去。Winston想，一个人若是無四箍圍仔小觀察一下，真簡單就會相信黨設定ê理想體態毋但存在，koh是典型。Hit款宣傳內底，lóng是長䠡koh有男性氣魄ê少年家佮奶膨ê姑娘，逐个金頭毛、活力飽足、皮膚有曝日ê色緻、面色無煩憂。實際上，照伊所看見--ê，第一跑道大部份ê人lóng生kah矮、烏、袂得人愛。想來mā奇，毋知政府各部內底是按怎湠生hiah濟金龜仔形ê人，tsia-ê查埔lóng自少年就生做bú-thún bú-thún，短跤小步從來從去，肥肉面看無咧想啥，目睭足細蕊。Tse拍算才是黨ê統治之下上kài興旺ê類型。

　　Koh一陣小吹聲，冗剩部ê宣佈結束矣，換播送尖聲ê音樂。Parsons拄予規捾數字ê轟炸攪起懵懂ê熱情，tsit陣共薰吹uì喙裡提落來。

「冗剩部今年確實做了讚,」伊頕頭講,敢若真捌。「是講,Smith兄弟,你應該是無加ê喙鬚刀片通借我矣乎?」

「無半片,」Winston講。「我家己已經仝一片用六禮拜矣。」

「Mh,好啦,只是想講共你問一下,兄弟。」

「歹勢,」Winston講。

隔壁桌ê鴨仔叫拄才佇冗剩部放送ê時暫時恬去,tsit-má koh開始矣,佮進前平大聲。毋知是按怎,Winston無張持想著Parsons太太,hit个頭鬃se-lang-lang、面皺痕內牢塗粉ê查某人。免koh兩年,伊ê囡仔就會去思想警察hia共檢舉。Parsons太太會hőng蒸發。Syme會hőng蒸發。Winston家己會hőng蒸發。O'Brien會hőng蒸發。啊若Parsons,穩當袂hőng蒸發。Hit个無目睭叫kah若鴨仔ê生物穩當袂hőng蒸發。Hia-ê佇各部迷宮巷路猛掠走傱ê金龜仔款細漢查埔人mā穩當袂hőng蒸發。Koh有hit个烏頭鬃ê姑娘,小說司hit个,伊仝款穩當袂hőng蒸發。Winston感覺憑直覺就通知影啥人會活命、啥人會無去,只是會保命ê因素是啥,mā真僫解說。

雄雄伊tiuh一下,uì白日夢精神,隔壁桌hit个小姐半越轉身,當咧共看。就是hit个烏頭鬃ê姑娘,斜目

咧共看，誠專注，若像有蹊蹺。兩人ê目光一下相拄，姑娘隨看tuì別位矣。

汗uì Winston ê尻脊骿滲出來。伊驚kah一陣刺疼迵規身軀。疼是隨退去矣，毋過猶是真袂四序。Hit个姑娘是按怎咧共看？是按怎咧共跟綴？覕得伊袂記得家己來ê時姑娘敢已經佇hia矣，抑是後來才到位。毋過昨昏兩分鐘仇恨ê時，姑娘確實就是來坐佇伊後壁，明明都看無有啥理由愛坐hia。真可能伊就是專工來聽看覓伊喝有夠大聲無。

伊進前ê想法koh轉來矣：凡勢姑娘無影是思想警察，毋過志願ê抓耙仔正是上危險--ê。伊毋知影姑娘佇tsia看伊看偌久矣，無定有五分鐘，凡勢伊ê表情無控制kah完全好勢。佇公共場所抑是千里幕頭前放心思luā-luā趖，是khàu-pē危險ê代誌。一層屑仔無拄好，你就piak矣。緊張ê時面tiuh一下、無意識現出焦懵、不時家己nauh-nauh唸，lóng透露反常，敢若咧掩崁啥物代誌。不管按怎，表情無適當，比論聽著戰勝煞無啥信篤ê款，本身就是一項可罰ê犯行。新講甚至有一个詞講tse，叫做**面罪**。

姑娘koh越倒轉去，背向伊矣。無定著伊根本毋是咧共綴，只是hiah拄好連紲兩工lóng坐足倚。Winston ê薰hua去矣，伊細膩共囥佇桌仔邊。薰草若

1984

是儉佇內底,伊下班了後koh會當共tsit枝食完。真有可能隔壁桌ê人就是思想警察ê特務,免三工伊就佇慈愛部ê地下室矣,毋過薰節仔猶是袂當拍損去。Syme已經共伊ê紙條抝起來,收入去袋仔。Parsons koh開始講話矣。

「我敢捌共你講過?兄弟,」伊薰喙仔含咧,那講那笑,「阮hit兩个囡仔捌放火燒一个查某販仔ê裙,因為個看著伊用大兄哥ê海報包煙腸。個偷偷仔趖tuì伊後壁,點一盒番仔火,共燒kah不止仔傷重ê款。毋成囝乎?毋過有影積極kah驚死人!Tse就是tsit-má小情報員第一等ê訓練,比阮hit當陣koh較讚。組織最近分啥予個,你臆?Uì鎖匙空偷聽ê喇叭耳機!我he查某囝hit暝紮一个轉來,佇阮客廳ê門試用,koh講感覺比耳仔貼鎖匙空聽加清楚一倍。免講he只是一个迌𨑨物仔,毋過確實有咧教正確觀念敢毋是?」

千里幕放出鑽耳ê pi-á聲,喊眾人轉去做工課矣。三个人趕緊起跤,加入搶電梯ê捘拚,Winston紙薰內底賰ê薰草煞總落落出來。

I-6

Winston攑筆寫日記:

He是三年前一个暗淡ê黃昏，佇一間大間火車頭附近ê一條狹巷。Hit个查某徛佇一堵壁幹入去ê門跤口邊仔，頂頭ê一葩街燈欲光毋光。伊面誠少年，粉抹真厚。實際上我就是予伊ê妝去哄著，he面是hiah-nī-á白，若小鬼仔殼，喙脣豔紅。女性黨員才無咧抹粉。規條巷仔無別人，mā無千里幕。伊講兩箍。我——

到tsia伊寫袂落去。伊目睭kheh起來，指頭仔挼佇目睭頂頭，若像欲共直直出現ê影像挤出去。伊足想欲用上大ê音量tshoh規捾垃圾話，抑是頭去挵壁、共桌仔踢予píng過、共墨水罐抨出去窗外——橫直就是欲做啥物足雄、足吵抑是會疼ê代誌，看通共he折磨伊ê記持拂掉無。

你上惡ê敵人就是你ê神經系統，伊想。你內部ê緊張狀態隨時會化做看會著ê症狀。伊想起幾禮拜前佇

1984

街路看著一个查埔人。Hit个人外表真普通，是一个黨員，35至40歲，瘦瘦躼躼，掮一跤kha-báng。個隔幾公尺ê時，hit个查埔人倒爿面皮無張持tiuh一下，兩人相閃身ê時又koh tiuh一下。He只是掣一下，顫一下，緊kah若kha-mé-lah ê快門tshiak一下，明顯是習慣tik--ê。伊會記得hit時伊就咧想：Tsit个歹命鬼穩死矣。伊hit个動作真可能是無意識--ê，tse才是可怕ê所在。上損命ê危險代就是講陷眠話，he是無步通防--ê，至少伊想無步。

　　伊喘一口氣，koh寫：

　　我綴伊行，經過門口佮後埕，行到地下室ê灶跤。倚壁有一頂眠床，桌頂有一蕊火，足暗。伊──

　　Winston牙槽反酸，想欲呕瀾。佮hit个查某踮佇地下ê灶跤ê時，伊想起Katharine，伊ê某。Winston有某，至少是捌娶。凡勢伊tsit-má猶有某，上無伊知影個某猶未死。伊敢若koh歕著一喙he地下灶跤燒烙漚翕ê氣味，內底濫木蝨、垃圾衫佮粗俗芳水ê味，煞uan-ná會呧人，因為女性黨員毋捌咧用芳水，連想像都無法度。普魯仔才會用芳水。佇伊心內，hit个氣味就是和通姦分袂開--ê。

78

I-6

　　伊綴hit个查某入去，是伊兩年左右以來頭一擺踏差。佮妓女鬥陣當然禁止，毋過有ê規則你有時仔若好膽會用得犯一下，tsit條mā是。危險是危險，總是袂死。嫖婊hőng掠著有可能愛去勞改營五年，是講若無koh犯別條，mā極加就是按呢。Koh再講莫hőng掠著就無代誌。較散赤ê區lóng有真濟查某甘願賣身，有ê甚至一罐普魯仔照講袂使啉ê tsín酒就通成交。黨甚至恬恬仔放娼業去做，予無法度完全壓制牢ê人性有一个出口。放蕩本身毋是嚴重問題，只要予你著ng-iap做、袂樂暢，而且去鬥著ê查某是沉淪佮下賤ê階級，就好矣。黨員之間ê姦情才是袂原諒ê罪。毋過真僫想像hit-hō代誌正經會發生，雖罔大打整內底ê被告lóng會招認tsit个罪名。

　　黨ê目標毋但是防止男女之間建立黨所歹控制ê忠誠。黨無宣佈ê真正目的，是共性行為ê快樂完全提掉。性慾是比愛情koh較主要ê敵人，婚姻內外lóng仝款。黨員結婚lóng愛經過專門委員會審批。若是看會出兩人有肉體tik互相吸引，申請就lóng袂准，雖罔tsit个原則無明講。承認婚姻ê唯一目標，就是予人生囡仔來為黨服務。性交著看做一種小可穢涗ê小手術，若像通腸。Tse仝款mā無明講，毋過每一个黨員自細漢就hőng灌輸tsit个觀念。Koh有青年反性聯盟tsit款

1984

組織,個提倡無分男女lóng獨身禁慾,囡仔著用人工授精來產生(新講叫做JÎN-HÎNG),佇公共機構內育飼。Winston了解tse並毋是完全認真,毋過符合黨ê總體意識形態。黨想欲消滅性慾,若是做袂到,就共扭曲抑是糊臭。伊毋知是按怎會按呢,毋過敢若mā生成會按呢。以查某來講,黨ê推sak算誠成功。

伊koh再想著Katharine。自個分開應該有九,十——咧欲11冬矣。伊想起Katharine ê頻率低kah離奇。伊會當幾若工lóng袂記得家己有結婚。個做伙kan-na 15個月。黨不准人離緣,毋過會鼓勵無囡仔ê夫妻分開蹛。

Katharine是一个躼跤、金頭毛ê查某人,姿態騰騰,動作優美。伊ê面容有氣勢,若bā-hio̍h,人初見可能會用高貴來形容,紲落來才會發現hit張面皮後壁空空。個結婚無偌久,Winston就確定Katharine是伊拄過上白痴、上粗魯、上無內才ê人,無之一。是講凡勢he只是因為伊佮個某較熟,佮別人無hiah熟。Katharine ê頭殼內若口號提掉就賰無半項。不管是偌白痴ê物件,黨抺來伊就吞會落去。Winston心內共號一个外號「人體錄音帶」。毋過若毋是有一項代,伊koh會當勉強佮Katharine做伙生活。Hit項就是性。

Katharine若予伊一下摸,就會勼kah tīng-khok-

khok。攬tsit个某袂輸攬一身柴枵仔。Koh較奇--ê，是Katharine準若共伊攬倚佇身軀，mā煞若像咧用弓kah硬piàng-piàng ê筋肉全力共伊sak開。個某逐遍lóng只是倒咧，目睭瞌咧，毋是抵抗mā毋是合作，只是SŪN-TSIÔNG。He實在是到極礙虐，礙虐了後變做恐怖。就準按呢，若是兩人同意莫行房，Winston koh會當忍受做伙蹛。問題是Katharine顛倒毋，講個著盡力生一个囡仔出來。所致hit齣戲猶是繼續搬，一禮拜一擺，不止仔規律，除非hit工有啥物理由袂當做。日子到，Katharine甚至會早起就共Winston提醒，講暗時有此事著辦，毋通袂記得。Tsit件代誌Katharine有兩个名稱，一个是「製造嬰仔」，koh一个是「咱對黨ê責任」（著，伊正經按呢講）。免久，便若預定日欲到矣，Winston就驚驚。好佳哉個lóng做無嬰仔，路尾Katharine答應放棄，個就分開矣。

Winston吐一个無聲ê大氣。筆提起來，koh寫：

伊共家己抨對眠床頂，連你想會著ê清彩一款上粗魯、上bái才ê準備動作都無，裙隨搝起來。我——

Winston看著家己徛佇暗淡ê燈火下，鼻空內有蟲佮粗俗芳水ê氣味，心內感覺失敗koh怨恨。Tsit款

1984

心情，連佇tsit个時陣，mā和對Katharine ê記持濫做伙，想著俍某he予黨ê催眠力量永遠冷凍ê水白身軀。是按怎，代誌就lóng著按呢生咧？是按怎伊袂當有一个家己ê查某人，煞lóng著幾年仔來一擺tsit款lâ-sâm ê揮跋反咧？毋過真正ê戀愛，是lím無地想像--ê。黨內ê女性lóng仝一樣。俍堅信愛禁慾，就若像愛忠黨。怙自細漢ê精心制約，怙耍奕佮冷水泅，怙學校、小情報員、青年團教予俍ê hia-ê糞埽，koh有演講、遊行、歌曲、口號和軍樂，俍自然ê感情早就hőng摒了了去矣。Winston ê理智共伊講一定有例外，毋過伊心內毋信。查某lóng是袂打動--ê，黨意愛俍如此。伊想欲有人共愛，但是koh較想欲做--ê，是共德行ê壁堵拆掉，tsit世人一擺mā好。性愛行為若是成功，就是一款反叛。性慾是思想罪。就準伊hit當時有法度共Katharine ê慾望叫醒，mā算誘姦，就準he是俍某。

　　總是故事愛寫予完。伊koh落筆：

我共火挼較光咧，看著伊佇燈下——

　　經過拄才ê烏暗，虛荏ê臭油燈光煞感覺足光。伊tann才通共tsit个查某相予真。伊向查某踏倚一步，停跤，慾望佮驚惶滿滇。伊來tsit个所在有偌危險伊知，

知kah會疼。伊若等一下出門隨予巡邏--ê tsang著,mā完全正常,個凡勢tsit陣已經守佇外口矣。若是伊來到tsia欲辦ê事項猶未辦就離開——!

Tse一定愛寫落來,一定愛招認。伊佇燈光下ê發現,是眼前tsit个查某足LĀU。伊面皮糊ê粉厚kah若像紙枋小鬼仔殼,隨會pit開ê款;查某ê白頭鬃袂少矣,毋過正經驚人--ê,是伊喙已經mauh-mauh,小可仔開開,內底賰烏烏一空,一齒都無。

Winston著急寫,寫kah真潦草:

佇燈下我看出伊是一个老查某,上無50歲。毋過我猶是做矣。

伊koh再共指頭仔抳佇目睭皮頂頭。總算寫落來矣,毋過無差別。治療失敗。想欲曨喉空弓盡磅tshoh-kàn-kiāu ê衝動猶是hiah強烈。

I-7

「若是猶有希望,」Winston寫,「就是佇普魯仔當中。」

若是猶有希望,IT-TĪNG是佇普魯仔當中,因為kan-na uì tsit大陣占海洋國人口85% ê卑微群眾,會毀滅黨ê力量才生會出來。黨無法度uì內部偃倒。黨ê敵人,若準有,mā無才調做伙行動,個若互相會認得就bē-bái矣。就準傳說ê兄弟會有影存在,mā無法度想像個ê成員聚會到場會超過兩三个人。欲造反,著愛用目色、話調做暗號,極加予你有機會細細聲傳一字。毋過普魯仔無全,若是個通意識著家己ê力量就好矣,個連密謀都免。個kan-na需要徛起來,身軀擁擁咧,敢若馬共胡蠅擁掉按呢。個若是欲,隔轉工早起就有才調共黨hám kah碎sap-sap。緊縒慢個會想著欲按呢做--honnh?是講──!

伊會記得有一擺,伊行佇一條䀹插插ê街路,聽著數百名查某ê嚷喝聲若霆雷,uì頭前無遠ê一條巷仔piàng出來。He是憤怒兼絕望ê放聲吼,氣力無敵,

足深、足響ê「oo-oo-oo-oo-ooh！」，敢若鐘摃了聲猶咧蹛。伊心肝頭phih-phòk跳。來矣！伊想。暴動矣！普魯仔總算liòng出來矣！伊從到現場，看著規大陣兩三百个激動ê查某人圍佇幾个路邊擔仔邊仔，逐个面色悽慘kah袂輸個坐ê船咧沉矣。規篷絕望ê群眾隨koh拆做幾若組咧冤家。原來其中一擔咧賣長柄錫鍋。Hia-ê鍋仔lóng漚koh薄，毋過逐款鍋鼎一向lóng真僫買，無疑悟tsit站koh斷貨矣。搶著鍋ê查某人抵抗別人挨揀捙，戰利品攑咧欲走。買無著ê幾若十人就共擔仔包圍tshā-tshā嚷，指控擔頭家私偏，koh懷疑伊猶有貨藏佇啥物所在。Liâm-mi新ê嚷鬧koh響起來。兩个氣phut-phut ê查某人仝一跤鍋搦牢牢，lóng想欲共uì對方手裡搶過來，其中一个舞kah鬖毛崁面。一時兩人同齊大力搒，柄斷去矣。Winston看kah起倒彈。是講，he短短一tiap仔，幾百个嚨喉空niâ，就展出予人破膽ê力量！是按怎個煞袂為著正經要緊ê代誌按呢喝咧？

伊koh寫：

若是無意識，個就袂造反；若是無造反，個就袂發展出意識。

1984

　　Tsit句，伊慄，koh有成是uì黨ê教科書摘出來--ê。黨宣稱，當然啦，是黨共普魯仔uì奴役狀態解放出來，講革命以前普魯階級予資本家壓迫kah真慘，枵飢失頓koh愛受鞭挫。查某人著去挖塗炭（查某人tsit-má猶是咧挖塗炭），囡仔六歲就hőng賣去工場。另面，照雙想ê原理，黨教講普魯仔生本就較低等，對個愛像對動物按呢，用幾條仔簡單ê規則去管就好。實際上黨員對普魯仔了解真少，mā免佮了解。只要個照常作穡生湠，此外個創啥lóng無重要。普魯仔親像Argentina ê平洋頂放牧ê牛群，做個過日，tsuánn恢復到一種對個來講敢若足自然ê生活方式，一種祖傳ê模式。個出世，佇糞埽堆大漢，12歲就去做工課，短暫經歷一段媌佮tshio ê花樣青春，20歲結婚，30歲就中年矣，普通食到60歲。個kan-na知影做粗重工課、顧家庭囡仔、為著毋成代誌佮厝邊冤家、看電影、踢跤球、啉bì-luh，當然袂用得無跋筊。欲控制個無困難。思想警察會派特務佇個當中生活，放一寡謠言，共少數有才調變危險ê人做記號處理掉。毋過黨無想欲共普魯仔灌輸正統意識形態。黨無認為個愛佮捌政治。予個有單純ê愛國心，必要ê時會當叫個接受較長ê工時、較少ê配給，就好矣。就準個有時仔袂爽，個ê不滿mā無地去，畢竟個欠缺普遍tik ê觀念，不滿kan-na會當指

對屑末ê委屈。較大ê邪惡個lóng袂注意著。大多數普魯仔ê厝內根本無千里幕，連普通警察mā罕得共個攪擾。London ê犯罪足嚴重，次社會內底全全十花五色ê賊仔、強盜、妓女、賣毒--ê、損錢--ê。橫直加害和被害--ê lóng是普魯仔，就lóng無重要。佇各種道德問題頂面，黨允准個照個古早ê法則去處理。黨ê禁性慾主義個免遵守。性放蕩袂罰，離緣會准。全款意思，連宗教崇拜，只要普魯仔表現出有需要抑是欲愛，mā是會批准。個無值得懷疑。一句黨口號就講：「普魯仔佮動物是自由--ê。」

Winston ê爛瘡koh癢矣，伊向落去細膩抓。革命以前ê生活到底是啥物款，你會直直想欲了解，毋過逐遍mā揣無路。伊uì屜仔提一本囡仔人ê歷史課本出來，是共Parsons太太借--ê。伊冊掀開，共一段抄入去伊ê日記：

佇舊時代（冊按呢寫），咱光榮ê革命以前，London毋是咱tsit-má所知ê tsit个美麗ê城市，是一个烏暗、thái-ko、悲慘ê所在，無幾个人食會飽，數百數千人無靴管通穿，甚至暗暝咧睏ê時mā無一塊厝頂通遮風雨。差不多你ê歲，甚至koh較細漢ê囡仔著一日做工12點鐘，跤手傷慢koh會予酷刑ê主人攑鞭捽，kan-na

1984

有通食過期ê麭皮配水。佇規片悽慘ê散赤當中,有少少lè-táu ê大厝宅,內底蹛好額人,一人就有30个使用人咧侍候。Tsia-ê好額ê查埔人叫做資本家,個大箍koh bái,面相邪惡,就像對頁hit張圖。Tsia看會著伊穿一軀烏色長外套,叫做大禮服;頭戴一頂怪形若煙筒管koh金金ê帽仔,號做懸帽仔。Tsit款穿插是資本家ê制服,一般人不准穿。資本家擁有世間ê一切,其他ê人lóng是個ê奴隷。個擁有全部ê土地、全部ê厝宅、全部ê工場佮全部ê錢。若是有人毋聽個ê,個會共伊擲入去監獄,無就予伊失業枵死。普通人若佮資本家講話,lóng愛姿勢卑屈,liù帽鞠躬,稱呼「大人」。所有ê資本家koh有一个頭人,號做國王,而且——

伊知影紲落來koh欲講啥:掛幼麻布手袘ê主教、穿貂皮長衫ê法官、枷、跤枷、踏車、九尾鞭等等刑具、London市長ê夜宴,koh有唚教宗跤指頭仔ê儀式。若所謂ê**初夜權**,囡仔ê課本可能袂寫著,he是講資本家lóng有合法權利通睏任何一个佇伊ê工場做工ê查某。

你欲按怎通知影tse內底有偌濟是白賊?講現在ê平均生活水準較好革命前,mā是HUĀN-SÈ有影啦。唯一ê反證是你骨頭內底恬靜ê抗議,你會本能感覺

88

tsit-má ê生活條件袂忍受得，往過定著有啥物時代捌無仝款。伊悟著現代生活真正ê特徵並毋是酷刑佮性命難保，只是困乏、暗淡、無攬無拈。身軀邊看一下就知，日子毋但和千里幕放袂停ê嚽話無一屑仔成，連和黨想欲達成ê理想mā無成。生活中大部份ê事項，就準對黨員來講，mā lóng是中立非關政治--ê，比論佮無聊ê工課揮拚、佇地下鐵搶坐位，䘼穿破ê襪仔、共人討糖丹片、儉一節薰尾。黨設ê理想足大，足厲害，金光閃閃，hit个世界lóng全鋼鐵佮紅毛塗、lóng全若怪獸ê機器佮驚人ê武器，全國頂下lóng是戰士佮熱狂者，同齊全心踏步向前，頭殼想--ê lóng仝款，喝仝款ê口號、永遠咧做工課、戰鬥、勝利、迫害，3億人全一个面貌。現實卻是食袂飽ê眾人穿會滲水ê鞋，佇朽爛兼臭賠ê城市內底拖跤來來去去，蹛佇規年週天氣味若高麗菜佮故障便所ê 19世紀破厝。伊敢若看著規个London ê形象：闊大，廢墜，有100萬跤糞埽桶，tsia ê居民像Parsons太太，一个面皮攝襇、頭鬃se-lang-lang、無助咧對付窒牢排水管ê查某人。

伊koh向落去抓跤目。千里幕暝日用統計數字大力授你ê耳仔，講佮50年前比，今日ê大眾食較好穿較好、蹛較好koh較有娛樂，比以前歲壽較長、工時較短，人較脹、較健康、較勇壯、較快樂、較聰明，koh

受較好ê教育。無一字會當證明抑否證。黨宣稱tsit-má普魯階級成年人有40%捌字,以前才15%。黨koh講tsit-má ê嬰兒死亡率是每1000人才160人,比革命前ê 300人加足低,按呢按呢。Tse敢若一个單一方程式有兩个未知數。真有可能歷史冊內底ê每一字,連上袂引起人憢疑ê事項,mā lóng是空想。就伊所知,應該是從來無啥物**初夜權**ê規則,凡勢mā無資本家tsit款生物,抑是懸帽仔tsit款服裝。

一切lóng化做雺霧矣。往過hőng拊掉,mā袂記得有拊矣,假--ê變做真--ê。伊一生kan-na有一擺捌提著實實在在、袂hut毋著ê證據,證明有偽造行為。He是佇偽造LIÁU-ĀU才提著--ê,毋才有準算。伊共證據提佇指頭仔中間有30秒。He應該是佇1973年,橫直大概就是伊佮Katharine拄扯hit當陣。毋過正經要緊ê日期是koh較早七年抑八年。

代誌實際上愛uì 60年代中期講起,hit陣ê大打整共真濟革命上早期ê領袖lóng掃除矣。到1970年,大兄哥本人以外已經無賰。個lóng hőng搝底講是叛徒抑反革命。Goldstein閬港矣,毋知覕去佗位,另外有幾个仔消失矣,大多數先佇大場面ê公審認罪了後hőng處決。上尾ê生存者當中,有三个是Jones、Aaronson佮Rutherford。個應該是佇1965年hőng逮捕,照捷有ê

情形，伊消失有一年抑是koh較久，外口毋知伊是死抑是活。了後，mā是照常例，伊koh忽然間hōng押出來承認家己ê罪行：提供情報予敵人（hit時陣ê敵國mā是歐亞國）、盜用公款、謀害濟濟有名望ê黨員、自革命進前足早就開始暗謀對抗大兄哥，koh有創空害死數十萬人。伊招認以後得著特赦，黨koh再共伊接納，派予伊好看頭ê閒缺。三个人lóng佇《時報》發表卑屈ê長文，分析家己叛黨ê理由，並且承諾自新。

伊hōng放出來了後，Winston有一擺佇栗樹咖啡廳親目睭看著伊三个。伊猶會記得伊用目尾共伊眏ê時，hit款驚惶koh想欲看ê心情。伊年歲比伊加足濟，對伊來講袂輸是古代ê遺蹟，mā會用得講是黨ê輝煌年代留落來ê最後ê大人物。伊身上猶微微仔有地下鬥爭佮內戰ê傳奇光彩。雖然hit當陣事實佮日期就已經愈來愈袂明矣，伊猶有印象，伊聽過tsit三个人ê名比伊知影大兄哥koh較早。毋過伊mā是罪犯、敵人、帶衰者，註定一兩冬內穩當死滅--ê。無人捌落入思想警察ê手底了後koh走會去。伊是死體矣，等咧hōng扛轉去墓壙niâ。

離伊上近ê幾塊桌lóng無人坐。人若是去hōng看著佇伊附近就真無巧。伊恬恬仔坐咧，面頭前囥丁香加味tsín酒，tse是tsit間咖啡廳ê特產。三个人內底，

1984

Rutherford ê生張上引著Winston注意。Rutherford往陣是出名ê諷刺漫畫家,革命進前佮革命期間,伊刺tshak ê尪仔圖對煽動民意誠有幫贊。到tann伊ê作品猶是久久仔一擺會刊佇《時報》,tsia-ê作品只是咧重複伊家己早期ê風格,已經無靈魂mā無說服力。逐遍lóng是古早ê主題改作,像散赤區ê公寓厝、枵飢ê囡仔、街頭ê戰鬥、戴懸帽仔ê資本家(個連徛佇街壘頂頭mā堅持欲戴懸帽仔ê款),透露出直直欲倒轉去往過卻註定空磨ê企圖。伊是一个大欉koh歹面ê查埔人,帶頭鬃ōm koh油,面皮冗垂,皺痕明顯,喙脣厚厚若烏人。伊往過漢草足勇壯,tsit-má煞tuì各方向彎曲、趨倒、phok龜、離落,敢若liâm-mi會佇你眼前親像崩山按呢碎去。

　　Hit陣是15點,稀微冷清。Winston袂記得伊是按怎佇hit个時間去hia。規間咖啡廳無幾个人,尖脆ê音樂uì千里幕流出來。三个人坐佇個hit个壁角,罕咧振動,恬恬無話。服務生免喊就koh來補斟酒。個邊仔ê桌仔頂有囥一塊棋盤,棋子lóng排好勢矣毋過無人行。Tsit時,千里幕有動靜,音樂ê旋律佮音子lóng變矣,差不多有半分鐘,he樂聲真歹形容,古怪、破碎,若破雞笙,koh敢若咧共人恥笑。Winston佇心內共叫做術仔調。紲落來,千里幕內底一个聲音開始唱:

I-7

伸枝淡葉ê栗樹下跤
我出賣你，你出賣我
個倒hia，咱倒tsia
佇伸枝淡葉ê栗樹下跤

三个查埔人lóng無振動。毋過Winston koh彡Rutherford朽壞ê面，發現伊目屎滿墘。而且伊tsit-má才注意著Aaronson佮Rutherford ê鼻仔lóng斷去矣，伊心內交懍恂，煞毋知影是**為著啥**。

無偌久，個三个就koh hống逮捕矣。聽講是頂一改出來個就隨koh舞新ê陰謀。第二斗ê審判，個共舊罪koh認一遍，加添規捾新--ê。個hống處決，命運寫入黨史，警告後世。Koh五年後ê 1973年，有一工，Winston當咧共規卷挂uì風送管走出來到伊桌頂ê文件展開，看著內底ke一張明顯是有人無細膩鉸入來ê紙。伊共展予平，隨看出tsit張紙ê厲害。He是半張《時報》，量約十年前--ê——拄好是頂半頁，日期就佇hia。頂頭有刊一張相片，是佇New York出席一場黨大會ê代表團。佇規團中央上顯目--ê，就是Jones、Aaronson佮Rutherford。就是個無毋著，koh較按怎，下跤ê圖說mā有寫個ê名。

重點是個三个人佇兩擺ê審判lóng招認hit日個

1984

人佇咧歐亞國，講佃uì Canada ê一个祕密機場飛去Siberia，會見歐亞國參謀總部ê人，共重要ê軍事機密交予對方。Hit个日期Winston記足牢，因為hit工拄好是中夏節。總是規件代誌一定有四界留足濟記錄。唯一可能ê結論就是：he招供是假--ê。

當然，tse本身無算是啥物發現。就準佇hit時，Winston mā袂想像hia-ê hŏng掃除ê人正經有犯hia-ê罪狀。毋過tse是結實ê證據，是已經廢揀ê往過賰落來ê一片，親像一塊化石骨出現佇無對同ê地層，共一个地質學理論píng掉。若是有啥物法度共tsit片證據發佈到世間，並且予眾人了解其中意義，會得共黨hám予碎，碎kah袂輸原子hiah幼。

伊繼續做工課。Tng-tong伊一下看捌hit張相片，就隨徙一張紙來共崁咧。佳哉伊共展開ê時，uì千里幕ê角度看是頂下倒反。

伊共寫字簿仔囥踮跤頭趺頂，椅仔攄較退，盡量離千里幕較遠咧。欲保持面無表情並無困難，喘氣較細膩咧mā會得控制。毋過心跳就無法度控制，千里幕精密kah聽會著。伊足驚有一陣風掰過伊ê桌頂，抑是有其他意外，會害伊熻空，心情忍受折磨估計有十分鐘久。伊無koh共掀開，tsuánn共hit張相片參一寡廢紙做一下擲入去記憶空。拍算免一分鐘，就會化做火烌矣。

He是十年抑11年前ê代誌矣。若是tsit-má，伊凡勢會共hit張相留咧。一直到tann，拈過hit張紙對伊來講敢若有改變啥，雖然相片本身佮所記錄ê代誌lóng賰記憶niâ矣。敢講黨對往過ê控制按呢就會較冗，kan-na是一片已經無存在ê證據BAT存在過？

毋過今仔日，假設hit張相片會當uì火烌koh變倒轉來，mā無一定是證據矣。伊發現相片ê時，海洋國已經無咧和歐亞國相戰，想來hit三个已經死ê人會變做是和東亞國ê特務勾結來叛國。Hit陣到tann koh有發生其他ê變化，兩个，三个，伊記袂起來有幾个。較大面伊ê招供已經改寫koh再改寫，改kah當初時ê事實佮日期早就無啥意義矣。往過毋但改變矣，而且是一遍koh一遍改。像惡夢共折磨kah上忝--ê，是伊從來毋捌清楚了解是按怎黨欲進行tsit款大規模詐騙。偽造往過ê直接好處真明顯，毋過根本ê動機是一个謎。伊koh攑筆寫：

我了解ÁN-TSUÁNN-TSÒ，我無了解SĪ-ÁN-TSUÁNN。

伊起迷惑，佮進前濟濟擺仝款，憢疑家己敢是一个痟人。凡勢痟人就只是孤一个ê少數。往過，人起痟

1984

ê一个徵象,是認為地球踅日頭咧行;tsit-má,是認為往過袂當修改。伊可能是KOO-TSÌT-ê按呢認為--ê,若是孤一个,就是痟--ê。毋過想著家己可能是痟--ê,對伊koh毋是大困擾,恐怖--ê是伊可能koh是錯--ê。

伊共hit本囡仔ê歷史冊提起來,看封面內頁ê大兄哥人像。Hit雙催眠ê目睭繩入伊家己ê目睭。敢若有一个強大ê力量咧共你抑--lueh,躘入你ê頭殼碗,大力pa你ê腦,共你嚇kah放棄家己所信,koh欲共你說服kah否認家己感官ê實證。到路尾,黨會宣佈二加二等於五,你也著愛相信。個早慢會按呢做,照個立場ê路則袂避免。個ê哲學毋但否認經驗ê效力,連外在現實ê存在mā否認,無明講niâ。常識是異端中ê異端。恐怖--ê毋是你想法無全會予個刣死,是凡勢個才著。若無,講到地,咱哪會知影二加二等於四、重力存在、抑是往過袂改變得?若是往過佮外在世界lóng kan-na佇咱ê心智內底,啊心智koh是會控制--ê,會按怎?

袂使!伊ê勇氣雄雄堅定起來。無經過啥物明顯ê聯想,O'Brien ê面煞浮現佇伊頭殼內。伊知影O'Brien徛佇伊tsit爿,比進前koh較確定。Tsit个日記就是為O'Brien寫--ê,是寫HŌO O'Brien--ê,親像一張寫袂煞ê批,就準無人會讀,猶是有欲致予一个某乜人,tsit張批毋才實在可信。

黨叫你拒絕家己目睭佮耳空得著ê證據。Tse是個終其尾佮上核心ê命令。伊想著黨共伊圍堵ê力量是hiah-nī-á大，黨ê清彩一个智識人lóng會當輕輕鬆鬆共伊辯倒，個ê論點精幼kah伊連理解都有困難，較免講欲回應。想著tsia--ê，伊心情沉--lueh。毋過伊才是著--ê！個毋著，伊才著。明顯--ê、無巧--ê、真實ê信念需要護衛。自明ê道理是真實--ê，愛堅持tsit點！具體ê世界存在，法則袂變。石頭是有--ê，水是澹--ê，物體無間咧就會向地心落--lueh。伊感覺伊咧對O'Brien講話，感覺家己咧提出一條重要ê公理，伊寫落來：

自由就是講出二加二等於四ê自由。Tse若是得著承認，其他--ê lóng會綴來。

I-8

　　Uì一條狹巷下底ê啥物所在，烘ka-pi ê味湠出來街路裡。是正港ê ka-pi，毋是勝利牌咖啡。Winston無張持停跤。有大概兩秒鐘，伊轉去到半袂記得ê童年時空。Tsit時有一扇門大力關，芳味煞袂輸是聲音隨予閘斷去。

　　伊佇人行道行幾若公里矣，爛瘡疼tiuh-tiuh。Tse是三禮拜內伊第二擺欠席無去社區中心ê暗會。按呢其實真欠考慮，畢竟出席狀況lóng有詳細登記。黨員原則上無自由時間，除起睏，袂孤一个人。照講一个黨員若無咧做工課、食飯、睏，就是咧參與某種群體議量才著。你若有啥行為予人感覺你tsit个人佮意孤單，就準只是家己一个去散步，就小可仔危險。新講有一个詞咧講tse，號做**自生活**，意思是個人主義佮怪癖。毋過tsit暝Winston行出真理部ê時，去予4月軟爽ê空氣唌著，天ê青色比伊tsit年以來所看著--ê lóng koh較溫暖。比起來，時間長koh吵鬧ê社區中心暗會、無聊koh忝頭ê比賽佮演講、著用tsín酒來針油才勉強會紡ê同志感

情,想著就siān kah袂堪得。伊衝碰離開bá-suh站,踅入去London ê迷宮地帶。先向南,koh向東,koh再斡北,失路佇袂認得ê街巷,欲行去佗一个方向mā貧惰想。

「若是猶有希望,」Winston捌寫佇日記,「就是佇普魯仔當中。」Tsit幾字一直轉來揣伊。Tsit句聲明是看袂透ê真理兼摸會著ê譀恾。伊來到一个暗醬、塗色ê散赤區,佇往過ê Saint Pancras車頭ê東北爿。伊行tuì一條石板路,邊仔是細細間兩層樓ê厝,漚古ê門喙bā-bā-á拄佇人行道,予人聯想著鳥鼠仔空。石路頂垃圾水一跡koh一跡。佇逐个暗淡門喙ê內外,抑是巷仔兩爿koh分叉出去ê逐條狹巷,lóng全全人,濟kah驚人。有若花當開ê姑娘,喙脣頂胭脂皂kah不止仔粗魯;有少年家咧逐hia-ê姑娘仔;有大箍kah行路hián-hián ê婦人人,預示hia-ê姑娘十年後ê模樣;有曲痀ê老歲仔跤開開慢慢仔擸;koh有穿破衫褪赤跤ê囡仔踏水窟仔迌迌,予個ê阿母火大喝一下四散。規條路差不多四份一ê窗仔破去矣,用枋仔罔補咧。大部份人無注意Winston,少數幾个帶防備好玄共看。兩个青面獠牙ê查某紅磚色ê雙手kiap-kiong khuè圍軀裙頂,徛門跤口咧開講。Winston行倚ê時聽著幾句仔:

「『是--lah,』我就共講,『誠好,誠好,』我

1984

就講。『毋過你若是我你mā會按呢做啦。欲批評真簡單,』我講,『毋過你無拄著我拄著ê問題啦。』」

「Hennh--lah,」另外一个應,「就是講毋。就是按呢無毋著。」

尖聲ê對話雄雄擋恬。兩个查某用敵意ê眼光共繩,看伊行過,無出聲。毋過論真he mā無算是敵意,只是一種持防,暫時繃絚,敢若咧看一隻無熟捌ê動物經過。黨員ê藍制服佇tsit款街仔毋是定定看見。事實上,黨員除非有特定ê公事愛去辦,若無,予人看著佇tsit款所在出入是無啥巧。若是拄著巡警,個拍算會共你閛落來問話:「同志,我會使看你ê證件袂?你佇tsia創啥?你幾點下班--ê?你平常時轉厝敢是uì tsia行?」像按呢。是無規定講袂使行較罕得行ê路轉厝,毋過若是予思想警察知影,已經有夠個共你特別關心矣。

忽然間規條街大亂。四邊lóng有人咧喝咻警告。眾人彈入去門內,猛kah若兔仔。一个少婦uì Winston頭前hit扇門跳出來,共一个佇水窟仔迌迌ê細漢囡仔掠牢,搝圍軀裙共箍咧,koh跳倒轉去,動作頭尾做一氣。仝一tiap,一个烏西裝皺kah若手風琴風箱ê查埔人uì邊仔巷仔傱出來到Winston頭前,真激動指天頂喝。

「水煙船！」伊吼。「危險，長官！頂頭kiat落來！緊phak--lueh！」

「水煙船」是普魯仔某乜因端共火箭彈號ê偏名。Winston隨覆塗跤。普魯仔見若發tsit款警告lóng足準--ê。個敢若有某種本能，會早幾秒感應著火箭彈欲khian落來矣，雖然照講火箭彈飛kah比聲音較緊。Winston雙手mooh頭殼頂。Pōng一聲，親像人行道都膨起來，幼仔phuè-á若雨來，沃kah伊規尻脊骿。伊徛起來，發見身軀頂lóng全上近hit塊窗仔ê玻璃phuè-á。

伊koh行。炸彈共沿街200公尺ê規片厝炸掉矣。一大丸tshàng-tshàng ê烏煙吊天頂，下跤灰塗phōng-phōng-ing，坱埃內底已經有群眾圍咧看廢墟矣。伊跤前人行道頂鎮一堆仔灰塗，中央有鮮沢ê紅巡，伊行倚發見是一肢uì腕削斷ê手。斷面血sai-sai以外，規肢手白kah若石膏像。

伊共hit-hō物踢落去水溝仔底，正斡入去一條巷仔，行較無人ê所在，三四分鐘就離開炸彈掃著ê角勢矣。Lâ-sâm唊燒ê街頭生活照常，敢若啥物代誌都毋捌發生。咧欲20點矣，普魯仔捷去ê酒舖人客tshah-tshah-tshah。烏趖趖ê幌頭門開咧關咧無停，尿、鋸屑烌佮酸bì-luh ê味uì內底飄出來。佇一間厝頭前ê偏

1984

角,有三个查埔人徛足相倚,中央hit个提一張拗咧ê報紙,另外兩个頭伸tuì伊肩胛頂頭做伙咧讀。Winston行猶未到通眵著個ê表情,uì個身軀ê每一條線條就看會出來個規心專注。真明顯個當咧讀一篇足要緊ê報導。離個賰幾步ê時,個煞散開,其中兩人開始相嚷,一時敢若強欲拍起來矣。

「Khàu-pē我咧講你聽有無?我都共你講14月日無開過半支尾號7--ê!」

「有!就有!」

「無!無就是無!阮兜我有一張紙,兩冬外逐擺我lóng記頂頭。記kah袂輸時鐘hiah準時。我共你講,無一支尾號是7--ê——」

「有--lah,7**捌**開過--lah!我koh會當共你講hit支夭壽號碼,上尾是407。2月ê代誌,2月第二个禮拜。」

「2月恁阿媽--lah!我白紙烏字記kah清清楚楚,我共你講,無一支——」

「啊恬去--lah!」第三个人出聲。

個咧講彩券。Winston行過個邊仔koh 30公尺矣,越頭個猶koh咧諍。逐禮拜送出大獎ê彩券,是普魯仔唯一嚴肅關心ê公共事件。對凡勢有幾若百萬个普魯仔來講,彩券若準毋是個活落去ê唯一理由,mā是

頭名ê理由。彩券是個ê快樂、個ê gōng想、個ê止疼劑、個智能ê刺激。若佮彩券牽著關係，就準是捌無幾字ê普魯仔，mā敢若會曉做足精密ê計算，記性mā好kah驚倒人。有規个產業ê人靠賣臆獎公式、明牌佮幸運符仔咧賺食。彩券是冗剩部咧發--ê，Winston業務tik無相關，毋過伊知影（實際上黨內通人知），he獎金真濟lóng無影。Kan-na一寡細條--ê正經有分出去，大獎lóng是幽靈人口iânn去。橫直海洋國hiah闊，各所在之間欠聯絡，欲按呢創無困難。

毋過若是猶有希望，就是佇普魯仔當中。Tsit點愛堅信。共唸出來，就感覺愈著。徛佇人行道，看身軀邊來來去去ê人，tsit个信仰愈堅定。伊拄幹入來ê tsit條街是落崎。伊開始感覺tsit搭若像捌來過，近近仔koh有一條大路。頭前有人咧嚷鬧ê聲。街幹一个尖角，就隨接一節樓梯，落去有一條低勢ê巷仔，hia有幾个仔擔仔咧賣lian-lian ê菜蔬。Winston想起來伊佇佗位矣。Hit條巷仔迵大路，koh去免五分鐘ê hit个幹角有一間舊貨仔店，伊寫日記ê簿仔就是佇hia買--ê。筆桿佮墨水是佇koh較過去無偌遠ê小文具店買--ê。

伊佇樓梯喙停一睏仔。巷仔ê對面有一間焙焙ê細間酒館，窗仔頂敢若結霜，原來是牢規沿塗粉。有一个老公仔揀門入去，伊曲痀曲痀毋過猶真有元氣，白

1984

色ê頂骨鬚聳tuì頭前，有成蝦鬚。Winston徛咧共看，煞去想著，tsit个老人上無80歲矣，算來革命ê時已經中年。伊佮少少ê仝沿人是現代和消失ê資本主義世界之間猶佇咧ê最後連結矣。佇黨內，革命前就捌代誌ê人已經賰無濟。老輩--ê佇50佮60年代ê幾遍大打整就hōng摒欲了矣，少數活落來--ê早就懍kah毋敢講真話。若是tsit-má猶koh有活人會當共你講tsit个世紀較早期ê實況，定著是普魯仔。Winston一時想起伊抄入去日記ê hit段歷史課文，一个痟狂ê衝動夯起來。伊欲入去hit間酒館，共hit个老人借話，問伊講：「共我講你囡仔時ê日子，hit陣是啥款？敢有比tsit-má較好？抑是較bái？」

較緊咧才袂赴驚，伊落樓梯，過hit條巷仔。按呢有影足痟。仝款，無明文規定黨員袂使佮普魯仔講話，抑是去個ê酒館。毋過tsiah-nī異常ê行放真僫無受注意。若是拄著巡警，伊無定著會辯解講是頭殼gông，只是無啥可能被採信。伊共門揀開，一个bái質酸bì-luh ê味搧tuì伊ê面。伊一下入來，內底hi-hi-huā-huā ê音量降一半。伊會當感覺尻脊骿後逐个人lóng咧看伊ê藍制服。另外hit頭有人咧奕飛鏢，mā擋恬欲30秒。伊跟綴ê hit个老歲仔徛佇酒檯頭前，當咧佮酒保相諍。Hit个酒保是一个高長四壯ê少年家，鸚哥鼻，手

真粗。邊仔圍一陣人,玻璃杯仔提咧,徛咧看好戲。

「我真好禮共你問--neh,敢毋是?」老歲仔那講,肩胛弓直直,敢若欲輸贏。「你tsín是講恁tsit間溫屎店無一kâi一pháinn(pint)ê杯仔m̄?」

「啊到底一pháinn是sánn-siâu?」酒保身軀ànn頭前問,手尾扞酒檯。

「恁共聽看覓咧,tsit箍講伊家己是賣酒--ê,煞連pháinn都毋知。拜託咧,一pháinn是半khóo(quart),啊四khóo是一gá-liàn(gallon)。紲落來愛教你ABC矣。」

「毋捌聽過,」酒保短短仔共應。「一公升、半公升,阮tsia kan-na tse。你頭前架仔頂hia-ê杯仔就是。」

「我欲一pháinn,」老人真堅持。「你共我捼一pháinn曷袂費氣啊。阮少年ê時才無sánn-siâu公升。」

「你少年ê時咱人猶蹛佇樹仔頂啦,」酒保講,那看一下仔其他ê人客。

眾人爆笑,拄才Winston入來ê時引起ê無自在氣氛敢若散去矣。老人厚白鬚sap ê面脹紅。伊越頭行,喙那唸,去挵著Winston。Winston輕輕仔共伊ê手股掠咧。

1984

「我請你啉一杯,好無?」

「你是一个紳士,」老人講,肩胛koh弓直。伊敢若無注意著Winston ê藍制服。「一pháinn!」伊越頭歹聲嗽共酒保喝:「重拳一pháinn!」

酒保提兩个厚玻璃杯,伫酒櫃下跤ê水桶內洗一下,lóng共注半公升ê深咖啡色bì-luh入去。普魯仔ê酒館kan-na有bì-luh通啉。個袂使啉tsín酒,雖然實際上欲啉著mā無困難。飛鏢耍奕koh熱起來矣,酒櫃邊仔hit陣人開始講彩券。暫時無人想著Winston佇tsia。窗仔下跤有一塊桌,坐hia較毋驚伊佮老人講話予人偷聽去。按呢足危險--ê,毋過上無店內無千里幕,伊一下入來就先確認過矣。

「伊曷毋共我㧦一pháinn,」老人bì-luh提著矣koh咧khām-phu-lián。「半公升無夠氣。一公升傷濟,koh會害我直直走便所。Koh較莫講價數。」

「自你少年時到tann,你一定看過真大ê變化,」Winston共扽話頭。

老人ê笑藍色目睭先看飛鏢枋,徙去pa台,koh徙去男士便所ê門,敢若是欲揣酒館內底有啥變化。

「往陣bì-luh較好啉,」伊總算講話矣。「Mā較俗!我少年ê時,薄bì-luh阮共叫做重拳,一pháinn賣四phiàn-suh(pence)。當然he是戰前。」

「佗一場戰爭？」Winston問。

「所有ê戰爭，」老人講kah無清楚。伊杯仔提起來，肩胛koh再弓直，講：「來，祝你健康！」

佇伊無啥肉ê頷頸，捅出來ê喉鐘頂頂下下動kah pìng緊，bì-luh隨焦矣。Winston koh去酒檯提兩杯半公升--ê轉來。老人若像袂記得家己頭拄仔才咧講無佮意啉kah一公升。

「你年歲加我真濟，」Winston講。「我猶未出世ê時你應該就是大人矣。你會記得古早，革命以前ê日子。像我tsit-hō歲數ê人lóng毋知影hit个時代ê代誌，無真正了解。阮kan-na會當看冊，毋過冊講--ê凡勢無影。我想欲聽你ê講法。歷史冊內底講革命前ê生活和tsit-má完全無仝，hit陣有上恐怖ê壓迫、不義佮散赤，嚴重kah阮想像袂著。佇London tsia，大部份人自出世到死去連食都無夠食，一半ê人無鞋通穿。個一工做12點鐘，九歲就無koh讀冊，十个人睏一間。仝時koh有少數人，幾千仔niâ，就是所謂ê資本家，個有錢有勢。個擁有一切有法度擁有ê物件。個蹛奢華ê厝宅、有30个使用人、坐汽車抑是四匹馬拖ê馬車、啉sióng-pàn（champagne）、戴懸帽仔——」

老人歡喜笑出來。

「懸帽仔！」伊講，「真笑詼你講著tse，我昨昏

1984

才想著tsit个物件，毋知是按怎。我只是咧想，我足久無看過懸帽仔矣。Lóng無矣。我上尾擺戴是佇阮阿嫂ê喪禮。He是——ooh，年月我講袂出來，橫直是50冬前矣。當然，he是為著hit个場合才去租來--ê，你mā知。」

「懸帽仔毋是kài要緊，」Winston有耐性講。「重點是，tsia-ê資本家，猶koh有一寡靠個食穿ê律師佮牧師等等，是地球ê統治者。世間ê一切lóng是為著個ê利益。像你，普通人、工人，lóng是個ê奴才。個欲共你按怎就按怎，會當共你像載牛按呢載去Canada，若是欲睏恁查某囝就會當睏，koh會當叫人用啥物九尾鞭共你捽。你經過個邊仔著liù帽仔。每一个資本家出入lóng有規幫家丁——」

老人koh笑矣。

「家丁！」伊講。「Tsit个詞我足久足久無聽著矣。家丁！Tse共我炁轉去hit當時，真正--ê。我想一下，ooh，he幾百年前矣……我禮拜下晡有時仔會去海德公園聽人演說。救世軍--lah、天主教徒--lah、Iû-thài人、印度人，逐款lóng有。有一个——名我講袂出來，毋過有影是足厲害ê演說家，伊無咧客氣--ê，『家丁！』伊講，『資產階級ê家丁！統治階級ê走狗！』寄生蟲——tse mā有講。猶koh有鬣狗，伊真正共個叫

鬃狗。當然伊是咧講工黨，你了解。」

Winston感覺個兩个咧隨人講隨人ê。

「我正經想欲知影--ê，」伊講。「你會感覺你tsit-má比往過較自由無？你敢有hőng對待kah較成一个人？古早，好額人、上頂層ê人——」

「上議院，」老人koh去回想著啥來插話。

「上議院，mā會使。我欲問--ê是tsia-ê人敢會當共你當做較低等，因為個好額、你散赤？敢有影，比論講，你著稱呼個『大人』，uì個身軀邊仔過ê時koh著共帽仔liù落來？」

老人敢若咧深思。伊共bì-luh啉差不多四份一，才開喙。

「有，」伊講。「個愛你摸帽仔共個致意，表示尊敬抑啥貨。我家己是無佮意按呢，毋過我mā定定照做。無毋著，你按呢講mā會使。」

「啊若——我只是引用我歷史冊頂讀著--ê——hia-ê人抑個ê使用人共你uì人行道sak落去溝仔，tsit款代誌敢定定有？」

「我拄過一擺，」老人講。「我記kah真清楚，袂輸是昨昏咧。Hit日是賽船暝，賽船暝個lóng足橫--ê。啊我佇Shaftesbury大道去挵著一个少年仔。人真紳士款，正式siat-tsuh、懸帽仔、烏大衣。伊歪歪tshuáh-

1984

tshuah tsām過人行道，我無注意就去共挵著。伊講『你哪會lóng無咧看路？』我就共應講『你叫是tsit條天壽人行道你買--ê毋？』伊講『你koh假痟我共你hit粒臭頭挼落來。』我講，『你燒酒醉矣，我欲共你掠去報警察』。紲落來你相信無，伊雙手tuì我胸坎sak一下，害我險仔跋落去bá-suh車輪下跤。Hit陣我猶少年，我欲去共伊bok，毋過——」

Winston予一陣無助感包圍。老人ê回憶只不過是一堆無路用ê幼仔。準你共問規工mā問無任何真正ê資訊。黨版歷史猶原有可能是真--ê，某種程度，甚至有可能完全是真--ê。伊試最後一斗。

「可能我講了無夠清楚，」伊講。「我欲講--ê是，你已經活誠久，你一半ê人生是佇革命以前。比論講1925年，你已經大人矣。若照你所會記得--ê，1925年hit時ê生活，是比tsit-má較好，抑是較bái？若是你會當選擇，你較佮意活佇hit陣，抑是tsit-má？」

老人目睭看飛鏢枋那愣。伊共bì-luh啉完，啉kah比拄才較慢。Koh開喙，煞有一種包容ê哲學氣味。敢若bì-luh落腹，人較感性矣。

「我知影你咧等我講啥，」伊講。「你欲聽我講我願意koh少年一擺。大部份人若是你問個，lóng會講個佮意做少年人。少年時你ê健康佮體力lóng會較好。若

110

是到我tsit-hō歲，就逐項袂好勢。我ê跤有毛病，膀胱koh較害，一暝愛起床六七擺。換一面看，做一个老歲仔mā有真大ê好處。你袂koh煩惱全款ê代誌。佮查某無tak-tînn，tsit點足讚。你欲信無？我已經欲30年無查某人矣。Mā無想欲愛。」

Winston the向後，並佇窗台。Koh講落去mā無較縒。伊koh想欲去追加bì-luh，老人煞倚起來就行，緊猛攄去店內hit頭臭moo-moo ê小便斗矣，是第二个半公升已經起作用。Winston坐咧掠空杯仔相一分鐘抑兩分鐘，神神仔就予兩肢跤夯出店門，轉到街頂矣。上久koh 20年，伊咧想，「革命前ê生活敢有比tsit-má較好？」tsit个重大koh單純ê問題，就永遠無法度回答矣。毋過實際上tsit-má就無法度回答矣，因為自hit个古早世界存留落來ê人毋但少koh分散，個mā無才調比較tsit个時代佮hit个時代。無路用ê代誌個會記得100萬條，比論講捌和一个同事冤家、捌去攄一枝拍毋見ê鐵馬風筒、一个過身真久ê姊妹捌有啥款表情、70年前ê一个風真透ê早起看著塗粉仔咧拍箍仔，此類等等；要緊ê事實顛倒lóng袂入個ê目睭。個就若像狗蟻，細項物看會著，啊大項--ê煞看lóng袂著。等到人ê記憶lóng喪失，紙頂ê記錄lóng偽造了，等到hit時，黨所講個改善人類生活品質，毋信mā袂用得矣。因為

1984

會當佮黨ê講法比並驗證ê標準lóng無存在，mā永遠袂koh再存在矣。

　　Tsit時，伊念頭ê列車雄雄擋定。伊停跤攑頭看。伊佇一條狹狹ê街，徛家厝較濟，當中疏sàm有幾間仔暗暗ê店仔。伊當頭頂有吊三粒退色ê金屬球，看著若像捌鍍過。伊敢若知影tsit个所在。是都著！伊就徛佇伊買日記簿仔ê hit間舊貨店外口。

　　一陣驚惶tiuh規身軀。頭起先買hit本簿仔就足好大膽矣，koh捌咒誓袂koh行跤到tsit跡。Tsit聲tng-tong伊放心思亂亂走，雙跤煞主動共恁來tsia。正是為著對抗tsit款揣死ê衝動，伊才會想欲寫日記，予家己較袂傷亂來。伊koh注意著時間都欲21點矣，tsit間店猶開咧。伊想著講若入去店內，較袂像佇人行道頂頭趒hiah影目，tsuánn行入去。伊想好矣，萬不二hőng查問，會當應講是欲來買喙鬚刀片。

　　頭家拄共一葩吊式油燈點著，燈發散一款無清氣但是友善ê氣味。頭家是一个60歲hia ê查埔人，身軀荏荏曲曲，鼻仔長長，看著真慈善，溫和ê目睭佇厚目鏡仁後略仔變形。伊ê頭毛咧欲全白矣，目眉煞厚koh烏。伊穿一領真舊ê烏絲絨外套，動作溫柔koh敏感，加上掛hit支目鏡，略仔有一款智識ê風格，予人ê印象若讀冊人，抑無定是音樂家。伊講話聲真輕，敢若隨消去，

腔mā較無一般普魯仔hiah粗俗。

「你佇人行道ê時我就認出來矣，」伊隨開喙。「你就是買hit本少女記念簿仔ê男士。Hit本ê紙足婚--ê，有影婚。奶油紙，以前是按呢叫。像tsit款ê紙已經——喔，是有佋久無咧做矣咧？我敢講有50年矣。」伊uì目鏡框頂懸共Winston看。「敢有啥物我會當服務--ê？抑是你只是看看咧？」

「我拄好uì tsia過，」Winston含糊應。「我只是看入來。我無特別欲揣啥。」

「Mā好，」對方講。「實在我想阮tsia mā無啥物你會佮意。」伊用柔軟ê手面比一个手勢表示歹勢。「Tsia你看會出來，規間店空空。咱tsia講tsia煞，古董買賣tsit途好煞局矣。需求無去矣，貨mā是。家具、瓷仔、玻璃，加加減減lóng是歹--ê。啊金屬ê物件當然大部份lóng去熔掉矣。我已經足濟年毋捌看著銅ê燭台矣。」

狹陝ê店內物件滇kah袂四序，煞敢若lóng無啥價值。地板ê空間足有限，因為逐堵壁下跤lóng疊規堆算袂清ê圖框，頂頭全塗粉。窗仔邊囥一盤一盤螺絲佮螺絲母、萎去ê鑿仔、鋩已經缺角ê細支刀仔、暗淡kah連假影會行都毋ê錶仔，佮其他li-li-khok-khok ê糞埽。壁角一塊細塊桌仔頂規堆亂操操，有畫漆ê鼻薰篋仔佮

1984

瑪瑙ê鉼針等等，kan-na tsit跡才若像有一寡趣味ê物件。Winston行倚去，注意著一項，圓圓、滑滑、佇燈下柔柔仔反光。伊共提起來。

He是一粒tìm-táu ê玻璃，一面圓khok一面平，倚半球型。玻璃ê色水佮材質lóng有一款罕異ê軟略，有雨水ê感覺。內底有一个粉紅仔色、彎彎蚋蚋ê奇怪物體，予圓khok ê玻璃放大，引人聯想著玫瑰抑是海葵。

「Tse是啥？」Winston誠好玄問。

「是珊瑚，」老人講。「應該是印度洋來--ê。以早ê人會按呢共封佇玻璃內底。上無100年前做--ê。抑koh較久，看tsit个模樣。」

「足媠ê物件，」Winston講。

「足媠ê物件，」對方呵咾。「毋過tsit-má真少人會按呢講矣。」伊嗽一聲。「無，若是你拄好有想欲買，算你四箍。我會記得往過像按呢一粒會當賣kah八英鎊，換做tsit-má ê錢是——我算袂出來，橫直是真大。是講tsit-má猶koh有啥人會關心正港ê古董咧？物件都賰tsiah少矣。」

Winston隨納四箍，共tsit粒伊足hah ê物件袋lak袋仔底。Tsit个物特別吸引伊--ê毋是媠niâ，是若像有某種往過時代ê氣氛，一个和現在真無仝ê時代。He柔

和、雨水款ê玻璃，和伊看過ê任何玻璃lóng無成。Tsit个物件看著無啥路用，正是按呢才重倍得人愛，雖罔伊臆he原底是欲予人替紙用--ê。囥袋仔內koh不止仔重，佳哉無啥膨出來。黨員持有tsit款物件誠奇怪，甚至會惹麻煩。任何古早--ê，抑是因此美麗ê物件，lóng加減仔有嫌疑。老人四箍收著，明顯有較笑面矣。Winston知影，若是共出價到三箍甚至兩箍，伊mā會賣。

「樓頂有一間房間，無定你會想欲看覓咧，」老人講。「內底物件是無濟，一點仔niâ，咱若是欲起去，我koh點一葩火。」

伊點燈，尻脊骿曲曲，行頭前忝路，慢慢仔peh上崎koh漚ê樓梯。Koh經過真狹ê巷路，入去到一間房間。Tsit間房間無向街仔，看出去是一塊石頭埕，佮規片煙筒管ê森林。Winston注意著房間內ê家具佈置kah若像隨會當蹛。塗跤有一條地毯，壁頂吊一兩幅圖，壁爐邊仔koh有一塊誠深ê鉤椅，無啥整理。壁爐台頂有一个古早式12點鐘ê玻璃時鐘，tok、tok、tok咧行。窗仔下跤有一頂足大ê眠床，占規房間欲四份一，眠床頂猶koh有床苴仔佇咧。

「我佮阮某進前蹛tsia，到伊過身，」老人煞講kah半huē失禮ê款。「我tng咧共tsia-ê家具一項仔一

1984

項賣掉。Tsit頂紅木眠床足讚,上無你若是會當共木蝨創掉就足讚矣。只是我想你會感覺小可仔費氣。」

伊共火攑懸,照規个房間。佇溫暖ê薄光下跤,tsit个所在發散奇妙ê吸引力。一个想法趨入Winston頭殼內:一禮拜開幾箍銀,共tsit个房間租起來,應該是不止仔簡單,若是伊敢冒險。Tsit个想法有夠痟、有夠譀,想著就即時放棄矣。毋過tsit个房間共伊心內ê某種懷舊情緒佮遠古記憶叫醒。伊敢若實實在在知影坐佇tsit款房間內底是啥物感覺,坐佇鉤椅頂,邊仔有明火,共跤khuè爐圍內,爐架頂有一支茶鈷;完全孤一个人,完全安穩,無人共你監視,無話聲共你催逼,kan-na有茶鈷咧唱歌,佮時鐘友善tok-tok叫,以外lóng恬靜。

「Tsia無千里幕!」伊袂禁得喃。

「喔,」老人應講:「我自來lóng無hit-hō物件。傷貴。我mā毋捌感覺有需要。是講倚壁角hit塊開合桌仔誠袂bái。只是你若欲共桌面掀出來用,你愛換新ê後鈕就著矣。」

另外一个壁角koh有一个小冊櫥,Winston已經予吸倚去。內底kan-na糞埽。禁冊燒冊ê運動佇普魯仔區進行kah和別位平澈底。佇全海洋國ê任何一个所在,lóng無啥可能猶koh有一本1960年以前印ê冊。老人油

燈猶捾佇手裡，徛佇一幅圖頭前。圖褙佇檀木框內底，吊佇壁爐ê另外一爿，正對眠床。

「Hit-hō，萬一你拄好對古早圖有淡薄仔趣味──」伊謹慎起頭。

Winston行過去相hit幅圖。He是一幅鋼版畫，內容是一棟橄欖形ê建築物，有長篙形ê窗仔，頭前有一座細細座ê塔，建築ê箍圍有欄杆，上後尾有一个若像是雕像ê物件。Winston共繩一時仔，所在敢若面熟面熟，毋過he雕像伊無印象。

「框鎖佇壁頂，」老人講：「毋過我會當替你共挼落來，無問題。」

「Tsit棟建築我會認得，」Winston看足久才講。「Tsit-má是廢墟。佇司法大樓外口hit條街。」

「著。佇法院外口。是──足濟足濟年前hōng爆擊--ê。本底是教堂，號做聖Clement Danes。」伊笑kah歹勢歹勢，若像發現家己講出可笑ê話。伊紲落去講：「鐘聲響佇聖Clement，伊講柑仔佮檸檬。」

「He是啥？」Winston問。

「喔──『鐘聲響佇聖Clement，伊講柑仔佮檸檬。』He是阮囡仔時ê唸謠。Koh來按怎唸我袂記得矣，毋過上尾我會記得：『蠟燭共你照路去眠床，大刀共你頷頸tsām予斷。』那跳舞那唸。逐家手攑懸，

1984

予你uì下跤過,唸到『大刀共你頷頸tsām予斷』ê時,個手放落來,共你掠著。唸--ê都lóng教堂ê名niâ,London所有ê教堂——應該講是主要ê教堂ê名lóng有。」

Winston僥疑tsit間教堂是佗一世紀--ê。欲確知London建築物ê年代lóng真困難。任何大棟lè-táu--ê,若外容猶算新,就理所當然hōng宣稱是革命後起--ê。若明顯有較早期--ê,就講是「中古時代」--ê,曷知he是啥物時代。資本主義ê幾个世紀,照官方講法,無生產任何有價值ê物件。欲uì建築物知影歷史,就和看冊平無效。雕像、銘文、記念碑、街路名——一切有法度光焰往過ê物件,lóng全面照計照步攕過矣。

「我從來毋知he本底是教堂,」Winston講。

「其實猶有真濟間有留落來,」老人講。「只是lóng改做別項用途矣。Ēnn,he唸謠是按怎唸--ê講?啊,我想著矣!

鐘聲響佇聖Clement,伊講柑仔佮檸檬,
鐘聲響佇聖Martin,講你欠我三厘銀。

我會記得--ê就按呢niâ。較早有一厘ê銅錢仔,細

細塊，有成tsit-má ê一sián。」

「聖Martin教堂佇佗？」Winston問。

「聖Martin？猶koh佇咧喔。佇勝利廣場，美術館邊仔。門廊頂頭是三角形，頭前幾若枝柱仔，koh有足闊ê gîm坎。」

Tsit个所在Winston足熟。He是一間博物館，展各種ê宣傳品，有火箭彈佮浮水要塞ê比例模型、敵軍暴行ê蠟像等等。

「以早是叫做田裡ê聖Martin，」老人補充講，「雖罔我袂記得hit跡有啥物田。」

Winston無買hit幅圖。持有tse比持有hit粒玻璃紙硩koh較奇怪，mā無法度紮轉厝，除非共框拆掉。毋過伊佇hia koh蹛幾分鐘仔，和老人開講。伊了解著老人姓Charrington，毋是店頭刻ê Weeks。Charrington先生家己紹介講是63歲ê鰥夫，蹛tsit間店30冬矣。伊一直想欲共標示ê店名改掉，只是lóng毋捌實行。兩人咧講話ê時，hit條kan-na半會記得ê唸謠煞直直咧Winston頭殼內踅。「鐘聲響佇聖Clement，伊講柑仔佮檸檬，鐘聲響佇聖Martin，講你欠我三厘銀！」足奇妙--ê，那唸就錯覺正經聽著鐘聲，好親像一个舊London消失是消失矣，鐘聲煞猶留佇啥物所在，只是藏起來，hőng遺忘矣。伊敢若聽著

1984

鐘聲ê幽魂uì一座koh一座尖塔霆出來。實際上伊tsit世人到tann，印象內猶毋捌聽過教堂ê鐘聲。

伊共Charrington先生告辭，家己行落樓梯。伊無想欲予老人看著伊koh愛先偵察一下仔街路才敢伐出店門。伊決定矣，koh閬一段適當ê時間，一月日凡勢，伊欲koh冒險來tsit間店。按呢做檢采mā無較危險偷走一場中心ê暗會。上嚴重ê愚行，是買hit本日記簿了後koh轉來tsia，也毋知hit个店主敢會信靠得。毋過——！

著，伊koh想一遍，伊會koh來。伊會koh轉來買一寡美麗ê無路用物。伊會買hit幅聖Clement Danes教堂ê版畫，共uì框提出來，藏佇外套內底紮轉去厝。伊會共hit條唸謠賰ê部份uì Charrington先生ê記憶拖出來。甚至是稅hit間二樓房間ê痟主意mā佇伊心內koh爍一下。有大概五秒，伊暢kah袂記得愛細膩，無先眈一下仔窗仔外，就行出來到人行道矣。伊甚至開始hm一个即興ê調：

鐘聲響佇聖Clement，伊講柑仔佮檸檬，
鐘聲響佇聖Martin，講你欠我——

雄雄，伊強欲心臟堅凍、腸仔溶去。有一个穿藍

120

制服ê人uì人行道行過來，離伊無到十公尺。是小說司ê hit个姑娘，烏頭毛hit个。光線真暗，毋過無hiah僫認。姑娘正目看tuì伊ê面，koh當做無看見，緊步離開矣。

Winston身軀麻kah袂振動有幾若秒。會行了後伊正斡，跤步沉重，無發現家己行毋著方向。不管按怎，一个疑問解決矣。Hit个姑娘剛共監視，免koh懷疑。伊一定是綴伊綴到tsia來--ê，按怎想mā無可能伊hiah拄好佇仝一暗mā行來到仝tsit條撟貼ê後街，tsia離上近ê黨員徛家區mā有幾若公里遠--neh。無tsiah譀ê湊拄坎。伊敢真正是思想警察ê特務，或者只是一个愛tshap事ê業外間諜，已經無差。伊剛共伊監視就著矣。凡勢伊mā有看著伊入去酒館。

連徙跤步都誠拚。行一步，lak袋仔內規大丸ê玻璃就挵大腿一下，伊有想欲共提出來tàn-hìnn-sak。上害--ê是腹肚疼。有幾分鐘仔伊感覺若無緊揣著便所就欲曲去矣。毋過像tsit款區應該是無公共便所。搐疼退去矣，鈍疼猶佇咧。

Tsit條路是無尾巷。Winston停跤，徛佇hia幾秒，茫茫毋知欲按怎，koh翻頭行。Tsit時伊想著，hit个查某行過去才三分鐘niâ，tsit-má用走ê應該逐伊會著。會當偷偷仔共綴，等若到無人ê所在，提一粒大

1984

石頭共伊ê頭殼碗hám予破。袋仔內hit粒玻璃重量應該mā有夠。毋過tsit个想法伊隨放棄。伊根本無氣力通走佮攻擊。Koh再講，hit个查某少年有體力，會曉自衛。伊koh想著會當隨趕轉去社區中心，佇hia踮到關門，製造tsit暝部份ê無在場證明。毋過tse mā無可能。伊予一陣全無望ê厭癟感縛絚絚。伊tsit-má kan-na想欲緊轉厝，坐咧恬靜一下。

伊轉到厝已經過22點矣。23點30電火就會uì總開關切掉。伊行到灶跤，吞一茶甌欲滇ê勝利牌tsín酒。伊去hit个塌窩仔ê桌仔邊坐落來，日記uì屜仔提出來，毋過伊無隨共掀開。千里幕頂一个查某尖聲咧吱一條愛國歌曲。伊坐咧看簿仔ê大理石紋封面，想欲將歌聲關佇意識ê外口，毋過無效。

個會佇暗暝掠人，lóng是佇暗暝。你上好是猶未hőng捎著就自殺。確實有人按呢做，真濟消失事件其實是自殺。毋過佇海洋國，銃抑是應效緊ê毒藥lóng無地買，欲自殺著愛有晤孤注ê勇氣。痛苦佮驚惶對生物機能是tsiah-nī無路用，伊想著感覺不可思議，身軀佇你上需要採取特殊行動ê時，顛倒袂振袂動，tse會當講是肉體ê反背。頭拄仔伊若跤手較緊，猶koh有機會共hit个烏頭毛ê姑娘滅口。煞正是危險到極角矣，tsuánn失去行動ê能力。想袂到佇危機ê當陣，人毋是

和外部ê敵人捙拚，煞lóng是和家己ê身體。就準tsit-má，tsín酒啉--lueh矣，腹肚內ê鈍疼猶是害伊無法度繼續思考。一切好親像英勇抑是悲劇ê狀況mā lóng全款，伊想。佇戰場，佇拷問室，佇沉--lueh ê船頂，你奮戰ê理由lóng袂記得矣，因為身體會膨大到共你ê宇宙占滿。就準你無予恐畏麻痺，無疼kah呧，生活mā是逐時逐刻ê鬥爭，對抗枵飢，對抗寒滲，對抗無眠，對抗胃反酸抑是喙齒疼。

伊共日記掀開。著寫一寡物件。千里幕頂ê查某人換一條歌矣，歌聲若像有尖齒ê玻璃phuè-á插入伊ê腦。伊試欲想起O'Brien，tse日記就是為伊寫，抑是講寫予伊--ê。毋過煞開始想家己予思想警察押走了後會發生ê代誌。個若是隨共刣死koh無要緊。死就是伊所期待。毋過死以前有寡例行ê招供程序愛行，tsia-ê代誌通人知，只是無人講起：跪地屈服，哀叫求饒，骨頭hőng摃斷，喙齒hőng拍落，頭鬃沐血結做一丸一丸。

是按怎著承受tse一切，既然結局lóng全款？是按怎袂用得省幾工抑幾禮拜起來？無人捌逃過偵查，mā無人無認罪。一旦你hőng安一个思想罪罪名，有一工你就是著死。是按怎賰ê日子koh一定愛有hia-ê恐怖，橫直mā袂改變啥？

伊總算召喚著O'Brien ê形影，比拄才較順序淡

1984

薄仔。「有一日咱會見面,佇一个無烏暗ê所在,」O'Brien捌按呢共伊講。伊知影he是啥意思,上無伊自認知影。無烏暗ê所在是想像中ê未來,你永遠看袂著,但是恬先見之明,會當用神祕ê方式參與。毋過千里幕頂ê歌聲咧折磨伊ê耳仔,害伊無法度掌握思路。伊含一枝薰,薰草一半落佇喙舌,若有苦味ê塗粉,欲呸出來koh真僫。大兄哥ê面容趒入來頭殼,取代O'Brien ê。佮幾工前仝款,伊uì lak袋仔撏一个銀角仔出來看。頂頭hit个面咧共繩,厚重、冷靜、有守護ê力量。毋過he烏頂脣鬚ê後壁,是啥物款ê文笑藏佇hia?若像喪鐘咧霆,hit幾逝字koh強勢共回應:

戰爭就是和平
自由就是奴役
無知就是力量

II-1

頂晡拄好過一半,Winston行出伊ê小隔間,欲去便所。

一个人影uì光通ê長廊另外hit頭來。就是hit个烏頭毛ê姑娘。自佇舊貨店外口拄著,到tann四工矣。對方行較倚來,Winston才看著伊正手纏布吊咧,布和制服仝色,較遠看袂出來。檢采是咧搖he編小說情節ê大台萬花鏡ê時無細膩傷著--ê。Tse佇小說司算是普通ê意外。

離差不多四公尺ê時,姑娘煞跋倒,面險仔著塗跤,吱一聲敢若足疼--ê,拍算是拄好捒著受傷ê hit手。Winston緊停步。姑娘已經半起身跪咧,面反奶黃色,對比下喙比平常時koh較紅。伊目睭釘佇Winston ê目睭,請求ê眼神內底敢若驚惶較濟過痛苦。

Winston心內一个奇妙ê情緒咧攪。面頭前是一个想欲共害死ê敵人,仝時mā是一个著傷受苦ê人,凡勢骨頭斷去矣。那咧想,伊已經本能行向前去鬥相共。其

1984

實伊看著姑娘跋倒去硞著纏布hit手ê當陣,就若像家己身軀mā疼著。

「有按怎無?」伊問。

「無代誌。我ê手。Liâm-mi就好矣。」

姑娘講話ê時親像心臟phok-phok-tsháinn,面色明顯變足白。

「你敢有佗位傷著?」

「無,無啥,疼一時仔niâ,無按怎。」

姑娘共好ê hit肢手伸向Winston。伊共鬥摸起來,姑娘ê面較有血色矣,敢若加真好勢。

「無按怎,」姑娘短短仔重複。「我只是手目有小可仔挵著。多謝,同志!」

姑娘tuì本來欲去ê方向行,緊kah若像啥物曷毋捌發生。規個意外ê過程毋好用kah半分鐘,面mā毋通表現情緒,tse是一个已經成做本能ê習慣。況兼自頭到尾個就徛佇千里幕ê正頭前。毋過欲掩崁目瞤間ê一趒猶是真困難,佇Winston伸手扡姑娘hit兩三秒,對方搝一个物仔到伊手中。免講是刁工--ê。He是一个細細扁扁ê物仔。伊趁入去便所門ê時,共囥lak袋仔內,那用手尾去試探,是細細仔一塊紙摺做四角ê一粒。

徛佇小便斗頭前ê時,伊用指頭仔細膩共紙展開。一定是頂頭有寫啥物。有一時仔伊足想欲入去馬桶間隨

讀。但是伊真清楚，若按呢做就戇kah爆炸。無別位ê千里幕比馬桶間--ê koh較穩當隨時有人咧監看。

伊轉去伊ê小隔間，坐落來，共hit塊仔紙清彩抨桌頂，和別ê紙做一堆，目鏡掛起來，講寫機摸倚來。「五分鐘，」伊共家己講，「上無五分鐘！」伊ê心跳大聲kah驚人。好佳哉手頭ê工課只是例行ê修改規大堆數字，免偌注神去做。

Hit張紙不管是寫按怎，定著是有某種政治意義。目前伊有兩種推測。第一種加真有可能，hit个查某就是思想警察ê特務，像伊進前咧驚--ê。伊想無思想警察是按怎選擇用tsit款方式來傳訊息，毋過凡勢伊有伊ê理由。紙頂所寫--ê有可能是迫脅、傳喚、命令伊自殺，抑是用啥方法共陷害。另外一種想法就較離經，煞佇伊頭殼內直直浮出來，抑lóng袂lueh。就是訊息根本毋是來自思想警察，是來自某乜地下組織。凡勢兄弟會有影存在！Tsit个姑娘就是個ê人！真譀都著，毋過自伊摸出he是一丸紙，tsit个想法即時就liòng入伊心內矣。另外hit个較現實ê解說顛倒慢幾分鐘才想著。準tsit-má，伊ê理智共伊講hit个訊息可能代表死亡，伊猶是毋共信táu。另外hit个無合理ê向望堅持毋退，害伊規粒心phih-phȯk跳。伊著足拚勢，才會當聲音袂掣，共任務ê數字唸入去講寫機。

1984

　　伊共完成ê工課結規捆,抐入去風送管。過八分鐘矣。伊共鼻仔頂ê目鏡小撫一下,吐一口氣,共後一批愛處理ê文件徙來面頭前,hit塊紙就囥佇頂面。伊共展予平,紙頂是手寫無媠ê大字:

我愛你

　　伊驚一大趒,有幾若秒gāng kah毋知愛共tsit个會惹罪ê物件tàn入去記憶空。Tann想著矣,明知影表現kah傷興真危險,猶是袂禁得koh共讀一遍,kan-na欲確認hit幾字正經佇hia。

　　紲落來tsit早起lóng真歹做工課。愛規心對付大捾沓沓滴滴ê穡頭都真費氣矣,koh較忝--ê是著掩崁心內ê激動,莫予千里幕看著。腹內袂輸火咧燒。佇熱、䆀koh吵ê食堂食晝才是折磨。伊本來希望中晝時間會當暫且孤一个,干干仔hiah歹運,hit箍悾歁ê Parsons koh輾來身軀邊矣。Hit个臭汗酸重kah強欲壓過白洘ê菜肉烳,伊koh直直講仇恨週ê備辦工課,講袂煞。伊特別興講一个紙漿糊ê大兄哥頭像,有兩公尺闊,個查某囝ê小情報員隊為tsit个活動當咧做。Koh較惱--ê是四箍圍仔嘩嘩滾,Winston強欲聽袂著Parsons咧講啥,著不時要求對方共一寡gōng話koh重講。伊kan-

II-1

na一擺影著hit个姑娘，佇食堂ê遠遠hit頭和另外兩个姑娘坐一桌。姑娘若像無看著伊，伊mā無koh再看hit个方向。

下晡較會度得。食晝後隨來一份厚工、困難ê作業，著開幾若點鐘，共別項lóng囥邊仔，規心做。任務是愛纂改一系列兩年前ê生產報告，來共一个進前真顯耀、tsit-má烏去ê內黨部成員卸名聲。Tsit款穡頭Winston真勢做，有兩點外鐘伊完全無去想hit个姑娘。過後姑娘ê面koh浮出來，仝時足強烈忍袂牢想欲家己靜一下。愛等kah有通孤一个人，伊才有法度思考tsit个新情勢。Ing暗koh愛去社區中心矣。伊佇食堂koh hut一頓無滋味ê飯去，從去社區中心，參加嚴肅伴悾ê「小組討論」，拍兩局phín-phóng，啉幾若杯tsín酒，坐半點鐘度過一場題為「Uì行棋看英社主義」ê演講。伊無聊kah欲死，毋過總算有一改袂想欲偷走暗會。自伊看著**我愛你**hit三字，想欲活落去ê向望就佇心肝內瀸，隨感覺為小事冒險真不智。一直到23點，伊轉厝倒踮眠床，佇烏暗中激恬恬，連佇千里幕頭前mā安全矣，伊才有法度連紲思考。

有一个物理tik ê問題愛解決：欲按怎和hit个姑娘聯絡，安排見面？伊無koh再想講對方是欲共陷害。伊知影毋是按呢，對方搝字條仔ê時hit款緊張袂認毋著，

明顯是驚kah魂強欲飛去。共對方拒絕ê念頭mā完全無出現。五工前hit暗,伊才考慮欲提石頭共姑娘ê頭殼碗hám予破,毋過he無重要矣。伊幻想姑娘褪裼ê青春身軀,照夢中所見。進前伊想像姑娘就和別人仝款是一个gōng仔,規頭殼嘟話佮仇恨,心肝冷冰冰。Tsit-má伊煞想著可能失去伊、攬袂著hit身光白幼茈ê肉體,就欲發燒。伊上驚--ê是若無緊和姑娘聯絡,對方無的確就會變意矣。毋過欲見面ê實體困難實在太大。親像行棋已經hőng君死矣koh欲行。毋管你幹佗一片,lóng正對千里幕。其實伊讀著紙條仔了後無kah五分鐘,所有可能ê聯絡方式就lóng捌出現佇頭殼矣,tsit-má有時間通好好仔想,伊才一个仔一个考慮,袂輸共各種家私园桌頂排規排。

早起hit款拄搪當然無法度koh來一遍。假使姑娘是佇記錄司,代誌就相對單純矣,毋過小說司佇tsit棟大樓ê佗位,Winston略仔有概念niâ,mā無藉口通去hia。若是伊知影姑娘蹛佗位、幾點下班,koh會當設計佇伊轉厝ê半路相拄;毋過去共綴路傷危險,tsóng--sī佇部外gô-sô定著會予人注意著。寄批koh較免想。所有ê批半途lóng會hőng拆開,tsit个慣例連祕密都無算。實際上足少人寫批。若是需要寄送訊息,lóng有印好ê光批,頂頭各種話句印便便,共無合用ê

II-1

刮掉就好矣。Koh再講，伊mā毋知姑娘ê名，免講地址。落尾伊認定上安全ê所在就是食堂。若是會用得單獨佮伊坐仝桌，佇大廳中央，離千里幕較遠咧，四邊ê眾人講話雜音koh有夠大聲，tsia-ê條件配合有kah 30秒，大概就有機會交談幾句仔。

紲落來規禮拜，日子過kah若像悽亂ê夢。第二工，一直到pi-á聲趕伊離開食堂矣，姑娘lóng無出現。檢采伊調去較晏ê班矣，才會兩人相出路。隔轉工姑娘照在來ê時間來佇食堂，毋過和另外三个小姐坐做伙，而且就佇千里幕下跤。Koh來是歹度ê連紲三工，姑娘根本無出現。Winston變kah足敏感，敢若規个人無設防，每一个動作、聲音、接觸、伊著愛講抑著愛聽ê每一字，lóng是折磨，身心強欲接載袂牢。連咧睏ê時，伊mā無通完全閃覕姑娘ê形影。幾若工伊lóng無去摸伊ê日記。若欲講有啥物通予伊小消敨--ê，就是做工課，伊有時仔會當擋十分鐘tsiâu無雜念。姑娘tann是按怎，伊一概無揣，mā無地問。對方無定hông蒸發矣，無定自殺矣，無定hông調去海洋國ê另外一頭矣。上害koh上大面--ê就是：伊單純是改變心意，決定欲閃伊矣。

隔轉日姑娘現身矣，吊手ê布已經拆掉，換做一塊貼布纏佇手腕。Winston看著伊，規粒心放落來，目

1984

瞇掠伊相幾若秒徙袂開。Koh過hit工，伊差一屑仔就通和伊講著話矣。Winston行入去食堂ê時，姑娘坐佇離壁小可仔遠ê桌仔，孤一个。時間猶koh早，食堂內人無kài濟。領麋飯ê隊伍慢慢仔thuh，Winston咧欲到飯檯矣，頭前煞有一个人咧埋怨講無提著糖丹片，隊伍tsuánn擋恬兩分鐘。佳哉等kah Winston桶盤捀咧欲倚過去ê時，姑娘猶家己一个。伊假無事行過去，目睭那巡姑娘後壁ê別塊桌。個tsit-má離賰差不多三公尺，koh兩秒鐘就到矣。Tsit時，後壁有人共hiu：「Smith！」伊假影無聽見。Hit个人koh較大聲叫一遍：「Smith！」假袂lueh矣，伊越頭。是一个金毛、gōng面ê少年人，叫做Wilsher，伊根本都無熟。Wilsher文笑招伊去坐伊hit桌。共拒絕真毋通。都hőng認著矣，若koh硬欲去和一个邊仔lóng無人ê姑娘坐做伙，就傷過明顯。伊只好mā激友善ê文笑去坐落來。金毛gōng面對伊嗾笑目笑。Winston想像家己攑一枝尖鋤頭uì hit个面ê中央共phut--lueh。姑娘hit桌無幾分鐘就予人坐滿矣。

毋過姑娘應該有看著Winston行過來，tsit个信號拍算有收著矣。隔轉工Winston真謹慎提早到。果然，姑娘坐佇tsǎng hit搭ê一塊桌，koh是孤一个。排佇Winston頭前--ê，是一个小樣、跤手猛掠ê金龜仔

形查埔人，面扁扁，目睭細粒koh厚猜疑。Winston桶盤捀咧離開飯檯ê時，煞看著hit个細漢查埔人直直行對姑娘hit塊桌。伊ê希望koh沕--lueh。Koh較過去ê一塊桌猶有一个空位，毋過看hit个人ê款就知，伊會真要意坐著四序，去揀人上少ê桌仔。Winston心頭冰冰綴咧。除非會當和姑娘kan-na兩人坐做伙，無就無效。忽然間piáng一下足大聲。Hit个細漢查埔人phih對塗跤，桶盤飛出去，湯佮咖啡佇地板變做兩條水流。伊peh起來，面惡惡共Winston gîn，分明懷疑是伊共kuāinn--ê。毋過無要緊，五秒鐘後，心跳kah若挵鼓ê Winston總算坐佇姑娘hit桌矣。

　　Winston無看姑娘，kan-na共桶盤頂ê食物提起來隨開始食。趁tsit-má猶無人來，一定愛緊講話，毋過伊驚kah袂開喙。自姑娘起頭來揣伊，一禮拜過去矣。凡勢姑娘已經改變心意，伊一定是變心矣！Tsit條感情事定著袂成功--ê；現實生活才無hit款代誌。若毋是tsit時看著hit个耳仔厚毛ê詩人Ampleforth桶盤捀咧，荏荏仔踅來踅去咧揣位，伊凡勢就會透尾按呢匀咧。Ampleforth敢若特別愛揣Winston，若是看著伊佇tsia，百面會來坐伊tsit桌。Tsit-má大概猶有一分鐘通行動。伊佮姑娘lóng沓沓仔咧食足洘ê豆仔湯。Winston總算出聲，壓kah足低。兩人lóng無攑頭，繼

1984

續用穩定ê速度共若水ê湯khat入去喙內,kan-na佇啉湯ê闌縫,用低koh無情緒ê聲音,交換幾个仔必要ê字詞。

「你幾點下班?」

「18點30。」

「咱會使佇佗見面?」

「勝利廣場,記念柱附近。」

「Hia全千里幕。」

「人濟ê時就無差。」

「有啥信號?」

「無。你看著我佇群眾內底ê時才通過來。莫看我。踮我附近就好。」

「幾點?」

「19。」

「好。」

Ampleforth無看著Winston,去坐別塊桌矣。個無koh再講話,mā無啥看對方,袂超過普通兩人仝桌對坐ê時正常ê程度。姑娘緊緊仔食完,離開矣。Winston koh坐佇hia pok一枝薰。

約束ê時間猶未到,Winston人就佇勝利廣場矣。伊佇hit枝懸大有襇ê記念柱下跤那lau。柱ê頂懸是一sian大兄哥ê雕像,面向南方ê天頂,若咧看第一跑道

II-1

戰爭中伊消滅歐亞國飛行機（幾年前，是東亞國飛行機）ê所在。頭前hit條街，有一个騎馬查埔人ê雕像，應該是Oliver Cromwell。19點過五分矣，姑娘猶未來。全款ê憯心驚惶又koh共Winston掠牢咧：伊袂來矣，伊變意矣！Winston慢慢仔行ǹg廣場ê北方，認出聖Martin教堂，有淡薄仔歡喜。Tsit間教堂ê鐘，就是講以早猶有鐘ê時，會霆「你欠我三厘銀。」然後伊看著姑娘徛佇記念柱ê基座邊仔，咧讀抑是假影咧讀一張海報，全款ê海報一張一張綴柱仔捲螺仔貼tuì頂懸去。Tsit-má去伊hia無安全，愛等較濟人倚來。Hia箍圍lóng是千里幕。Tsit時有吵鬧聲傳來，koh有一隊重型車輛hōnn-hōnn叫駛tuì倒爿去。忽然間敢若所有ê人lóng咧傱，uì廣場ê一爿傱去另外一爿。

姑娘mā起跤走，猛掠踅過記念柱基座hia ê幾隻銅獅仔，加入人流。Winston綴咧，那走，那聽別人ê叫喝才知影，是有一拖押歐亞國囚犯ê車隊來矣。

廣場ê南爿已經予群眾窒kah密tsiuh-tsiuh。Winston普通時是hit款kan-na會踮外圍看鬧熱ê人，tsit-má煞大力sak、lòng、tsinn，硬欲nǹg tuì人群ê中心去。才一時仔，伊佮姑娘就賰一枝手伸直hiah近矣，毋過中間猶koh有一對敢若是翁仔某ê普魯仔，lóng足大欉，成做一堵nǹg袂過ê人肉壁。Winston敨

1984

一屑那扭，koh大力搝一下，總算共肩胛seh入去hit兩人中央。有一時仔伊感覺臟腑lóng強欲予hit兩粒結實ê尻川kauh做肉醬矣。Tsóng--sī伊突破矣，流幾滴仔汗。伊到姑娘邊仔矣，兩人肩胛倚肩胛，目睭lóng tsu-tsu看頭前。

一長拖ê卡車慢慢仔駛過，車斗ê四角lóng倚一名柴頭面ê衛兵，手攑短機關銃。車斗內規陣小樣ê黃種人穿漚古ê綠色制服，敧做伙跍咧，蒙古人種ê面lóng真悲傷，gāng-gāng-á看車外。卡車若sìm一下，車頂就響金屬相靠ê聲，原來是犯人lóng有掛跤鐐。一車koh一車悲傷ê面容直直過。Winston知影he光景，毋過伊kan-na斷紲看著。姑娘ê肩胛、手股到手曲，lóng和伊ê相貼咧；喙頓近kah若像溫度感受會著。佇食堂ê時，代誌就是姑娘咧主導，tsit-má mā仝款，姑娘開始用he無情緒ê聲音講話，喙脣有振動若無振動。四邊ê人聲佮卡車聲真簡單就共伊ê細聲喃淹過矣。

「聽會著袂？」

「會。」

「你禮拜下晡有閒無？」

「有。」

「按呢你聽斟酌。愛記起來。去Paddington車頭——」

II-1

　　姑娘講出愛Winston行ê路線，敢若軍事計畫hiah精確，共伊驚一趒。先坐半點鐘火車；車頭出來斡倒手；沿路行兩公里；一个橫楣已經無去ê大門；一條田園小道；一條有發草ê小路；koh一條兩爿lóng矮樹仔ê步道；一欉死去ê樹仔，頂頭有青苔。袂輸伊頭殼內有一張地圖。「記會起來袂？全部。」伊細聲收尾。

　　「會。」

　　「斡倒爿，koh來正爿，koh倒爿。頂頭無橫楣ê門。」

　　「知。幾點？」

　　「15點左右。你可能會先到位。我會uì另外一條路去。你確定lóng記起來矣？」

　　「著。」

　　「按呢你緊走，愈緊愈好。」

　　Tsit句免吩咐伊mā知。毋過tsit陣個根本無法度uì群眾脫身。卡車隊猶koh咧過，眾人猶原注神看袂siān。頭起先koh有人咧呼落氣si-á，lóng是黨員，liâm-mi就停矣。群眾普遍ê情緒只是好玄。對個來講，外國人不管是歐亞國抑東亞國--ê，lóng算是罕奇ê動物，看會著--ê lóng是穿犯人衫--ê，極加mā影一下niâ。逐家mā毋知影犯人後來按怎矣，kan-na看著少數會以戰犯ê罪名吊死，其他--ê就消失矣，大概是送去

1984

勞改營。拄才圓圓ê黃種人面型tsit-má已經換做較歐洲款--ê，lóng真垃圾、全喙鬚、疲勞厭癢。伊ê目睭uì鬚鬚ê喙頓骨頂頭看落來，佮Winston對著目，有時仔毋知按怎真激動，又koh摔去別位。車隊行咧欲煞矣。伊看著上尾一張卡車頂有一个老人，亂亂晬晬ê頭鬃崁規面，人徛thîng-thîng，雙手手腕园頭前交叉，敢若真慣勢手hőng按呢縛咧。Winston差不多愛和姑娘分開矣。毋過佇tse最後一tiap，伊猶予群眾圍牢ê時，姑娘伸手去揣著伊ê手，短暫共gīm一下。

伊兩肢手相gīm拍算無kah十秒，煞若像足久，通夠Winston詳細認捌姑娘ê手：指頭仔長長，指甲誠婿形，手面予工課磨kah粗粗，有幾若粒lan，手腕皮肉就真幼滑。Kan-na用摸--ê，伊後改koh看著tsit肢手拍算就會認得矣。全tsit時伊才想著，伊猶毋知姑娘ê目睭是啥物色。大概是咖啡色，毋過烏頭鬃ê人mā有可能生藍目睭。Tsit-má越頭共看就gōng kah傷譀。佇挨挨陣陣ê人群中，無人會看著伊手握牢牢，兩人目睭lóng保持看頭前。姑娘無看Winston，煞是hit个有歲ê犯人咧共看，用悲傷ê眼神，透過sàm-sàm ê頭毛。

II-2

　　Winston佇小路踏日花向前行,便若行到頂懸有大樹椏開叉ê所在,伊就躒落去金色ê埤塘。伊倒爿ê樹仔跤,藍鈴仔花ōm kah若罩霧。空氣唚伊ê皮膚。Tse是5月ê第二工。斑鴿低低ê重複叫聲uì林仔koh較深ê所在傳來。

　　伊有略仔較早來。Tsit逝路到tsia無啥困難,姑娘明顯足有經驗,伊毋才免像平常時hiah gâu緊張。姑娘揣安全地點ê能力拍算信會得過。你袂當假設離開London到庄跤就足安全,庄跤是無千里幕,毋過四界mā有掩揜ê mài-kuh。若無拄好,你講話就會hōng偷聽而且辨認出來;koh再講,孤一个長途出門,欲無hōng注意著mā無簡單。100公里以內ê旅程是毋免代先提護照去申請簽准,毋過車頭有時仔有巡邏--ê,若看著黨員就會來查證件,問一寡歹應付ê問題。橫直tsit擺伊無看著巡警,uì車頭出來ê時伊koh有猛醒眅後壁,確定無人共跟綴。天氣咧轉燒烙,火車頂滿滿ê普魯仔開始有歇假ê心情。Winston坐ê tsit个安柴椅仔ê

1984

車廂予一个大家族tsinn kah欲滇出來。Uì無喙齒ê老祖媽到一個月大ê紅嬰仔,規陣欲去庄跤揣「姻親」過一个下晡。個koh無禁無忌共Winston講,欲順紲攢一寡仔烏市ê bá-tah。

小路較闊來,koh無一分鐘伊就行到姑娘講ê hit條步道,he只是牛ê踏跡,兩爿lóng矮樹仔。伊無掛錶仔,毋過一定猶未15點。塗跤ê藍鈴仔花tsē kah閃跤袂過。伊跪落去挽,罔做議量,mā有略仔想著欲挽一束,見面ê時送予姑娘。伊已經抾規大把,無元氣ê花芳那鼻。Tsit時後壁一个聲,是幼枝仔hőng踏斷去ê脆響袂錯,害伊規个人堅凍。伊繼續挽花,按呢上妥當。可能是姑娘來矣,mā凡勢正經有人共偷綴。越頭顛倒表示心虛。伊挽一蕊koh一蕊。一肢手輕輕仔囥踮伊肩胛。

伊攑頭,是姑娘。姑娘搖頭共警示莫出聲,然後共矮樹仔掰開,行頭前tshuā路,緊跤沿hit條步道行koh較深入林仔內。明顯姑娘tsia捌行過,伊閃水窟仔ê勢敢若是照習慣。Winston綴咧,hit把花猶gīm佇手裡。伊頭起先ê感覺是放心矣,毋過那看頭前hit个肉體結實koh瘦抽,大紅彩帶ê綑度拄好予hit粒尻川展出曲線,沉重ê自卑感煞當頭㧁落來。到tsia矣,毋過姑娘若越頭共伊看一下,拍算會隨抽退。Tsia空氣甘甜,

II-2

葉仔青翠,煞害伊餒志。自uì車頭行出來,5月ê日頭就予伊感覺家己lâ-sâm koh死白,分明是一隻室內ê生物,皮膚ê毛管內底齊牢London ê炭烌塗粉。伊tann才想著,姑娘凡勢猶毋捌佇戶外ê白日下跤看過伊。個來到姑娘講ê hit欉倒樹hia,姑娘伐跤跳過去,koh去掰矮樹仔,樹仔後壁敢若mā是樹仔。Winston綴姑娘koh入去,才發見有一塊天然ê空地,he是一个草埔崙仔,予懸懸ê芷樹仔圍kah密密密。姑娘停跤,越頭。

「到位矣,」伊講。

Winston面對姑娘,離幾步仔,毋敢koh較倚。

「拄才佇半路我無想欲講話,」姑娘繼續講,「較免有mài-kuh藏佇hia。我想是無,毋過歹講。總是有一寡風險,無定你ê聲會予hia ê豬仔認著。佇tsia咱就安全矣。」

Winston猶是無勇氣行較倚姑娘,kan-na gōng-gōng仔綴聲:「佇tsia咱就安全矣?」

「著,你看tsia-ê樹仔。」Hia--ê lóng是細箍ê白蠟樹,進前捌hőng剉斷過,koh puh出來成做幼幼一枝一枝ê樹林,無一枝有kah人ê手骨hiah粗。「Tsia無半項有大kah通藏mài-kuh佇內底,而且我捌來過。」

個kan-na講話。Winston總算通行倚一屑仔,姑娘面對伊,徛thîng-thîng,文文ê笑容略仔掛訕削,敢

1984

若咧僥疑Winston跤手哪會tsiah慢。藍鈴仔花若水沖潑tuì塗跤，敢若是自願落落來--ê。Winston牽姑娘ê手。

「你敢有相信，」伊講，「到tann我lóng猶毋知你ê目睭仁是啥物色？」伊tsit-má知矣，是咖啡色，淺淺ê咖啡色，配烏烏ê目睫毛。

「我ê模樣你tsit-má看清楚矣，你敢看我袂礙虐？」Winston問。

「袂啊。」

「我39歲矣，有一个離袂掉ê某。我有靜脈爛瘡，喙齒有五支是假--ê。」

「我完全袂要意，」姑娘講。

毋知是啥人先振動--ê，liâm-mi姑娘已經予Winston攬咧矣。Winston頭起先除起毋相信tse是真--ê，無別項感覺。青春ê肉體佮伊家己ê身軀貼牢牢，烏頭鬃貼伊ê面，而且有影！姑娘攑頭起來，伊tuì紅脣共喍--lueh。姑娘雙手箍Winston頷頸後，叫伊愛人仔、心愛--ê、心肝。伊予姑娘the伶塗跤，姑娘完全無抵抗，伊欲對伊按怎lóng會使。毋過伊無啥身體ê感覺，接觸就是接觸niâ。伊只是感覺不可思議佮驕傲。發生tse一切伊真歡喜，但是無肉體ê慾望。代誌傷緊，伊予姑娘ê青春美麗驚著。無查某人ê生活伊已經太慣

II-2

勢矣,理由家己mā毋知。姑娘坐起來,uì頭鬃liam一蕊藍鈴仔花出來。伊倚並Winston坐咧,雙手箍伊ê腰。

「無要緊,心愛--ê,無趕。咱猶koh有規下晡咧。Tsit个祕密基地足讚乎?Tsia是有一擺我參加社區遠足,行失路ê時發現--ê。若是有人tuì tsia來,100公尺遠咱就聽會著。」

「你叫啥物名?」Winston問。

「Julia。我知影你ê名。你叫做Winston──Winston Smith。」

「你哪會知?」

「我想我比你較勢搜揣喔,心愛--ê。你共我講,進前你對我ê印象是啥物款?我猶未seh字條予你ê時。」

Winston一屑仔mā無想欲共講白賊。上bái--ê先講,mā是一種示愛ê方式。

「我看著你就siān,」伊講。「我想欲先共你強,koh刣死。兩禮拜前,我認真考慮欲提石頭共你ê頭殼hám予碎。若是你正經欲知,我臆你凡勢和思想警察有牽連。」

姑娘笑kah真歡喜,分明是共tsit个回答當做咧呵咾伊勢偽裝。

143

1984

「較莫咧,思想警察!你有影按呢想喔?」

「Ēnn,凡勢mā毋是。毋過你規个人看外表——上無你少年、清新koh健康,你知影——我想講無的確——」

「你認為我是忠貞黨員,言行純正。攑布條、遊行、喝口號、比賽、社區遠足,像tsia-ê有--ê無--ê;而且若是我捎著一點仔機會,就會去檢舉講你是思想犯,予你死,著無?」

「Hènn,差不多。足tsē足tsē查某囡仔lóng是按呢,你mā知。」

「就是tsit个夭壽物仔害--ê,」姑娘講,那共hit條青年反性聯盟ê紅彩帶擎掉,抨去一枝樹枝頂。敢若摸著腰去想著啥,伊伸手入去連褲衫ê袋仔,提細細一塊促可力出來,共拗對半,一半予Winston。Winston未曾提著,鼻味就知影tsit个促可力真無仝。烏烏金金,包佇銀色ê紙內底。促可力通常是色暗暗若塗,gâu碎。講著口味,上近倚ê形容就是敢若燒糞埽ê煙。毋過有時仔伊mā會食著像tsit-má姑娘予伊ê tsit款--ê。He芳氣一下鼻,伊ê一寡記憶就予扭起來。到底是啥,伊無法度隨指明,是足強烈koh tak-tînn ê感覺。

「你tse uì佗來--ê?」伊問。

II-2

「烏市,」姑娘應kah無要無緊。「其實我看著就是hit款查某囡仔。運動比賽我真勢。佇小情報員ê時做隊長。佇青年反性聯盟我一禮拜有三暗咧做志工。開毋知偌濟時間規London行透透去貼hia-ê糞埽文宣。遊行我lóng攑橫布條ê一片。我不管時lóng歡頭喜面,穑頭毋捌咧走閃。群眾喝啥就同齊喝,無加講話。人若欲平安就一定愛按呢。」

促可力佇Winston ê喙舌頂溶去,滋味足爽快。毋過拄才hit个記憶猶佇伊意識ê墘咧lau,分明有hit个物件,煞無一个清楚ê形體,敢若目尾小可眑著啥按呢niâ。伊排斥tsit个記憶,有意識著he是關係伊捌做過、真後悔毋過已經袂赴ê一層代誌。

「你真少年,」伊講。「你減我十歲至15歲。像我tsit款查埔人,佇你眼內敢有啥吸引力?」

「Uì你ê面看會出來。我想講會當試一下。啥物人和群體袂合,我真勢相。我一下看著你,就知影你反對IN。」

IN,應該就是咧講黨,特別是內黨部。講著個,Julia足直接表達出輕視佮怨恨,害伊聽著不安,就準伊知影tsia已經是上安全ê所在矣。共伊驚著--ê koh有Julia用詞有夠粗魯。黨員照講袂使tshoh-kàn-kiāu,伊家己就足罕得大聲tshoh。Julia無仝,便若講著黨,

1984

尤其是內黨部,就袂輸無用hit款皂佇澹lok-lok後巷ê字詞就袂曉講話。Winston是袂討厭,tse只是Julia反抗黨ê一切ê表現症狀,凡勢mā會當看做是自然健康--ê,親像馬鼻著bái牧草會拍咳啾。個離開hit塊空地,佇日花當中散步,便若路有闊kah通予兩人齊肩行ê時,個就互相攬腰。無hit條彩帶,Juliaê腰敢若koh較軟略矣。個足細聲講話。Julia講,行出hit塊空地,上好就較恬咧。個行來到小樹林仔ê邊緣,Julia叫伊停。

「莫去到外口。凡勢有人咧偷看。咱踮樹枝後壁較安全。」

個倚佇榛樹ê蔭裡。日頭光雖過算袂清ê葉仔,猶原燒hut-hut照佇個ê面。Winston看tuì外口ê平洋,敢若認著啥物,驚一下,tsit个奇妙ê感覺來kah真寬慢。眼前ê光景伊捌,he是一塊有動物咬跡ê古老牧草埔,一條步道彎彎仔躒過,鼢鼠崙仔tsia一个hia一个。對面漚爛ê籬笆內底有一寡榆樹,樹絡佇微風中幌咧幌咧,葉仔密密規大捧茈茈仔咧搖,敢若查某人ê頭鬃。Tsia看袂著ê近兜,定著有一條溪仔,青色ê水窟內底有魚仔咧泅。

「Tsit附近敢有一條溪仔?」伊喃。

「有喔,有一條溪仔。應該講是koh過ê hit片田野

ê邊仔。內底有魚，足大尾。佇hia會看著佴歇佇柳樹下跤ê水窟內底，尾溜擽咧擽咧。」

「就是金色鄉國啊，足成，」伊tshih-tshū講。

「金色鄉國？」

「無，無啥。只是我有時仔會夢著ê景緻。」

「你看！」Julia細聲講。

一隻鶇鳥降落佇無kah五公尺遠ê樹枝頂，和佴ê面欲平懸。鳥仔敢若無看著佴。鳥仔佇日頭光下，佴佇樹蔭下跤。鳥仔共雙翼展開，koh細膩收好勢，頭ànn一下，敢若咧共日頭行禮，liâm-mi歌聲若掣流沖落來，音量佇下晡ê恬靜當中真驚動人。Winston和Julia相並，聽kah神去。樂音直直奏，幾若分鐘七變八變，lóng無重複，親像鳥仔刁工咧展伊ê絕技。有時仔伊停幾秒，翼展開又koh收倚，花斑ê胸坎膨起來，歌聲koh噴出來。Winston看kah心內有一寡敬意浮出來。Tsit隻鳥仔是為著siáng、為著啥咧唱？無同伴mā無敵人咧看伊。為啥原因，伊欲佇tsit塊寂寞ê樹林邊緣，對規片空無倒出伊ê樂聲？伊懷疑附近佗位敢有藏mài-kuh。佴兩人講話細細聲，就準有mài-kuh，拍算kan-na收會著鳥仔ê歌聲，聽袂著佴講話。檢采佇機器ê另外hit頭，有一个細漢ê金龜仔形查埔人注神咧聽，聽鳥仔唱。毋過親像做大水ê音樂漸漸仔就共Winston

1984

心內逐款ê猜疑lóng沖沖去。鳥仔歌聲若像液體,沃kah伊規身軀,koh佮騍過葉仔ê日頭光濫做伙。伊停止想,kan-na感受。伊手曲內,姑娘ê腰柔軟koh溫暖。伊共姑娘ê身軀跙過來,兩人胸坎對胸坎,姑娘ê身體溶tuì伊ê身體內底去。伊ê手挲到佗位,lóng敢若掰水hiah軟、hiah順。個ê喙黏做伙,無親像拄才hiah出力。兩人ê面分開ê時,lóng吐一喙足深ê大氣。鳥仔驚著,撲翼飛去矣。

Winston喙骸貼Julia耳仔。「TSIT-MÁ,」伊細聲講。

「Tsia袂使,」Julia mā細聲應。「轉去祕密基地。較安全。」

個緊suh-suh騍林仔倒轉去hit塊空地,踏著幼樹枝仔piȧk-piȧk有聲。到茈樹箍仔內底,Julia擔頭看Winston。兩人lóng喘氣喘足急,毋過文笑koh轉來Julia ê喙角矣。伊徛佇hia看Winston一時仔,手徙去連褲衫ê挽鍊仔。就是按呢!佮夢中欲一模一樣,Julia衫一下就遛掉,佮Winston想像--ê欲平緊,共衫抨去邊仔ê華麗手勢mā全款,若像一下出手就共規个文明消滅掉。伊ê身軀佇日頭下白潔爍光,毋過Winston暫時無咧看Julia ê身軀,伊ê目光拋碇佇Julia生雀斑ê面,面有淺卻在膽ê笑容。Winston跪落來,共Julia ê

雙手握佇家己手中。

「Tse你捌做過無?」

「當然。幾若百擺——無啦,橫直有幾若十擺矣。」

「佮黨員?」

「著,lóng是佮黨員。」

「內黨部--ê?」

「無,毋是和hia-ê豬。毋過個真濟若是揦著一屑仔機會就Ē做。個無像看著hiah高尚。」

Winston心臟跳足雄。Julia佮人做過幾若十擺矣,若是幾若百擺、幾若千擺koh較好。聽著腐敗下賤ê代誌,伊心內就希望飽滇。Siáng知影?無定黨佇表面下底已經爛去矣,咧提倡拍拚為公、否認自我,只是咧掩崁罪惡。若是會當予個總著著thái-ko病抑梅毒,伊會足甘願!只要是會當共創爛、創衰茬、uì下底共挖空,lóng好!伊共Julia摸一下,予伊mā跪落來,兩人面對面。

「你聽我講。你佮愈濟查埔人睏過,我愈愛你。了解無?」

「完全了解。」

「我討厭純潔、我討厭正派!我無愛tsit个世間有任何美德。我希望逐家lóng下賤kah迥骨。」

1984

「若按呢,咱應該會合,心愛--ê。我下賤kah迥骨。」

「你佮意做tsit項代?我毋是講佮我niâ,我是講tsit項代本身。」

「足愛--ê。」

Tsit句伊聽著上佮意。毋是愛一个人按呢niâ,是動物ê本能,單純koh無分對象ê慾望,tse才是會共黨粉碎ê力量。伊共Julia抑佇草埔頂,佇規片藍鈴仔落花ê中央。Tsit擺就無困難矣。過一睏仔,個胸坎ê起落轉緩到平素ê節奏,兩个爽kah無力ê肉體才拆分開。日頭好親像koh較熱矣。兩人lóng起愛睏。Winston伸手去提擲佇邊仔ê連褲衫,共Julia小蓋咧。個足緊就睏去,睏半點鐘左右。

Winston代先精神,坐起來。Julia生雀斑ê面khuè佇手底,猶睏kah真恬靜。喙以外,伊實在袂當講是真媠。若是倚近看,koh看會著伊目睭ê箍圍有一條抑兩條皺痕。短短ê烏頭鬃特別厚koh特別軟。Winston想著,猶毋知伊姓啥、蹛佗位。

Tsit个青春、勇健ê身體,tsit陣無防衛咧睏,予Winston生出想欲共疼惜、共保護ê心情。毋過伊拄才佇榛樹下跤聽hit隻鶇鳥唱歌ê時hit款無心思ê溫柔,煞無啥倒轉來。伊共連褲衫搝去邊仔,詳細看Julia白幼

ê邊身。若佇往過,伊想,一个查埔人看一个查某囡仔ê身體,會感覺足誕人,代誌就是tsiah簡單。毋過目今已經無純然ê愛情抑是純然ê性慾。無啥物款情緒是純--ê,因為逐項lóng透濫著驚惶佮仇恨。個兩人ê相攬是戰鬥,高潮是勝利。Tse是對黨ê一擊。是一个政治行動。

II-3

「Tsia咱會當koh來一擺,」Julia講。「一个祕密基地用兩擺猶算安全。當然若是koh用一兩月日就毋通矣。」

Julia一下睏醒,行放lóng無仝款矣,變做足猛醒koh有職業手路,隨共衫穿起來,紅彩帶結轉去腰邊,開始安排回程ê細節。Tsit款代誌予伊來做敢若真自然,伊有一種做實事ê精光,是Winston欠缺--ê。而且伊敢若對London周圍ê郊原捌kah足透,tsia-ê智識lóng是參加無數改ê社區遠足記起來--ê。伊報予Winston ê回程路線佮來ê路差真濟,著換一个火車頭去坐車。「永遠莫uì你出門ê仝條路線轉厝,」伊講kah袂輸咧宣佈一條要緊ê原則。Tsit-má伊愛先出發,Winston等半點鐘才行。

Julia koh指定一个所在,按算過四工ê下班後通佇hia相會。He是散赤區ê一條街,有天路市仔,通常䆀koh吵。到時伊會佇hia一擔一擔罔踅,假影欲揣鞋帶抑縫紩ê線,若是看四圍無事,會趁Winston行倚ê時

II-3

擤鼻做暗號;無,Winston就愛行過當做無熟似。若是好運,佇人群中個會當講話講15分鐘,計畫後一回見面。

「我愛來去矣,」看Winston了解指示矣,Julia隨講。「我著19點30轉到位,開兩點鐘去共青年反性聯盟分傳單。足哭爸乎?替我掰掰咧好無?我頭鬃敢有幼枝仔?確定?按呢再會,心愛--ê,再會!」

伊仆tuì Winston ê手攬裡,共唚一下不止仔大力,liâm-mi鑽入去樹林,細細聲消失矣。到tann,Winston猶是毋知影Julia ê姓佮住址。是講he mā無差,橫直個mā無可能通佇室內約會抑是寫批通信。

個後來lóng無koh再去hit塊樹林中央ê空地。透5月個kan-na有機會koh做愛一擺,佇Julia知影ê另外一个祕密基地。He是一間廢墜教堂ê鐘樓,所佇ê庄跤30年前捌予原子彈炸過,tsit-má lóng拋荒矣。若去kah到位,tsit个覕所是真好,毋過去ê路途誠危險。Hit擺掠外,個就kan-na會得佇街路見面,lóng佇暗時,逐遍無仝所在,而且毋捌超過半點鐘。用一寡設計,佇街頭是有法度講著話。個佇人行道移徙,無kah齊肩,mā lóng無看對方,對話敢若燈塔ê火按呢liâm-mi有liâm-mi無。便若有穿黨制服ê人倚來,抑是邊仔有千里幕,話就隨切斷,過幾若分鐘,才uì扗才話斷去ê所

1984

在接--lueh。行到事先品好ê離別點,就按呢收煞,各人行各人ê,下一日才koh繼咧講,連話頭都省起來。Julia敢若真慣勢按呢,共號做「分期開講」,伊koh pìng勢毋動喙脣講話。個按呢佇暗暝相會,倚欲一個月,kan-na有一擺相唚有著。Hit擺個行佇一條巷仔,lóng恬恬(Julia若離開大路就毋講話)。雄雄煞póng一聲,共人hám kah欲臭耳,塗跤sìm一下,天暗落來。Winston回神ê時人倒坦敧,身軀有tshè傷,驚kah欲害。定著是一粒火箭彈擎佇附近矣。伊發現Julia ê面離伊ê無幾公分,白死殺,白kah若粉筆,連喙脣mā是白--ê。伊死去矣!Winston共攬牢牢,唚落去才發現猶有血氣佮溫度,毋過家己喙脣煞沐著毋知啥物粉。原來兩人ê面lóng糊一沿厚厚ê灰塗。

有幾暗,個人到約會地點矣,煞kan-na會當相閃身假影無看見,因為無拄好附近有巡邏--ê,抑是頭殼頂有直升機。就準無hiah危險,都合mā慼撟。Winston一禮拜愛上班60點鐘,Julia ê工時koh較長,個ê歇睏日koh會根據稽頭量咧排,無定定相疊。Koh再講,Julia罕得規暗有閒。伊開長kah驚人ê時間咧出席講演佮遊行、共青年反性聯盟分文宣、準備仇恨週ê標語布條、為儉錢宣導活動募款等等。伊講按呢有價值,是一種掩護:你著遵守細條規則,才有本錢通違反

II-3

大條--ê。伊甚至勸Winston koh加付出一暝，參加熱心黨員志願兼㧎做ê彈藥製造工課。就按呢，Winston逐禮拜有一暗開四點鐘，佇一間會lāng風、光線真bái ê細間工場，忍受使人麻痺ê無聊，共細細一塊一塊金屬片用loo-lài-bà鎖做伙，大概是欲做炸彈引信用--ê。身軀邊lóng是摃槌仔聲濫千里幕ê音樂，聽著真tsak。

佇教堂鐘塔約會hit擺，個共進前有頭無尾ê對話lóng補起來。He是一个光炎炎ê下晡，鐘塔頂懸ê四角形房間熱koh hip，粉鳥屎ê味鼻著擋袂牢。個坐佇全塗粉佮樹枝仔ê地板開講幾若點鐘，koh不時相替徛起來，透過箭縫眇外口，確認無人來。

Julia今年26歲，佮另外30个查某囡仔同齊蹛佇一棟宿舍（「Lóng是查某hiàn！我有夠討厭查某！」伊補充說明）。親像Winston所臆，Julia佇小說司創hia-ê小說寫作機，主要就是㧎操作佮維修一台有強效毋過歹舞ê電動mòo-tà，tsit个工課伊真佮意。伊講家己「無巧」，毋過真愛動手實做，創機器mā真自在。伊會曉描述創作一本小說ê全部過程，自計畫委員會下一个總般ê指令，到改寫小組做最後編修。毋過伊對成品無趣味，自稱「無愛讀冊」，認為冊mā不過是一款著愛做出來ê製品，就像果子醬抑鞋帶。

Julia對60年代早期進前ê一切tsiâu無記憶，阿公

1984

是伊唯一熟似會不時講起革命前代誌ê人，佇伊八歲hit年就消失矣。佇學校伊捌做過棍仔球隊隊長，mā捌連紲兩年提著體操獎杯。佇小情報員伊mā做過隊長，佇青年團做過支部書記，koh來才加入青年反性聯盟。伊在來lóng有一種出擢ê特質，甚至捌hōng揀去「春組」，就是小說司內底咧做俗物春宮冊予普魯仔讀ê單位（可見名聲有掛保證）。伊講佇hia上班ê人共單位號一个偏名，叫做「屎間」。伊佇hia跕一年，參與製作封佇袋仔內ê細本--ê，標題lóng像「攝尻川故事」、「女子學校ê一暝」tsit款--ê，予少年普魯仔偷偷仔去買，叫是家己買著啥物非法ê物件。

「Hia-ê冊是啥物款？」Winston好玄問。

「Hooh，糞埽kah欲死。足無聊，真正--ê。Kan-na六款情節咧撨來撨去。當然我是負責萬花鏡niâ啦。我毋捌去改寫小組，我擢筆無gâu，親愛--ê，我猶無夠資格咧。」

伊講佇春組內底主管掠外，lóng是查某囡仔，Winston聽著誠意外。個ê理由是查埔人ê性本能較袂節得，有較大ê風險會去予手頭處理ê邪淫內容腐化去。

「頂頭甚至mā無愛派已婚婦女去hia，」Julia講。「普通lóng想講查某囡仔足純潔。Tsia tsit个毋是

就著矣。」

伊頭一擺戀愛是佇16歲ê時，對方是一个60歲ê黨員，後來為著逃避逮捕，自殺矣。「做了婿，」Julia講，「若無，伊會共我ê名招出來。」後來伊koh有交過幾若个。人生對伊來講真單純：你想欲享樂好過；個，也就是黨，無愛予你如意；你著愛想空想縫犯規。伊敢若認為，「個」想欲共你ê快樂奪走，就親像你無想欲予個掠著hiah-nī自然。伊討厭黨，用上kài粗魯ê話表達tsit點，毋過無啥物總般ê批判。只要是mài礙著伊ê生活，黨ê主義伊就無要意。Winston koh注意著伊足罕得用新講ê詞，kan-na少數已經淡入日常ê詞會用著。伊毋捌聽過兄弟會，mā拒絕相信正經有。在伊看，任何組織化ê反黨行動lóng註定失敗，所以mā lóng真gōng。違反規則koh會當活落去才是巧。Winston有略仔憢疑像Julia tsit款ê少年人有偌濟。少年輩佇革命ê世界中成長，別項lóng毋捌，掠做黨像天hiah-nī永存袂變，袂去共反抗，kan-na通閃就閃，親像兔仔覷狗仔。

個兩人無討論著結婚。He是遙遠kah想都免想ê代誌。無一个委員會有可能批准個結婚，就準Winston個某Katharine按怎樣消失去mā仝款。連眠夢都免夢。

1984

「恁某伊是啥物款ê人?」Julia問。

「伊喔——你敢知影新講有一个詞叫做**好想**?就是天然正統,連想著歹想法ê能力都無。」

「無,我毋捌聽過tsit个詞,毋過我知影hit款人,有影都著。」

Winston開始講伊ê婚姻故事,奇--ê是Julia敢若重點lóng知影矣。Katharine予Winston摸著就規身軀有碴碴,手共攬牢牢ê時koh若像咧用全力共sak開,tsia-ê情形Julia lóng講會出來,袂輸親目睭看著抑是親身感受著。共Julia講起tsia-ê代誌Winston袂干礙著:關係Katharine ê記持早就毋是痛苦,只是厭siān。

「Tse我lóng猶會堪得,若毋是為著一項,」Winston共Julia講起以前逐禮拜仝一暝Katharine會逼伊進行ê hit个冷冰冰ê小儀式。「伊足討厭tsit件代誌,毋過不管按怎mā堅持欲做。伊共叫做——你絕對臆袂著。」

「咱對黨ê責任,」Julia隨接。

「你哪會知?」

「我mā捌去學校,親愛--ê。16歲以後一月日有一擺性教育課。佇青年運動mā是,個久年共你灌輸。我敢講對真濟人真有效。毋過當然mā講袂準;人lóng

158

mā真偽善。」

　　Julia共tsit个話題楦闊。佮伊講話，逐項lóng會牽轉去伊ê性事。一下牽來kah tsia，伊ê觀點lóng真利。伊有掌握著黨ê禁慾主義ê深意，Winston就無。性本能會創造一个獨立ê世界，脫離黨ê控制。毋過黨想欲共消滅ê原因毋是按呢niâ。Koh較要緊--ê，是欠缺性愛會致hi-si-tí-lī-à（hysteria），tse正是黨所佮意，因為tsit款情緒會當徙去痟戰爭佮崇拜領袖。Julia按呢講：

　　「做愛ê時你會開消能量，煞了後你人爽快，逐項mā無想欲tshap。個才袂堪得放你按呢。個欲愛你不管時lóng精力噴tshìng，去列隊行進、歡呼、擛旗。Tsia-ê代誌lóng只是臭酸去ê性慾。若是你本身就爽快矣，你哪著為大兄哥、三年計畫抑兩分鐘仇恨tsia-ê a-sa-puh-luh--ê咧暢？」

　　真有影，Winston想。禁慾佮黨ê正統主義之間ê關係直接koh tah-bā。黨需要黨員會驚惶、厭恨佮痟狂盲信，若無共飽力ê性本能封起來，koh共利用做一个駛動力，欲按怎共tsia-ê情緒控制佇拄好ê懸度？性衝動對黨來講是危險--ê，黨就換一个方式共利用。個對爸母人性mā使類似ê手段。家庭袂使廢除，實際上，個koh鼓勵人愛囡仔，用傳統ê方式愛。另外一方面，

1984

黨系統tik共囝仔改造,叫個和爸母做對頭,共爸母監視、檢舉。家庭已經成做思想警察ê延長,目的是佇人人身軀邊lóng派佮個關係親密ê抓耙仔,暝日執行任務。

唐突間伊ê心思koh轉去到Katharine。Tsit个某若毋是傷gōng,gōng kah無發現個翁ê意見是偝反正統,百面會去報思想警察共掠。毋過tsit陣正經予Winston想起伊ê原因,是tsit晡予伊額頭衝汗ê溫鬱熱。伊共Julia講起11年前另外一个熱kah欲昏去ê下晡發生ê代誌,抑應該是講發生無著--ê。

He是個結婚三四個月後ê代誌。個參加社區遠足,去Kent ê某所在,半途失路矣。兩人本來kan-na慢別人幾分鐘niâ,煞一下斡毋著路,行到一个石灰礦場ê邊仔,koh頭前就是直落十公尺抑20公尺ê山崁,下底全大石頭。個四箍圍仔看看咧,lóng無人通好問路。Katharine知影處境了後,就足不安。佮規陣嘻嘻嘩嘩ê同伴分開才一時仔,伊就有家己犯錯矣ê感覺。伊想欲照原路緊趕轉去,揣另外一个方向。毋過tsit時Winston注意著有一簇一簇ê馬鞭草生佇跤下山崁ê石縫中。有一簇看應該是仝根,煞有水紅仔色佮磚仔紅兩个色。伊毋捌看過tsit款--ê,隨喊Katharine過來看。

「你看,Katharine!你來看hit个花。倚坑底hit tsâng。你敢有看著伊有兩个無仝ê色?」

160

II-3

Katharine本來欲走矣，猶是憘憘斡倒轉來。伊略仔共身軀探出去山崁邊緣，ànn頭看Winston指ê所在。Winston徛佇後壁一步，手扞伊ê腰，予伊徛較在。Tsit當陣Winston雄雄想著，tsia完全賰個兩人矣。四界無半个人類，葉仔無搖，鳥仔無叫。Tsit款所在欲有藏mài-kuh ê危險足低，準若有，mā kan-na收會著聲niâ。Tse是下晡上熱上好睏ê時刻。日頭光燒燙燙罩個身軀頂，汗咧ngiau伊ê面。一个念頭走出來……

「你哪無共sak一下予去？」Julia講。「若是我就會。」

「我知影你會，心愛--ê。若是tsit-má ê我，mā會。凡勢啦，我mā無確定。」

「你敢會遺憾你無動手？」

「會。總講，我遺憾我無動手。」

個兩人齊肩坐佇厚塗粉ê地板。Winston共Julia搝倚來。Julia共頭khuè佇Winston ê肩胛，伊頭毛ê芳味崁過粉鳥仔屎ê臭。Tsit个姑娘猶真少年，Winston想，伊對人生猶有期待，猶毋知共一个絆手ê人sak落去山崁底mā袂解決啥。

「其實若共揀--lueh mā袂改變啥，」Winston講。

161

1984

「無,你是按怎講你遺憾?」

「只不過是我較佮意積極,無愛消極。Tsit場要奕咱袂贏。Tsóng--sī有ê失敗較iânn其他ê失敗,按呢niâ。」

伊感覺著Julia ê肩胛扭一下,敢若咧表示無同意。便若伊講tsit款話,lóng會予Julia反駁。Julia毋接受個人永遠失敗是一條自然律。一方面,Julia了解家己袂有好尾,早慢會予思想警察掠著、創死。毋過佇心內ê另外一跡,伊相信猶是有法度起造一个祕密天地,佇hia你欲按怎活就按怎活。你所需要ê就是好運、奸巧佮敢死。伊無了解--ê是:世間並無快樂tsit項物;勝利kan-na存在佇tiàu遠ê未來,等你死後koh足久足久;自你對黨宣戰ê hit當陣開始,你上好共家己想做一siān死體。

「咱是死人,」Winston講。

「咱猶未死咧,」Julia口氣白洴應。

「肉體tik猶未。Koh六月日,一年,抑五年,會料得。我真驚死。你猶少年,拍算比我koh較驚。照講咱愛盡力活較長咧,毋過mā無啥精差。只要人猶是人,死佮活就是全代誌。」

「Hooh,你講he五四三!你欲佮我抑是佮一副死人骨頭睏?佗一个?你敢無歡喜活咧?你敢無佮意感覺

著:Tse是我,tse是我ê手,tse是我ê跤,我是真--ê,我確實存在,我活咧!你敢無佮意TSE?」

伊踅身,共胸坎揤踮Winston身上。Winston感受著伊衫內底ê奶,到分但是結實。Julia ê身體親像咧共青春佮活力灌入來伊ê身體。

「Hennh,我有佮意,」Winston講。

「按呢就莫koh講死。你聽我講,親愛--ê,咱愛來安排後一擺約會矣。咱會當koh來去森林內底hit个所在。咱共放hia歇真久矣。毋過tsit擺你愛換另外一條路去。我lóng計畫好勢矣。你愛坐火車——來,我畫予你看。」

伊就地取材,共塗粉掰掰做一塊四角,koh uì粉鳥岫抽一枝樹枝出來,佇塗跤開始畫地圖。

II-4

　　Winston佇Charrington先生店舖樓頂寒酸ê小房間內底。伊看周圍，窗仔邊ê大頂眠床已經用破毯仔舒好勢矣，koh囥一粒無包lông ê長枕。壁爐台頂hit隻12點鐘ê古早款時鐘咧行有聲。壁角ê hit塊開合式桌仔ê頂頭，伊頂擺買ê hit粒玻璃紙箬佇薄暗中柔柔仔爍光。

　　爐圍內底有一台漚漚ê錫製油爐、一跤長柄鍋佮兩个甌仔，lóng是Charrington先生提供--ê。Winston共爐點著，鍋貯水落去燃。伊有攢規紙包ê勝利牌咖啡，佮一寡糖丹片。時鐘指7點20，就是19點20。Julia 19點30會來。

　　Gōng、有夠gōng，伊心內踅踅唸：明知影--ê、無價值--ê、揣死ê gōng。一个黨員會犯ê各種罪內底，tsit款--ê上掩崁袂牢。實在講，伊想欲按呢做ê念頭，是uì想著一个畫面開始，就是hit粒紙箬照影佇開合桌仔頂ê畫面。如伊所料，Charrington先生真àt-sá-lih就答應共tsit个房間稅予伊，定著真歡喜通加趁幾箍

仔,甚至連Winston透露房間是欲用來約會ê時,伊mā無表現出驚一趒,抑是知影傷濟ê犯人嫌模樣。顛倒伊目瞤看空氣,喙講一寡泛泛代,體貼kah若像欲將家己隱形。伊講隱私是真有價值ê物件,人人lóng想欲有一个所在,有時仔通佇hia孤一个過,啊若是有人正經有tsit款所在ê時,知ê人就家己知就好,tse是普通ê禮數。伊koh講,tsit間厝有兩个出入口,一个是uì後埕,迥一條巷仔。伊那講,若像規个人強欲消失去矣。

　　窗仔外有人咧唱歌。Winston覗佇棉布kha-tián後偷看。6月ê日頭猶懸懸佇天頂,佇下跤照日滿滇ê埕斗,有一个大tsâng粗勇kah袂輸Norman式石柱ê查某人,手下節筋肉紅kòng-kòng,腰結一領粗麻布圍軀裙,當咧佇一跤洗衫桶佮一條披衫ê索仔之間慢慢仔徙來徙去,共一塊一塊白白四角ê物件giap起去索仔頂,會認得是嬰仔ê尿苴仔。喙裡無含giap仔ê時,伊就唱出氣力飽足ê女低音歌聲:

只不過是無望ê迷戀,
若4月ê一日liâm-mi走無跡,
毋過形影、話語佮夢想lóng來亂,
共我ê心偷提去矣!

1984

　　Tsit條曲佇London四界傳，有幾若禮拜矣。Tsit款ê歌滿滿是，lóng是音樂司為著普魯仔發行--ê，歌詞是用一台叫做詩韻機ê機器寫出來，免人插手。本底是一塊糞埽歌，tsit个查某煞共唱kah tsiah優美，聽著koh爽快爽快。佮歌聲同齊傳入Winston耳空--ê，koh有歌者ê鞋仔攄石板塗跤、街裡囡仔咧吼，佮遠兜無明ê喝咻佮車聲。毋過室內異常恬靜，無千里幕ê緣故。

　　Gōng啦、足gōng足gōng！伊koh想。個若欲連紲幾禮拜定定來tsit个所在，koh袂hőng掠著，根本是講仙古。毋過個兩人實在太想欲有一个正經屬個ê祕密基地，佇室內koh近便--ê。自個去教堂鐘塔hit擺了後，有一段時間lóng無法度koh安排相會。仇恨週欲到矣，工時變kah痟長。Koh有個外月，毋過相關ê準備工課巨萬koh複雜，逐家lóng ke足濟任務出來。落尾個兩人總算排著仝一日ê下晡有閒，約束欲去進前林仔內ê空地。前一暗，個koh佇街裡短短相見。兩人佇人群中行向對方ê時，Winston照例lóng無啥看Julia，毋過一下lió煞發現伊ê面色比平常時較白。

　　「取消矣，」Julia判斷安全隨細聲講。「明仔載ê代誌。」

　　「啥？」

　　「明仔下晡。我袂當來。」

II-4

「是按怎?」

「Ah都通常ê原因。Tsit擺較早來。」

Winston一時仔風火著。熟似Julia以來tsit個月,伊對Julia ê慾望ê性質已經起變化。頭起先真正性慾ê成分無濟,個頭一遍做愛只是一个意願ê行動。毋過第二擺以後就無仝矣。Julia頭鬃ê芳味、喙脣ê口感、皮膚摸著ê感覺,lóng已經nǹg入伊ê身體,或者是濫入伊身軀箍圍ê空氣。Julia已經成做肉體tik ê必要。Winston毋但欲挃,koh感覺伊有權利得著。Tann Julia講袂當來,伊懷疑伊咧共騙。毋過拄好tsit時,人群共個挕做伙,無張持兩人ê手相摸著。Julia緊緊仔共伊ê手尾tēnn一下,tsit个動作敢若是咧討伊ê情愛,毋是慾望。伊想著,若佮一个查某人做伙,今仔日tsit款失望,凡勢是普通四常ê代誌。伊ê心肝koh予一種深深ê溫柔感搦牢咧,tse是伊進前對Julia毋捌有ê感受。伊希望個是結婚已經十年ê翁仔某。伊希望個會當做伙行佇街路,像tsit-má按呢,毋過會當公然,免驚惶,會當那行那講一寡有--ê無--ê,買一寡厝內用ê li-li-khok-khok。伊特別希望個有一个所在,會當kan-na個兩个人踮佇hia,毋免逐遍相會lóng敢若有義務著做愛。毋是拄好tsit陣想著,毋過隔轉工伊就想欲來去稅Charrington先生ê房間。伊共Julia提議,想袂到伊

1984

隨同意，袂輸早就考慮好勢矣。兩人lóng知影tse足起痟，袂輸是刁故意行向個ê墓khòng。伊tsit-má坐佇眠床墘咧等待，koh想著慈愛部ê地下室。已經註好ê恐怖代佇伊ê意識出出入入，行蹤微渺。結局佇hia矣，佇未來聽候，koh過去就是死亡，正親像99 koh過去就是100 hiah-nī確定。欲消閃無可能，延遲凡勢會使。毋過有當時仔，就是有人欲存範用行動共等待ê時間縮短。

樓梯有緊捷ê跤步聲，Julia從入來房間，手捾一跤貯工具ê咖啡色帆布袋仔，就是Winston有時佇真理部看著伊來來去去捾咧ê hit跤。Winston行向頭前欲共攬，Julia煞緊閃開，半因為伊手頭工具袋仔猶捾咧。

「小等一下，」伊講。「你先看我有紮啥。你有紮he勝利牌漚貨乎？我就知，會使tàn-hìnn-sak矣，咱無需要，你看tse。」

伊跪佇塗跤，共袋仔píng過來倒，囥頂沿ê幾枝扳仔佮一枝loo-lài-bà先落出來，koh來是幾若个整齊ê細个紙袋仔。伊提一个予Winston，看著新奇koh敢若有熟似。內底貯重重若沙仔ê物件，手抐就nah落去。

「敢毋是糖？」Winston問。

「正港ê糖，毋是糖丹，是糖。Tsia koh有一條pháng，實在ê白麭，毋是咱食ê hit款飼料。Tse是果

II-4

子醬，細細仔罐，koh有一罐牛奶——毋過你看！Tse才是我上得意--ê，我koh著用一塊仔粗麻布共包咧，因為——」

免伊講，Winston mā知是按怎愛包起來。芳味已經漲規房間，飽滇燒烙，可比是uì伊做幼囡仔ê歲月流來到tsia。其實tsit款氣味到tann mā罕罕仔鼻會著，有時是一扇門大力關起來進前趙出來到走廊，有時是無來由佇挨映ê街路頂浽開，一下欶著就koh無去矣。

「是ka-pi，」伊喃，「正港ê ka-pi。」

「是內黨部ê咖啡。Tsia足足一公斤，」Julia講。

「你佗位pìnn來--ê，tsia-ê物件？」

「Lóng是內黨部--ê。Hia-ê豬逐項mā有，逐項。走桌--ê、使用人tsia-ê人tsóng--sī會加減仔偷拈——你看，我koh有細包ê茶米。」

Winston佇伊邊仔跕落來，共紙袋仔uì角仔lì開。

「正港ê茶米。毋是烏莓葉仔。」

「最近茶米足充盛。個拄占領印度矣抑是啥--ê，」Julia講kah無頭無尾。「重點是，心愛--ê，請你越過去，尻脊骿向我，三分鐘就好。你去坐眠床另外hit爿，莫傷倚窗仔。我猶未叫你莫越頭。」

Winston gāng-gāng仔看週過he棉布kha-tián。下跤ê埕內，hit个手下節紅紅ê查某猶koh佇洗衫桶佮

1984

索仔之間行來行去，伊uì喙koh提兩个giap仔落來，下深情唱：

> 個講時間會治療一切，
> 個講往事共當做煙；
> 毋過tsiah濟年ê笑容佮目屎
> 猶原咧搬我心肝底ê絃！

伊足成共tsit條無營養ê歌規條記入心矣。伊ê歌聲綴甘甜ê熱天空氣浮起來，真好聽，koh飽充一款有濫快樂ê憂愁。你會感覺若是6月ê黃昏袂煞、衫仔褲披袂完，伊會真歡喜佇hia那giap尿苴仔那唱糞埽歌koh唱1000年。Winston tann才想著，伊毋捌聽過一个黨員單獨、自發咧唱歌。按呢做甚至有淡薄仔異端，就佮自言自語仝款，是會惹來危險ê奇怪行為。無定著人是愛lím柺飢失頓ê地步，才有題材通好唱。

「你會當越過來矣，」Julia講。Winston越頭，有一秒強欲袂認得眼前ê人。伊本來叫是Julia會褪光光，毋過並無。實際上ê轉變比he koh較想袂著：伊畫妝矣。

伊一定是tang時偷走入去普魯仔區ê佗一間店，共規組化妝品買起來。伊ê喙脣胭脂抹kah真重，喙顊紅

II-4

紅，鼻仔頂粉粉；目睭下跤koh有一逝啥予目睭koh較光。技術毋是真好，毋過Winston對tsit款代誌ê標準mā無懸。伊毋捌看過佗一个女性黨員抹粉點胭脂，連想都毋捌想著。Julia按呢妝一下，面水提升kah予人驚一下。不過是一寡色水踮佇正確ê所在，伊人毋但加真媠，koh較明顯是加足有查某人味。短頭鬃佮查埔囡仔款ê連褲衫顛倒加添tsit个效果。Winston共攬倚來，一陣合成ê紫羅蘭芳味即時灌鼻空，伊想起hit間半光暗ê地下室灶跤，hit个卯喙查某人ê芳水就是全tsit个味。毋過tsit陣he應該是lóng無重要。

「Koh有芳水！」伊講。

「著，愛人仔，koh有芳水。你臆我紲落來欲創啥？我欲去pìnn一軀正港ê查某人洋裝來穿，才無愛穿tse死人長褲。我koh欲穿絲襪仔佮懸踏鞋！佇tsit間房間內底我欲做一个查某人，毋是一个黨員同志。」

個共衫褪掉，peh起去hit張桃花心木ê大頂眠床頂。Tse是Winston頭一擺佇Julia面頭前完全褪裼。進前伊一直對家己ê身體誠自卑，毋但青白薄板，koh有浮跤筋，跤目頂頭ê皮膚規塊變色。眠床頂無床巾，毋過個倒ê hit領毯仔舊kah光生，膨床大頂koh勢sìm，兩人lóng誠意外。「一定lóng全木蝨，毋過哪有要緊？」Julia講。Tsit陣除起佇普魯仔ê厝內，雙人眠

床已經無地揣矣。Winston囡仔時捌睏過一半擺仔,Julia記憶中看都毋捌看過。

兩人睏去有一時仔。Winston精神ê時,時鐘徛kah倚9矣。伊無振動,Julia猶咧睏,頭khuè佇手曲;胭脂水粉大部份lóng印去Winston ê面抑是枕頭頂,毋過一跡淺紅猶是顯出伊喙頓骨ê嬌。落日ê一條黃光趨落去眠床跤,照佇壁爐,長柄鍋內底ê水咧滾。樓跤hit个查某人無咧唱矣,賰街路裡囡仔ê喝咻略略仔飄入來。伊憢疑佇hit个已經廢揀ê古早,tsit款ê經驗敢是真素常。像按呢,熱天黃昏涼來ê時,一个查埔,一个查某,褪裼倒佇眠床頂,想欲做愛就做,欲講啥話題就講,袂感覺有啥壓力逼個著愛起床,kan-na the佇hia,聽外口平和ê聲音。當然mā有可能毋捌有一个時代tsit款代誌真普通。Julia精神矣,目睭挼挼咧,用手曲共身體thènn起來,看hit个油爐。

「水燃kah賰一半矣,」Julia講。「我較停仔來煮寡咖啡。咱猶有一點鐘。恁大樓幾點禁電火?」

「23點30。」

「阮宿舍是23點,毋過愛略仔較早轉去,因為——Eh!閃啦,thái-ko鬼!」

Julia佇眠床頂雄雄píng身,uì塗跤捎一跤鞋仔,用查埔囡仔款ê緊猛手勢共kiat去壁角,正親像hit日兩

II-4

分鐘仇恨ê時Winston看著伊用詞典khian Goldstein hit款勢。

「啥？」Winston驚一下共問。

「鳥鼠。我看著伊hit粒穢才鼻仔uì壁枋探出來。Hia有一空。我共hánn走矣，無代誌。」

「鳥鼠！」Winston nauh。「Tsit間內底！」

「四界lóng-mā是，」Julia講kah無要無緊，koh倒落去。「連阮宿舍灶跤mā有。London有一寡所在滿滿是。你敢知影佮koh會攻擊囡仔？有影喔。有ê街路裡，查某人都毋敢共幼囡仔單獨放园兩分鐘。會共佮咬--ê是hit種塗色足大隻--ê。上夭壽--ê是tsia-ê精牲佮lóng——」

「MÀI KOH KÓNG--AH！」Winston目睭kheh kah bā-bā。

「心愛--ê！你面白蔥蔥呢。按怎--hioh？敢是鳥鼠害你無爽快？」

「全世間上恐怖--ê，就是鳥鼠！」

Julia身軀共並咧，雙手共攬咧，敢若是欲用體溫予伊安心。Winston目睭無隨peh開。Tsit世人到tann伊不時重複進入一个惡夢，tsit幾若秒he感覺koh來矣。逐遍lóng足全：伊徛佇一堵烏暗ê壁頭前，壁ê另外hit面，有某種伊接載袂起、毋敢面對ê物件。佇夢中

1984

伊感受上深--ê，就是伊lóng咧自我欺騙，因為伊明明知影壁ê hit面是啥。若是拚性命，親像殘殘將家己ê腦tsūn一塊落來，伊就有機會共hit个物件拖出來，看予真。逐遍伊lóng猶未發現he是啥，就精神矣。橫直和he有關連，就是Julia話予伊拍斷進前咧講ê物件。

「失禮，」伊講，「無啥啦。我無佮意鳥鼠，按呢niâ。」

「無要緊，心肝--ê，咱莫予hia-ê thái-ko鬼koh走來tsia。我等咧來用布仔共hit空先窒咧。後一改咱koh來ê時我會紮寡灰塗，好好仔共補起來。」

拄才hit陣烏陰ê驚惶已經半袂記得矣。Winston感覺略仔見笑。伊坐直，並佇眠床頭。Julia落眠床，共連褲衫穿起來，去泡咖啡。Uì he細支鼎浮起來ê氣味強koh刺激。伊趕緊共窗仔關起來，較免外口有人鼻著起好玄。毋過比咖啡ê味koh較讚--ê，是糖加添ê金滑若絲ê口感。Tsē-tsē年lóng食糖丹，Winston已經強欲袂記得糖是啥矣。Julia一手插lak袋仔，一手提一塊kauh果子醬ê麭，佇房間內踅行，罔且lió一下仔冊櫥，那講hit塊開合桌仔愛按怎修理才好，大力共家己抨tuì hit塊漚鉤椅頂面，坐看覓有四序無，koh認真相hit隻各樣ê 12點時鐘，愛笑koh毋甘共嫌。伊共hit粒玻璃紙筈提過來眠床頂，借光看予明。Winton uì伊手

中koh提來，伨逐遍全款，欣賞he柔和koh若雨水ê玻璃，看kah迷去。

「Tse是啥？以你看？」Julia問。

「以我看，伊毋是啥——我意思是講，伊應該自來lóng毋捌hőng用佇任何用途。我就是佮意tsit點。Tse是細細仔一塊歷史，佮落勾無修改著。Tse是來自100年前ê訊息，精差人會曉讀無。」

「Hia hit幅圖，」Julia ǹg對面壁頂ê版畫頕一下。「He敢會mā有100年？」

「Koh較久，200年，我敢講有。真歹講。Tsit-má欲查出啥物物件ê年代lóng無法度矣。」

Julia行過去看。「Hit隻精牲拄才就是uì tsia共鼻仔探出來，」伊那講，起跤去踢圖下面ê壁枋。「Tse是啥物所在？我捌佇佗位看過。」

「是一間教堂，上無本底是。叫做聖Clement Danes。」Charrington先生教伊ê hit條歌ê段落koh踅轉來頭殼內，伊帶懷舊ê心思紲咧講：「鐘聲響佇聖Clement，伊講柑仔佮檸檬！」

驚著--ê是Julia共tsit句接完：

鐘聲響佇聖Maritn，講你欠我三厘銀，
鐘聲響佇老Bailey，講你tang時欲還錢——

「Koh來我袂記得矣。毋過我會記得上尾,蠟燭共你照路去眠床,大刀共你頷頸tsām予斷!」

蓋成是一句口令ê頭前後尾。毋過「講你tang時欲還錢」後壁照講愛koh有一句。若是提示有夠,凡勢Charrington先生會koh想起來。

「Siáng共你教--ê?」Winston問。

「阮阿公。我足細漢ê時伊捌唸予我聽。我八歲ê時伊hőng蒸發矣——橫直就是無去矣。我毋知lê-bóng是啥,」伊無張持加tsit句。「柑仔我知,是一種黃色ê果子,皮厚厚。」

「Lê-bóng我會記得,」Winston講。「50年代猶不止仔普遍。足酸--ê,kan-na鼻著,喙齒都會麻。」

「我敢講tsit幅圖後壁mā有蟲佇咧,」Julia講。「我另工才來共提落來清理理咧。我看咱差不多好來去矣。我tsit-má愛來共妝洗掉。侼費氣咧!較停仔我共印佇你面ê胭脂拭掉。」

Winston koh並佇hia幾分鐘仔。房間暗落來矣。伊共hit粒玻璃紙䇿提咧,踅去較光ê方向,釘目看紙䇿內底。趣味無底止--ê,毋是hit蕊珊瑚,是玻璃ê內部本身。He是hiah-nī深幽,煞koh像空氣hiah-nī透明。袂輸玻璃ê表面就是天ê圓蓋,共規个大氣加圇ê小

世界封佇內底。伊感覺伊會當入去內底,實際上伊就佇內底,連hit頂桃花心木眠床、開合桌仔、時鐘、鋼版畫,佮紙筶本身,lóng同齊佇內底。Tsit粒紙筶就是tsit間房間,Julia佮伊兩人ê人生就若hit蕊珊瑚,永遠牢佇tsit粒水晶ê中央。

II-5

Syme消失矣。某一日早起,伊無來上班,有幾个仔較欠思慮ê人猶咧談論哪會無看見伊人。隔轉工就無人講起矣。第三工Winston行去記錄司ê門廊看公佈欄。有一張公告是西洋象棋委員會ê成員名單,Syme本來佇內底。Tsit張公告tsit-má看著lím無變,無共啥物畫掉ê痕跡,只是人名減一个。按呢就有夠矣。Syme無存在矣:伊毋捌存在過。

天氣熱kah若烘箱。真理部迷宮無窗仔,lóng靠空調,溫度猶維持正常。毋過佇外口,人行道燒kah會燙著跤,尖峰時間地下鐵車廂內底臭kah驚死人。仇恨週ê準備工課已經沖沖滾,部裡ê人員lóng咧加班。各種活動lóng著備辦:遊行、會議、軍事分列式、講演、蠟像、展覽、電影、千里幕節目;koh有看台愛搭、人像愛tshāi、口號愛定、歌愛寫、假消息愛傳、相片愛偽造。Julia ê小說司單位暫停製作小說,咧趕一系列指控敵人暴行ê傳單。Winston做例行稽頭以外,逐工koh加開足長ê時間咧搜揣《時報》ê歷史檔案,共一寡

新聞記事修改和美化，提供講演引用。暗暝，吵嚷ê普魯仔滿街蹌，城市敢若著熱病，氣氛誠奇異。火箭彈ê攻擊愈tsiáp矣，有時遠遠有大爆響傳來，是啥物無人講會明，謠言就若火燒埔。

仇恨週ê主題歌已經出來，就叫做〈仇恨之歌〉，佇千里幕頂放袂煞。歌ê節奏兇惡，phè-phè叫，論真袂當講是音樂，較成咧挵鼓。數百人那頓跤行進那嚷出來，聽著會膽寒。普魯仔足愛。佇翻點ê街頭，tsit條歌佮猶原流行ê〈只是無望ê迷戀〉咧拚場。Parsons家ê囡仔暝日用捒仔佮衛生紙咧演奏，活欲吵死。Winston ê暗暝比進前koh較實櫼矣。Parsons組織ê各志工小隊lóng咧無閒佈置街路：紩橫布條、畫海報、peh去厝頂tshāi旗篙，koh愛弄險共鉛線牽過街路兩爿，通好吊彩帶。Parsons風神講勝利大樓單獨就會展400公尺ê彩旗仔。伊表現本性，暢kah若一隻叫天鳥。熱天做體力工課，予伊koh較有理由佇暗時換穿短褲、siat-tsuh開開。伊全時間出現佇四界，sak、giú、鋸、損、撫，用革命情感鼓舞逐家，當然koh有uì規身軀ê逐條摺痕施放若像永遠出袂盡ê臭汗酸。

一張新海報一氣出現佇規London。無圖說，kan-na畫一个足惡ê歐亞國戰士，有三四公尺懸，當咧大伐向前。無表情ê黃種人面模，大跤ê軍靴，一枝短機關

1984

銃撆咧。無論你uì啥物角度看,透視法放大ê銃口lóng正對你。Tsit張圖貼遍每一堵壁ê每一个空位,數量甚至超過大兄哥ê相。普魯仔平素無關心戰爭,tsit聲mā hōng催入去時站性ê愛國主義熱狂。袂輸欲佮tsit款總體情緒和聲,火箭彈比平常時炸死koh較濟人。有一粒射著Stepney區一間客滿ê電影院,共數百人埋佇廢墟當中。Hit跡ê居民lóng總出來參加一場喪禮,拖綴幾若點鐘毋煞,人人足掠狂。另外一粒炸彈落佇一塊當做迌迌埕ê荒地,共幾十个囡仔pōng kah碎糊糊。憤怒ê示威一場koh一場,眾人燒Goldstein尪仔,共數百張歐亞國戰士ê海報lì落來添火,亂中真濟店舖hōng搶。紲落來有風聲咧傳,講有透仔用無線電波咧引導火箭彈。有一對老翁仔某hōng懷疑是外國出身,厝煞hōng放火燒,兩人予翕氣死矣。

便若有法度去佇Charrington先生店舖樓頂ê房間,Julia佮Winston就做伙the佇無tshu ê眠床頂,拄好佇開--khui ê窗仔下跤,兩人lóng裼裼趁涼。鳥鼠無koh來,毋過木蝨佇燒熱中生湠kah無站無節。個mā無要緊ê款,毋管是清氣抑垃圾,tsit間房間lóng是天堂。個一下到位,就共uì烏市買來ê胡椒四界掖,衫仔褲裼裼咧,流汗做愛,睏去,精神了後koh面對木蝨重集合反攻。

II-5

　　規个6月個相會有四、五、六、lóng總七擺。Winston共隨時來一喙tsín酒ê習慣改掉，伊敢若無tsit个需要矣。伊變較有肉，靜脈爛瘡有較消，賰跤目頂懸有一塊深色ê痕跡。伊早起時mā袂koh khuh-khuh嗽矣。日子較無hiah-nī袂忍受得，伊mā無hit-hō衝動想欲對千里幕激bái面，抑是放氣力tshoh矣。個tsit-má有一个安全ê覕所，袂輸一个家。雖然見面毋是定定會當，而且一改才幾點鐘，敢若mā袂艱苦。要緊--ê是有tsit間佇舊貨仔店樓頂ê房間佇咧，kan-na是知影有一間房間佇hia，無受侵擾，就感覺人佇hia矣。Tsit間房間本身是一个天地，是貯往過ê一个袋仔，絕種ê動物會當佇hia行踏。Charrington先生mā是一隻絕種ê動物，Winston想。通常佇欲上樓ê時，伊會停跤和Charrington先生開講幾分鐘仔。老歲仔若像罕得甚至lóng無出門，mā無啥人客來。伊敢若一sian幽靈，若無佇頭前狹koh暗ê店面，就是去後壁koh較狹ê灶跤攢三頓。灶跤內底有一台pìng古ê蓄音機，喇叭世界大支。Charrington先生若像真歡喜有機會通開講。鼻仔長長、目鏡仁厚厚、絨仔外套內底肩胛勼勼ê伊，不時佇伊規間毋值錢ê貨底中央罔踅，模樣較無成生理人，較成收藏家。伊會用退去ê興頭，指tsit項hit項毋成物仔予Winston看：一粒幼瓷ê矸窒仔、一塊歹去ê鼻薰

1984

篋仔有畫彩ê蓋、一个假金仔ê被鍊篋仔內底貯一me早就死去ê嬰仔ê頭鬃。Tsia-ê物仔伊毋捌共Winston推銷，kan-na希望伊會欣賞。佮伊講話若像聽一个咧欲歹去ê音樂盒咧tân。伊uì記憶ê僻角koh搜揣出koh較濟本底遺忘ê唸謠段落。有一段是講24隻烏鳥，有一段講一隻有一支角歪去ê牛母，koh有一段是講可憐ê知更鳥公之死。「我只是想著講你凡勢有趣味，」便若伊koh抾著一段老歌詞，lóng會笑笑仔按呢講，家己mā無啥信ê款。毋過逐條唸謠伊mā kan-na幾句仔想會起來niâ。

　　Julia佮Winston兩人lóng知，tsit款日子無可能長久，應該講tsit个認識毋捌離開個ê頭殼。有時陣，個感覺死期liâm-mi就會到，親像個倒ê tsit頂眠床hiah-nī具體實在，個就kan-na黏牢牢，啥物lóng看破矣ê模樣，顧享受感官ê樂暢。敢若一个hŏng判落地獄ê靈魂，賰五分鐘猶原拚勢欲食最後一喙甜。毋過mā有時陣，個毋但錯覺一切安全，koh幻想會當長長久久。只要個人確確踮佇tsit間房間內，個就感覺無啥物會來傷害著個。到tsit个所在ê路途困難koh危險，毋過房間本身就是一塊無憂ê樂土。就可比Winston繩tuì紙𤲍中心ê時所感受，敢若會用得行入hit个玻璃世界，一下入去，時間就會擋止。個koh時常自欺數想走旋會去，想

講個ê好運會永遠有效，個會當一直像按呢祕密約會，到性命自然ê終點；抑是Katharine死去，ah個兩人靠啥物款精妙ê運作，通順利結婚；抑是個做伙自殺殉情；抑是個改換名姓外貌，學普魯仔ê腔口，去工場揣著頭路，後半世人lóng視佇後街暗巷過日，予人tsang袂著。Tse lóng是練痟話，個mā知知。現實中就是走無路。唯一有法度實行ê方案是自殺，個koh毋願。就按呢拑牢咧，一工過一工、一禮拜過一禮拜。佇無未來ê現此時罔拖，大概上符合根靪ê本能。好親像只要有空氣，人ê肺就袂放棄koh suh後一口氣。

　　有當時仔，個mā是會談論著起來反抗黨，毋過頭一步愛按怎行都無概念。就準he足厲害ê兄弟會有影，mā毋知愛按怎揣門路去加入。Winston共Julia講起伊對O'brien hit款神祕ê親近感，講便若伊行到O'brien邊仔，就有一个衝動，想欲共伊講家己決意和黨對敵，需要伊鬥相共。Mā奇，Julia竟然袂感覺按呢做傷衝碰。伊真慣勢看人ê面來對人下判斷，在伊看來，Winston才佮O'Brien對眼一下，就信伊會過，mā算自然。Julia koh理所當然認為所有ê人，抑是lím所有ê人，lóng咧暗恨黨，只要評估安全就會揣空縫犯規。毋過伊拒絕相信一个有組織koh四界有人ê反對勢力正經存在、抑是有法度存在。照伊看，Goldstein佮

1984

地下大軍ê傳說lóng是騙痟--ê，是黨有目的編造--ê，橫直你愛假影共信。算袂清有幾擺，佇黨辦群眾大會抑自發示威，Julia lóng嚨喉弓盡磅，喝聲要求處決犯人，雖罔hia-ê人伊根本連名都毋捌聽過，mā一屑仔都無咧信個所揹ê罪名。若有公開審判，伊所屬ê青年團會派特攻隊赴場，自早到暗包圍法庭，伊佇內底不時喝「叛徒予死！」佇兩分鐘仇恨ê時，伊罵Goldstein比別人lóng較勢罵。窮實Goldstein是啥人、所謂ê Goldstein主義是啥，伊所知是少kah袂當koh較少。伊是革命後大漢--ê，傷少年，對50佮60年代ê意識形態鬥爭無印象。佇伊ê想像範圍內，無「獨立政治運動」tsit-hō概念，黨不管如何lóng是無敵--ê。黨會萬世長存，永遠不變。你欲反抗，kan-na會當暗中毋服從，極加極加，是進行孤擺ê暴力行動，比論共啥物人暗殺抑是共啥物物件炸掉。

有ê方面Julia比Winston加真靈敏，mā對黨ê宣傳加足無咧信táu。有一擺伊ê觀點共Winston掣一趒。He是Winston先uì啥話題牽去到對歐亞國之戰，Julia煞用真普通ê口氣講伊認為根本都無戰爭。落佇London街頭ê火箭彈凡勢是海洋國政府家己射--ê，「欲予人民驚惶」。Tsit个理論Winston想都毋捌想著過。Julia koh講，兩分鐘仇恨當中，伊感覺足困難--ê是愛忍牢

咧mài笑出來，Winston聽著有一種欣羨。毋過Julia kan-na佇黨教條礙著伊家己生活ê時，才會共質疑。若是真佮假之間ê差別在伊看都無啥重要，通常伊接受官方ê神話mā無問題。比論講，伊佇學校學著飛行機是黨發明--ê。毋過Winston會記得，50年代晏期伊咧讀冊ê時，黨kan-na宣稱發明直升機，十捅年後，著Julia tsit沿，飛行機mā成做黨ê發明矣。Koh過一代，連蒸氣ián-jín拍算mā會予黨發明去。Winston共Julia講飛行機佇伊未出世佮革命以前早就有矣，Julia煞完全無趣味。講到地，飛行機是啥人發明--ê，有啥要緊？予Winston koh較驚異--ê，是伊拄遮uì Julia ê話，聽出伊竟然袂記得四年前海洋國是咧佮東亞國相戰、佮歐亞國和好。無毋著，Julia會曉想講規个戰爭lóng是假--ê，想袂到伊連敵國ê名換矣都無注意著。

「我想講咱自來就是佮歐亞國咧相刣，」伊講kah含糊。Winston小可驚著。飛行機ê發明比伊出世加足早，毋過戰爭ê切換是四年前ê代誌niâ，伊人早就大漢矣。Winston佮Julia諍四份一點鐘，總算有將伊ê記憶硬摵倒轉去，予伊勉強想著有一段時間，敵人是東亞國，毋是歐亞國。毋過tsit个話題在Julia看猶是無重要。「敢有差？」伊應kah無耐心。「橫直夭壽戰爭一場紲一場，koh再講，逐家mā知影新聞lóng是白賊。」

有時仔Winston共Julia講著記錄司ê代誌，包括伊家己執行ê hia-ê無tshàu無siâu ê偽造，Julia並無驚著ê面色。伊無感覺嘐話成做事實是啥物山崩地裂ê大災難。Winston koh講著Jones、Aaronson佮Rutherford，講著hit擺hit張事關重大ê紙條仔予伊捏佇手裡，Julia mā無啥感覺。頭起先，伊根本捎無tsit件代誌ê重點佇佗。

「個是恁朋友？」伊問。

「毋是，我佮個無熟似。個進前是內黨部--ê，而且加我足濟歲。個是往過、革命前時代ê人。我連看都無啥會認得。」

「若按呢有啥好煩惱？逐日lóng有人hőng剖掉，敢毋是咧？」

Winston想辦法欲予伊了解。「Tsit个事件真特殊。Tse毋是有人hőng剖ê問題niâ。你敢了解，往過，昨昏以前--ê，lóng hőng廢揀矣？若是猶koh有佇咧，就kan-na賰一寡無附帶文字ê物體，像tsit丸玻璃。咱tsit-má對革命，koh有革命以前ê一切，會用得講是完全lóng毋知矣。所有ê記錄毋是hőng滅無就是hőng偽造矣。所有ê冊lóng改寫矣；所有ê圖lóng重畫矣；所有ê雕像、街路、建築物lóng改名矣；所有ê日期lóng攄過矣。Tsit-hō過程猶koh逐工、逐分鐘咧接

相紲。歷史停止矣。Kan-na賭一个無了盡ê現在，佇tsit个現在，黨永遠是著--ê。當然我知影往過hőng偽造矣，毋過我永遠無法度去證明，就準hit項就是我家己偽造--ê mā無法度。代誌做了，證據就無留矣。唯一ê證據佇我頭殼內，我無確定敢有另外任何一个人類記憶佮我全款。我規世人kan-na佇hit tiap，去提著確實、具體ê證據，雖罔是事後、幾若年以後。」

「按呢有啥路用？」

「無啥路用，因為無幾分鐘我就共tàn掉矣。毋過若是全款ê代誌我koh搪一遍，我欲共留咧。」

「Hioh，是我就袂！」Julia講。「我真願意冒險，毋過kan-na為著有值得ê代誌，毋是幾片仔舊報紙。就準你有共留起來，你會當提來創啥？」

「袂當創啥，凡勢。毋過he就是證據。無定著，假使我有hit-hō膽共提予別人看，會當佇tsit tah hit tah共懷疑ê種子種--lueh。我無認為咱tsit世人就有法度改變啥。毋過咱共想像，小小ê反抗uì tsia uì hia puh出來，細細陣ê人kap做伙，沓沓仔擴大，甚至留一寡仔記錄落來，下一代就會當uì咱做無完ê所在koh紲咧做。」

「我對下一代無趣味，心愛--ê。我有趣味--ê是LÁN。」

1984

「你ê造反kan-na腰以下咧反。」Winston講。

Julia感覺tsit句講了有準koh詼諧,歡喜伸雙手共Winston攬咧。

黨教條伸枝旋藤ê一切,Julia連上薄ê趣味都無。便若Winston開始講著英社主義、雙想、修改往過、否認客觀現實,抑是使用新講詞彙,伊就開始無聊、困惑,講伊毋捌注意hia-ê代誌:既然咱知影he lóng糞埽,哪著去操煩he?伊知影tang時愛喝讚、tang時愛呼落氣,按呢就有夠矣。若是Winston堅持欲講hia-ê話題,伊就會真無捀場起愛睏。伊就是hit款不管時陣、任何姿勢lóng有才調睏去ê人。佮伊講話,Winston就了解,一个人就準連正統主義是啥貨都捎無,欲激一个足正統ê模樣是偌簡單。Uì某方面講,黨ê世界觀提去飼無才調了解ê人上kài成功。Tsit款人真好變弄,聽好接受上橫霸ê事實扭曲,因為個從來都袂了解黨要求個配合--ê是偌大ê代誌,對公共事件mā欠夠額ê興頭去注意。就是無了解,個才會無起痚。個啥物tu來都吞--lueh,對個mā無敗害,橫直吞--lueh ê物件無殘留,就親像穀粒會當未曾消化通過一隻鳥仔ê身軀。

II-6

總算來矣。期待ê訊息來矣。伊規世人,伊感覺,lóng咧等tsit件代誌發生。

伊佇真理部內ê長巷路咧行,拄好倚進前Julia撏紙條仔予伊ê hit搭,發覺有人行佇伊後壁,體格比伊較大。毋知是siáng ê來者輕輕仔嗽一聲,分明是講話ê前奏。Winston隨擋咧,越頭。是O'Brien。

個總算面對面矣,Winston唯一ê衝動煞若像是想欲suan。伊心臟跳kah足厲害,強欲袂曉講話。O'Brien無停跤,一肢手友善扞佇Winston ê手股一下仔,兩人就同齊行。O'Brien開喙,用hit款顯出伊佮多數內黨部成員lóng無仝ê特殊好禮款。

「我一直希望有機會佮你講話,」伊講。「頂日我有讀你刊佇《時報》ê一篇文章。你對新講真有考究,我想--ê敢著?」

Winston有較回神矣。「無啥考究啦,」伊講。「我是外行人,he毋是我有熟ê主題。我lóng毋捌參與新講ê實際建構工課。」

1984

「毋過你寫了誠雅，」O'Brien講。「Tse毋是我一个人ê看法。最近我有和你ê一位朋友討論，伊確實是專家。伊ê名我一時想袂起來。」

Winston心內koh一陣攪絞疼。Tse就是咧講Syme，無別款可能。毋過Syme毋但是死矣，伊hőng廢揀矣，伊是無人。講著伊予人聽會出來，是有性命危險ê代誌。O'Brien tsit句定著是一个存意ê信號，一个暗號。按呢分享一个小小ê思想罪行為，就共兩人箍做共犯矣。佇本底沿巷路勻勻仔行，O'Brien煞停落來，撫一下仔鼻仔頂ê目鏡，手勢就像伊在來hiah-nī奇妙koh親切，予人袂防備。伊繼續講：

「我是欲講，佇你文章內底，我有注意著你有用著兩个退時ê字詞。毋過he是最近才過時--ê。你敢捌看過第十版ê新講詞典矣？」

「毋捌，」Winston講。「我想講he猶未出版。阮佇記錄司猶koh咧用第九版。」

「我想第十版猶koh愛幾若月日才會發行。毋過有代先印少數量咧傳閱矣，我hia就有一本。凡勢你有趣味欲看一下？」

「我真有趣味，」Winston隨了解意思。

「有一寡新發展正經巧。共動詞減少——我想tse是會吸引你ê部份。我想看覓，我差人共詞典提予你好

無?是講tsit款代誌我逐遍都袂記得。抑是你若方便ê時,會當來阮兜提?等咧,我予你我ê地址。」

個徛佇千里幕頭前。O'Brien無蓋專心,兩个lak袋仔摸摸咧,提一本皮封面ê小筆記簿仔佮一枝金ê墨水筆出來。千里幕近近佇頂懸,另外hit頭咧監視ê人會當清楚看著伊寫啥。伊潦草寫一个地址,hit頁lì落來,提予Winston。

「暗時我通常有佇厝,」伊講。「準若無,我ê管家會共詞典提予你。」

伊走矣,留佇原地ê Winston手提hit張紙,tsit擺無需要藏矣。毋過伊猶是細膩共頂頭ê內容背起來,幾點鐘後共hit張參規堆其他ê字紙tàn入去記憶空。

個交談極加才幾分鐘仔niâ。規个過程唯一可能ê意義,就是予Winston知影O'Brien ê住址。Tse有必要,因為若欲知影啥人蹛佗位,除起直接問無別步。無任何通訊錄之類ê物件。O'Brien共講--ê是:「萬不二你欲揣我,佇tsia揣會著。」無定著詞典內底koh會藏一个啥物訊息。橫直一項是確實--ê:伊所夢想ê陰謀正經存在,tsit-má伊已經摸著邊矣。

伊知影家己早慢會回應O'Brien ê召喚。無定是明仔載,無定拖較久咧——伊無確定。Tsit-má所發生--ê,只不過是幾若年前就起動ê一个過程ê實現。頭

一步是一个祕密、非自主ê念頭,第二步是開始寫日記。伊先uì想法進行到言詞,tsit-má koh uì言詞到行動。上尾一步就是佇慈愛部矣。伊接受。結局早就包含佇起頭當中。毋過tse真恐怖,抑是較精確來講,若像先試著死亡ê滋味,若像較無hiah-nī活咧矣。連伊猶tng咧和O'Brien講話,拄收著對方話語ê意義,一陣ka-lún-sún就已經接管伊ê身軀。伊感覺tng咧踏入墓壙,感受著內底ê溼氣。毋過tse差無偌tsē,因為伊早就知影墓佇hia,咧等伊。

II-7

　　Winston精神,目箍全淚。Julia人勾啊,並佇伊身軀邊,愛睏愛睏nauh一句啥,大概是「按怎--hioh?」

　　「我夢著──」Winston才開喙隨擋。傷複雜,覕得轉換做言語。夢本身以外,koh有佮夢相牽連ê一段記持,佇醒後hit幾秒才泅入伊ê心肝。

　　伊koh the轉去,目睭kheh啊,人猶原浸佇夢ê氣氛內底。Tsit个夢lòng曠koh明白,伊ê一生佇面頭前展開,敢若熱天雨後黃昏ê光景。一切lóng發生佇hit粒玻璃紙挃內底,只不過玻璃ê表面是天ê圓頂,下底予澄清柔軟ê光淹滿,清kah通看到無底止遠。Tsit个夢mā包含佇個阿母ê一个手勢內底,甚至會使講,夢ê重點就是hit个手勢。仝款ê手勢伊30年後佇一支新聞影片內底koh看著:Hit个Iû-thài查某人攬伊ê細漢囝,想欲替囡仔閘銃子,一直到直升機共個lóng炸碎去。

　　「你敢知?」Winston講,「自早以來,我lóng認為阮阿母是我刣死--ê。」

1984

「你是按怎共伊刣死?」Julia問,猶咧陷眠。

「我無共刣。毋是正經動手共刣。」

佇夢中,伊猶會記得眼中阿母最後ê形影,紲落來tng咧精神ê hit睏仔,相關ê規捾小事lóng轉來矣。濟濟年來,伊一定是有刁工共tsia-ê記持sak出去意識外口。伊無確定日期,毋過hit當時伊應該上無有十歲矣,拍算是12歲。

個阿爸koh較進前就消失矣,是偌久ê進前伊mā袂記得。伊記較清楚--ê,是hit時期絞吵不安ê情勢:不時咧驚空襲,愛走去地下鐵站覕;四界lóng是磚瓦phuè;斡角有貼僫理解ê告示;成群ê少年人穿仝色ê siat-tsuh;pháng店外口排列長長長;遠兜有一陣一陣ê機關銃聲——上主要--ê,是永遠都無夠食。伊會記得和其他ê查埔囡仔做伙,規下晡咧巡糞埽桶佮糞埽堆,khîng高麗菜甲和馬鈴薯皮,有時仔甚至是臭殕ê麭皮,個著細膩共頂頭ê塗粉炭烌掰掉。個koh會守等走固定路線載牛飼料ê卡車,車佇補無平ê漚路面sìm跳,無定會落一寡tsinn油粕仔落來。

個阿爸消失ê時,阿母並無表現出真意外,mā無哭苦,毋過猶是有某種變化即時發生。阿母敢若澈底無神無魂去矣。Winston清楚感受,阿母咧等待一件伊知影一定會發生ê代誌。伊照常做一切必要ê穡頭:

煮食、洗衫、修補物件、舒被、掃塗跤、筅壁爐台——lóng足慢,無加額ê動作,不止仔奇異,若一sian藝術家咧用ê人體活動模型家己咧振動。伊賑koh媱ê身軀敢若自然退化到定止ê狀態。伊會坐佇眠床頂,抱Winston個小妹,幾若點鐘無振動。小妹才兩三歲,細粒子,厚病疼,足恬靜,面瘦kah若猴。一半擺仔阿母koh會共Winston攬牢牢,足久足久lóng無講話。Winston準細漢koh自私,mā有意識著tse佮阿母無提起、毋過咧欲發生ê hit件代誌有某種關連。

伊會記得個蹛ê房間,所在暗koh翕,差不多一半lóng予一頂舒白色床罩ê眠床鎮去。房間內有一个gá-suh爐喙,佮一个囥食物ê架仔。門外ê樓梯平台有一个塗色ê粗瓷仔水槽,佮真濟房間內ê仝款。伊會記得個阿母若雕像ê身軀向落去gá-suh爐喙頭前,咧抐長柄鍋內底ê物件。伊記上明--ê是家己時時刻刻lóng咧腹肚枵,逐頓飯lóng搶食搶kah足雄、足過份。伊會一直共阿母逼問講是按怎lóng無夠通食,伊會共阿母嚷,共阿母歹,伊tsit-má猶koh會記得伊用拄提早tńg大人ê奇怪喉聲咧喝。伊mā會用哭用哀,來爭取濟過伊所應得ê份。阿母一向不止仔甘願分較濟予伊,理所當然認為tsit个「查埔囡仔」愛食上濟。毋過不管予伊偌濟,伊lóng欲愛koh較濟。逐頓阿母會懇求伊莫hiah-nī自

私,愛想著破病ê小妹mā愛食,毋過無效。阿母khat予伊ê動作一下停伊就掠狂吱,伸手去搶阿母手裡ê鼎佮湯匙仔,koh會uì小妹盤仔內捎。伊知影按呢會枵著阿母佮小妹,毋過伊擋袂牢,伊甚至認為家己有權利按呢做,若像腹肚底滾絞ê枵飢就是正當理由。飯頓佮飯頓之間,若是阿母無注意,伊koh不時會去偷提架仔頂少kah悽慘ê儉糧。

有一擺促可力ê配給斷幾若禮拜抑幾若月日,有一工總算分落來。Hit塊細細塊仔珍貴ê促可力伊猶記kah足清楚。兩àunn-suh(ounce,hit時猶koh用tsit个單位)一塊予個三个人,真明顯應該分做三份平大,雄雄伊煞敢若聽著啥物人ê聲,事實就是伊家己咧大聲喝,講應該愛全部歸伊。阿母共講莫hiah貪心。伊佮阿母相諍,用叫--ê、用哀--ê、流目屎、訴枉屈、喝pha-lá-khián,lò-lò長hue袂煞。一疕仔囝ê小妹雙手共阿母捎牢牢,正經若一隻猴仔囝,大大蕊悲傷ê目睭掠伊看。落尾阿母共促可力擘開,四份三予Winston,四份一予個小妹。小妹gāng-gāng-á看家己手裡hit塊,敢若毋知he是啥。Winston徛咧共看一時仔,足猛掠一下liòng,出手共小妹手裡hit塊搶去,隨從tuì門hia去。

「Winston,Winston!」個阿母佇後壁共喝。

「轉來！共恁小妹ê促可力還伊！」

伊擋咧,毋過無轉來。阿母焦懆ê目光牢佇伊ê面。到tann伊mā猶咧想he是啥情形,佇hit當陣伊猶毋知是發生啥物代誌。小妹意識著物件hőng搶去矣,開始細聲啼。阿母手共幼囡仔箍咧,攬貼佇胸坎。Uì tsit个手勢Winston敢若看出小妹咧欲死矣。伊猶是越頭,uì樓梯傱--lueh,促可力佇手裡siûnn去。

自hit擺伊就無koh再看過阿母。促可力食完了後,伊家己想著見笑,佇街路koh趖幾若點鐘,知枵矣才轉厝。到厝就無看見阿母矣。佇hit个時代tsit款代誌已經那濟來。厝裡一切lóng原在,除起阿母佮小妹。個無紮衫仔褲去,連阿母ê外裘都猶佇咧。到tsit陣,伊猶無確定阿母敢是死矣,mā真有可能只是hőng送去勞改營。若小妹,凡勢和Winston家己仝款,hőng送去失厝兒童ê教養院(叫做感化中心,tsit款機構佇內戰後大量成立),mā凡勢是綴阿母hőng送去勞改營,抑是hőng規氣放捒佇佗位做伊無命。

夢境佇伊頭殼內猶koh真鮮活,特別是hit个保護ê手勢,敢若規个夢ê意義lóng佇內底。伊koh想起兩個月前ê另外一个夢。阿母坐佇沉--lueh ê船頂,正親像坐佇hit頂舒白色ê垃圾眠床邊、予小妹扭牢牢hit个模樣。船佇伊下跤足深ê所在,koh愈沉愈深,毋過阿母

1984

猶是攑頭共看，迵過色那深來ê水共看。

伊共Julia講阿母消失ê故事。Julia目睭開都無開，身軀píng片，撚一个較四序ê姿勢。

「我想你hit陣是一隻壓霸ê小精牲，」伊含糊講。「所有ê囡仔lóng是精牲。」

「著。毋過tsit个故事ê重點——」

Juila喘氣ê聲聽就知koh睏去矣。Winston本底想欲koh紲落去講阿母。就伊所會記得--ê，伊無認為阿母是一个特別ê查某人，koh較毋是一个巧人，毋過伊有一種高貴、一種純粹，單純在佇伊所遵守ê標準是私人性質--ê。伊ê感情屬佇伊家己，無法度uì外口共改變。伊無可能會想講一个動作若是無效果就無意義。你若是愛一个人，你就是愛伊，就準你無半項物件通予伊，你猶是共愛予伊。上尾一點仔促可力都無去ê時，阿母只是共嬰仔攬予ân。按呢做無效，啥物都袂改變，袂生出新ê促可力，無法度防止囡仔抑伊家己ê死亡，對伊來講煞敢若hiah-nī自然。救生艇頂頭ê難民查某人mā是用手保護hit个細漢查埔囡仔，擋銃子ê效果無較贏一張紙。黨所做ê恐怖代，就是叫你相信講衝動本身、感情本身，lóng袂準算、無路用，仝時koh使你對物質世界完全失去支配能力。你一旦落入黨ê控制，你有感覺抑無感覺按怎，你做啥抑忍牢無做，

lóng無差別。無論如何你lóng會消失,你tsit个人抑是你ê所做lóng無人會koh聽著。你hōng uì歷史ê流抽kah離離矣。毋過對兩个世代以前ê人來講,tse拍算lóng無要緊,怹本來就無欲改造歷史。怹遵守私人ê忠誠,袂去共質疑。在怹看,人佮人之間ê關係才重要,一个無效ê手勢、一擺相攬、一滴目屎、對臨終之人所講ê一个字,lóng會當有自身ê價值。普魯仔,伊雄雄想起,普魯仔就猶koh是保持tsit款狀態。怹無對一个黨、一个國家抑是一个理念保持忠誠,怹是對彼此忠誠。Tse是伊人生頭一擺無koh共普魯仔輕別,抑是kan-na咧期待tsit个猶原貧惰ê力量活liòng起來重建世界。普魯仔猶保持人性。怹ê心肝猶未tīng去。怹有原始ê情感,tse是伊koh愛有意識重學才學會著--ê。伊那思考tse,無明顯關連去想著幾禮拜前,伊佇人行道看著一節斷手,煞共踢tuì水溝仔底,袂輸共當做一塊高麗菜心。

「普魯仔是人,」伊大聲講。「咱毋是人。」

「按怎毋是?」Julia拄koh再精神。

Winston想一下。「你敢捌想過,」伊講,「咱上好ê做法,是趁猶koh會赴,離開tsia,永遠莫koh見面?」

「有,心肝,我捌想過,幾若擺。毋過我袂按呢

做,袂就是袂。」

「到tann咱猶lóng真好運,」Winston講,「毋過tse袂久長。你猶少年。你看著正常koh無辜。若是離我tsit款人較遠咧,你拍算猶有50年通活。」

「我buaih。我早就lóng考慮過矣。你按怎,我就按怎。莫tsiah-nī失志,我算不止仔gâu生存咧。」

「咱凡勢猶koh會當做伙六月日,抑一年,曷知。路尾一定會分開。你敢了解咱時到會孤單kah偌孤單?等個共咱掠著,咱lóng無法度為對方做啥,無,完全無。若是我招認,個會共你銃殺,若是我拒絕招認,個仝款會共你銃殺。我做啥抑講啥,抑是毋講啥,lóng袂予你加活五分鐘。咱甚至lóng袂知影對方是死抑是活。咱完全無任何能力。唯一要緊--ê是咱毋通反背對方,雖罔he mā袂改變結局一屑仔。」

「若你ê意思是講招認,」Julia講,「咱著招,講真--ê。逐家lóng-mā會招。你無法度毋。個會共你刑。」

「我毋是講招認。招認毋是反背。你講啥做啥lóng毋是要緊代,感覺才是。若是個有法度叫我停止愛你,he才是正經ê反背。」

Julia愣一下。「個無法度,」伊真慢才講。「Tse就是個做袂到--ê。個有法度叫你講出一切,IT-

TSHÈ，精差個無法度叫你相信。個無法度入去你ê內勢。」

「著，」Winston心較在矣，「著，有影。個無法度入去你ê內勢。若是你會當KÁM-KAK保持人性有值得，就準lóng無結果，你就共個拍敗矣。」

伊想著千里幕永遠醒ê耳空。黨會當暝日共你偷探，毋過你若是保持清醒，猶是有機會通以智取勝。個koh較巧，mā毋捌掌握著發現另外一个人咧想啥ê祕訣。當然你若是佇個手中，凡勢就無hiah穩當矣。慈愛部內底按怎創，外口毋知，猶是會當臆：刑虐、灌藥仔、用精密ê儀器度你ê神經反應，猶koh有剝奪睏眠、單獨監禁、疲勞訊問，共你磨kah萎去。事實你koh較按怎mā藏無路，個有法度調查追蹤，抑是刑kah你招。毋過若你ê目標毋是活咧，是保持人性，終其尾koh有啥差別？個無才調改造你ê感覺，tse連你家己都無才調，準若你欲，mā做袂到。你捌做--ê、講--ê抑想--ê，個有法度共上幼ê幼項lóng搤搤出來。毋過佇你心內上深ê所在，hia ê運作連你家己都看袂透，個mā攻袂入去。

II-8

伊行動矣。伊總算行動矣！

伊徛咧ê tsit間房間是長篙形--ê，燈光柔和。千里幕挨kah足細聲，紺色ê地毯蓬鬆蓬鬆，踏著若像踏佇絲絨頂頭。O'Brien坐佇較遠hit頭ê桌仔邊，頂懸有一葩罩綠色ê燈，伊ê兩爿lóng是規堆ê書類。使用人tshuā Winston佮Julia入來ê時，伊頭攑都無攑。

Winston心臟擂kah足大力，伊懷疑家己敢有法度講話。伊行動矣。伊總算行動矣，伊規頭殼kan-na咧想tse。來到tsit个所在就有夠毋知死矣，koh兩人做伙來，才是gōng kah有賰，雖罔伊是uì無仝路，到O'Brien ê門跤口才會合。毋過kan-na是行入來tsit款所在，神經就愛真瞪力。普通人連躡入來內黨部黨員蹛ê tsit个城區都足罕，較免講通看著伊ê厝宅內底。Tsia ê公寓大樓足大棟，設備充足、空間闊閬，高級ê食物佮薰草鼻著lóng無仝款，電梯頂頂下下溜kah緊koh靜，穿白jiàn-bà ê使用人從來從去。一切lóng足威武。伊來tsia有妥當ê藉口，伐每一步lóng猶是恐驚

有穿烏制服ê警衛uì幹角走出來，查伊ê證件、共伊戽走。佳哉O'Brien ê使用人全無躊躇就放個兩人入來矣。伊是一个小樣、烏頭毛ê查埔人，穿白jiàn-bà，斜糕形ê面lóng無表情，有成是華人。個綴伊行，踏過ê廊道齊有舒柔軟ê地毯，壁頂貼奶油紙，下半安白色ê壁枋，lóng清氣kah會發光。Tse仝款足威武，Winston記憶中無一條廊道ê壁毋是予人挨kah烏sô-sô。

O'Brien手提一張紙，若像規心咧讀。伊頭ànn咧，顯出鼻仔ê線條，冷硬ê面容看著強勢koh精光。伊坐佇hia差不多有20秒lóng無振動，才共講寫機徙倚來，用濫新講ê政府部門術語唸一大捾：

「項一逗 五逗 七全准 句點 提案含項六雙更荒譀臨罪想 取消 句點 工事不進行 先取得更全機器常開支估計句點 訊息完。」

伊謹慎uì椅仔徛起來，踏無聲ê地毯ǹg個行過來。拄才伊咧講新講hit款官威有較消退，毋過比平常時koh較屎面，若像是予人攪擾著咧袂爽。Winston本底是咧驚惶，tsit-má一个見笑ê感覺koh插入來。真大面伊拄犯一个足白痴ê錯誤。伊憑啥物認為O'Brien是一个政治謀反者？敢講有任何現實ê證據？都kan-na一个眼神閃爍，佮一句曖昧ê話。Tsia--ê掠外，lóng是伊暗

1984

中腦補，根據一个夢niâ。就準tsit-má抽退，佯生講只是欲來借詞典，mā袂赴矣，借詞典招Julia來欲創啥？O'Brien行過千里幕頭前，敢若去想著啥，伊停跤，越轉身，壁頂ê一粒電鈕共抑--lueh。Tiȧk一聲，千里幕就恬去矣。

Julia驚一下，細細聲叫出來。Winston當咧緊張，看著tsit幕mā喙舌壓袂牢。

「你禁會掉！」伊講。

「著，」O'Brien講，「阮禁會掉。阮有tsit个特權。」

伊徛佇個對面矣。結實ê體格比個兩人加足懸，表情猶原讀無咧想啥。伊咧等，小可嚴厲款，咧等Winston講話，毋過是咧等啥物話？到tsia矣，無定伊只是當咧無閒ê時hőng攪吵，人袂爽咧憢疑訪客ê來意。無人開喙。千里幕禁掉了後，室內就死恬去矣。賭時間一秒一秒過，若大軍行進。Winston忍受艱難，目睭共O'Brien ê目睭掠牢牢。忽然間hit个嚴厲ê面腔鬆落來矣，敢若咧欲展一个文笑。O'Brien用伊ê招牌手勢，共鼻仔頂ê目鏡小撨一下。

「我來講？抑是你？」伊講。

「我來，」Winston隨應。「Hit个誠實禁掉矣？」

「著,lóng禁掉矣。Tsia賰咱niâ。」

「阮來tsia是為著——」

伊擋定,到tann才理解家己ê動機是佫含糊。伊會當uì O'Brien得著啥款幫贊,伊都無影了解,毋才連為怎樣來tsia都僫解說。伊紲落去講,家己知影聽著一定心虛koh假仙:

「阮認為有某種祕密計畫抑祕密組織咧對抗黨,你mā是內底ê人。阮想欲參加,做一寡代誌。阮是黨ê敵人。阮毋相信英社主義。阮是思想犯佮通姦犯。我共你講tse,是因為阮願意完全予你發落。若是你koh欲阮用啥物方式涉罪,阮lóng無問題。」

伊停落來,膽膽,感覺有人開門。確實,是hit个小樣黃面ê使用人無敲門就入來矣。Winston看著伊攑一塊桶盤,頂頭囥一支分酒矸佮幾个玻璃杯仔。

「Martin是家己人,」O'Brien無表情講。「Martin,啉--ê提來tsia,囥圓桌仔頂。咱椅仔有夠無?按呢咱就lóng通坐咧講,較四序。Martin你家己攑一塊椅仔來坐。Tsit-má是咧講生理。Tsit十分鐘你免服務。」

小樣ê查埔人坐落來,koh誠自在,毋過猶是有使用人款,下跤手人享受著特權hit款氣味。Winston用目尾共看,想著tsit个查埔規世人lóng咧搬伊ê角色,

1984

連一時仔共人設放--lueh都袂放心。O'Brien握分酒矸ê頷頸,共烏點紅ê液體斟入去逐个杯仔。一个茫渺ê記持佇Winston頭殼內趒出來,足久以前伊捌佇壁頂抑是廣告枋看過,一支電光做成ê大支矸仔敢若咧頂下搖,共內底ê物件斟入去一个玻璃杯仔。Tse物件uì頂頭看烏烏,佇分酒矸內底煞閃爍若紅寶石,鼻著酸甜酸甜。伊看Julia真好玄將杯仔提起來鼻。

「Tse號做uáinn(wine),」O'Brien淺淺仔笑一下。「冊裡有寫,你定著有讀過。是講佇外黨部拍算罕得看會著。」伊面色koh轉嚴肅,共伊ê杯仔攑懸,講:「我想tsit-má應該有適合來祝福一下。敬咱ê領袖:Emmanuel Goldstein。」

Winston杯仔攑起來,興興。Uáinn tsit號物伊捌讀著,mā捌夢想過。親像hit塊玻璃紙砛抑Charrington先生記袂齊ê歌,lóng屬佇已經消散ê浪漫往過,伊暗中佮意共叫做古早時。某種因端,伊lóng想講uáinn有足厚ê甜味,敢若烏莓醬,食著隨會酥麻去。Tann伊共啉--lueh矣,煞不止仔失望。Tsín酒啉kah tsiah濟年,uáinn已經啖無啥滋味。伊共空杯仔囥落來。

「所以正經有Goldstein tsit个人?」伊問。

「有,有tsit个人,猶koh佇咧。佇佗,我就毋

知。」

「啊hit个密謀——he組織咧？Mā有影？毋是思想警察編出來--ê？」

「有影。阮共叫做兄弟會。你有法度知--ê就是tsit个組織有存在、你是一份子，koh來就無可能捌kah偌濟。Tse等咧我才koh講。」伊看一下仔手錶。「準是阮內黨部--ê，千里幕共禁超過半點鐘mā無妥當。恁無應該同齊來tsia--ê，等咧著各別離開。你，同志，」伊共Julia頕頭一下「你愛先走。咱猶koh有20分鐘。恁愛了解我著先問恁一寡問題。總講，恁按算欲做啥？」

「阮做會到--ê lóng好，」Winston應。

O'Brien佇椅仔頂小徙一下，面向Winston。伊無啥tshap Julia，敢若自然認定Winston代表伊發言。伊目睭皮瞌一下仔，才用低koh無情緒ê聲開始問問題，若像tse是一个固定程序、一款教義問答，對方會按怎回答，伊差不多lóng知矣。

「恁敢有犧牲性命ê覺悟？」

「有。」

「若是有必要，恁敢願意刣人？」

「願意。」

「進行凡勢會害死數百个無辜者ê破壞行動？」

「願意。」

「對外國勢力出賣家己ê國家?」

「願意。」

「恁敢願意實行詐欺、偽造、恐喝、敗壞童兒心靈、散佈致癮ê藥仔、使唆嫖妓、傳穢性病——用一切手段來打擊民心士氣,動搖黨ê統治?」

「願意。」

「舉例來講,若是對咱有利,著愛共硫酸潑tuì一个囡仔ê面,你願意去做無?」

「願意。」

「你敢願意失去你ê身份,後半世人做一个走桌--ê,抑是碼頭工?」

「願意。」

「若是阮命令你自殺,你願意無?」

「願意。」

「恁,恁兩人,若是著愛分開、永遠袂koh再相見,恁願意無?」

「Buaih!」Julia大聲喝出來。

Winston感覺家己恬足久足久。有一時仔伊敢若連講話ê能力mā hőng奪去矣。伊ê喙舌咧振動,liâm-mi強欲講出一个字ê聲母,liâm-mi koh是另外一字ê,一遍koh一遍,lóng無聲音出來。一直到實際講出來進前,伊lóng毋知是欲講佗一字。「buaih,」伊總

算講出來。

「恁回答了真好，」O'Brien講。「阮有必要愛全部lóng了解。」

伊踅向Julia，用一个較有感情ê氣口講：

「你敢了解，伊準若無死，mā會變做另外一个人？阮凡勢愛予伊一个新ê身份。伊ê面容，伊ê動作，伊手ê模樣，伊頭毛ê色，甚至伊ê聲lóng會變無仝款。你家己無定mā會變做另外一个人。阮ê外科醫生有法度共人改kah袂認得。有時陣tse有必要，有時陣阮甚至會共人切一肢跤抑一肢手掉。」

Winston袂禁得斜目偷看Martin hit个黃種人面，頂頭並無看會出來ê傷跡。Julia面色反白，雀斑現出來，毋過猶原勇敢面對O'Brien。伊喙裡nuah一兩字啥，敢若是同意ê意思。

「誠好。就按呢決定矣。」

桌頂有一个銀色ê紙薰盒仔。略仔分神ê O'Brien共抾向兩人，家己mā提一枝薰，徛起來，慢步往回行，若像按呢較好思考。Tse薰真高級，實櫼koh包kah誠媠，薰紙若絲hiah滑，真罕見。O'Brien koh再看伊ê手錶仔。

「Martin，你好轉去你ê糧棧矣。」伊講。「15分鐘到，我千里幕著愛koh共揀開。你先共tsit兩位同志ê

1984

面看予真。你會koh共個見面。我凡勢袂。」

就親像拄才佇大門口仝款，tsit个小樣查埔人ê烏目仁共個兩人ê面koh lió一下，無一屑仔友善ê意思。伊只是欲共個ê外表記起來，對個ê人完全無趣味，至少無表現出來。Winston去想著，無的確合成ê面皮無法度變換表情。Martin無講半字再會抑祝福，就行出去矣，門恬恬仔關起來。O'Brien猶原行來行去，一肢手插烏制服ê lak袋仔，一肢手攑薰。

「恁應該有了解，」伊講，「恁將來是佇烏暗中作戰。永遠佇烏暗中。恁會收著指令，毋免知影理由，照做就著。過幾工仔我會寄一本冊予恁，內底有解說咱所生活ê tsit个社會真正ê本質，佮愛用啥款策略來共拆毀。共讀了，恁就是兄弟會ê成員矣。毋過佇咱ê總目標佮恁愛即時執行ê任務之間，恁啥物lóng毋知。我共你講兄弟會有存在，毋過我無法度共你講成員有100个人抑1000萬人。以恁個人所知，成員數有一打無，恁mā講袂出來。恁有三个至四个聯絡人，有人消失會koh換人。Tsit-má tse是恁ê第一條聯絡管道，會保留。恁若收著指令，就是uì我tsia來--ê。若是阮認為有需要佮恁溝通，會透過Martin。等kah恁hőng掠著，恁會招認。Tse lóng不可免。毋過恁除起恁家己ê行動，mā無啥通好招。你出賣會著ê人極加mā無幾个，

koh lóng毋是kài重要--ê。恁凡勢koh出賣我袂著,因為若到hit時,我若毋是死矣,就是已經改換身份,連面mā無全矣。」

伊繼續佇柔軟ê地毯頂面往回踏跤步。漢草大tsâng,動作煞有一款顯目ê優雅。連共手插入去褲袋仔,抑是攑一枝薰,優雅mā原在。He是有力量ê表現,koh較明顯--ê是有自信,佮一款濫諷刺ê捌世事。伊準koh較熱心,mā無熱狂者ê hit款規心蹺--lueh。伊講著刣人、自殺、性病、切除跤手抑是改易面容tsia-ê代誌ê時,煞有一絲仔若咧滾笑。Hit个口氣親像咧講:「Tse無法度避免。咱需要做ê時就是愛敢死去做。毋過若是有一日,人生koh值得活矣,tse就毋是咱愛做ê代誌矣。」對O'Brien ê欣慕,甚至是崇拜,uì Winston心肝底溢起來。伊暫時無koh想起若真若幻ê Goldstein。只要看著O'Brien勇壯ê肩胛,佮伊粗坯款、bái煞koh斯文ê面,就會堅信tse是一个拍袂倒ê人。無啥物詭策伊袂當對付,mā無啥物危險伊預料袂著。連Julia mā親像足欽佩,注神聽kah薰化去矣都毋知。O'Brien koh講:

「恁拍算聽過關係兄弟會ê謠言,家己定著mā有一个印象矣。恁無定會想像有規个地下世界,lóng全陰謀份子,個佇塗空內底祕密開會,共訊息皂佇壁頂,

1984

用暗號抑是特別ê手勢來相認。無hit款代誌。兄弟會ê成員無法度互相辨識,一个成員上濟mā kan-na會知影幾个仔其他成員ê身份niâ。Goldstein本人準若萬不二去予思想警察掠著,mā無才調共一份全員名單抑任何鬥會出一張全員名單ê資訊交出來。無hit款名單佇咧。兄弟會掃除袂掉,因為tse都毋是一般ê組織。共tsia-ê人敨做伙--ê無別項,kan-na一个理念,一个袂拆毀ê理念。恁無任何資源共恁相伨,kan-na tsit个理念。恁感受袂著同志情,mā無人會共恁鼓舞。若是恁落尾hőng掠去矣,無人會共恁幫助。咱無咧幫助成員。極加極加,若是真正真正有人愛恬去,一半擺仔咱有法度共一塊喙鬚刀片偷揙入去lông仔內。恁愛慣勢tsit款看袂著結果、看袂著向望ê日子。恁行動一段時間,就會hőng掠去,恁會招認,koh來hőng處死。恁看會著ê結果就是按呢niâ。咱tsit世人是無機會看著一屑仔改變。咱是死人。咱正港ê性命是佇未來,到hit時咱是化做塊埃佮白骨去參與。毋過hit个未來是偌久以後,無人知。無的確是1000年。現此時咱kan-na會用得一點仔一點仔共健全人性ê地盤楦闊,別項lóng無可能。咱無法度做陣行動,kan-na會當共智識一人傳一人、一代傳一代。佇思想警察監視之下無別項法度。」

伊暫停,第三擺看伊ê手錶。

II-8

「你差不多好走矣,同志,」伊共Julia講。「小等咧,矸仔猶半滇咧。」

伊共杯仔lóng斟予滇,手搝家己杯仔ê長跤共攑懸。

「Tsit擺愛敬啥?」伊講,猶原是hit款略仔副洗ê味。「祝思想警察捎無摠?祝大兄哥較緊死?抑是敬人性?敬未來?」

「敬往過,」Winston講。

「往過koh較要緊,」O'Brien慎重贊同。

個lóng共啉予焦,koh一時仔Julia就先起身欲離開。O'Brien uì櫃仔頂提一个細个盒仔,共內底ê一塊白色扁扁ê藥片提予伊,叫伊含咧,吩咐講千萬毋通予人鼻著uáinn ê味,電梯員誠猛醒咧。Julia出去,門一下關,O'Brien就若像袂記得伊來過矣。伊koh躘一兩步,停落來。

「有一寡幼項著安排好勢,」伊講。「恁凡勢有一个祕密ê所在抑啥--ê?」

Winston共講Charrington先生店頭樓頂ê hit間房間。

「He目前猶會用得。阮會koh共恁安排別个所在。覡所愛定定換,tse真要緊。另外我會冗早差人提**hit本冊**予你」——Winston注意著,連O'Brien講

213

1984

ê時，mā袂輸聽會出來hit幾字有用強調字體——「你知影，就是Goldstein ê冊，可能愛過幾工我才會提著一本。冊tsit-má無濟，你想會到。思想警察lóng咧搜查，個咧銷毀佮咱咧重印強欲平緊。毋過無差。Tsit本冊是無法度滅無--ê。就準上尾一本都hőng搜去矣，咱mā有法度koh重做出來，袂差kah幾字。你去上班敢有揹kha-báng？」

「通常有。」

「啥物款--ê？」

「烏色，足溫，有兩條縛帶。」

「烏色，兩條縛帶，真溫。好。過幾工仔，免久，日期猶毋知，你早起工課收著ê訊息，有一條頂頭會有一字拼毋著，你愛要求重發。第二工你上班就莫紮kha-báng。Hit工ê某時陣佇街路頂，有一个查埔人會共你ê手碰一下，講『拍算是你ê kha-báng落去矣』。伊提予你ê kha-báng內底，就有Goldstein hit本冊。你14工以內愛還。」

兩人有一時仔lóng恬恬無講話。

「Koh幾分鐘你就愛走，」O'Brien講。「咱會koh見面，若是咱正經koh見面——」

Winston攑頭共看。「佇一个無烏暗ê所在？」伊講kah tiû-tû。

O'Brien頕頭,無表現意外。「佇一个無烏暗ê所在,」伊講,敢若有聽著另外ê意思。「Tsit-má,你走進前有啥物欲講--ê無?有啥物消息抑是問題?」

Winston想一下。應該是無koh欲問--ê矣,koh較無想欲講一寡浮phànn ê話。顛倒tsit-má出現佇伊心肝頭--ê,佮O'Brien抑兄弟會lóng無關連,煞是阿母最後ê日子蹛ê hit間暗暗ê睏房、Charrington先生店頭樓頂ê小房間、hit粒玻璃紙砛,猶koh有褙佇檀木框內底ê hit幅鋼版畫。敢若清彩想著--ê,伊講:

「你敢捌聽過一條古早ê唸謠,起頭是『鐘聲響佇聖Clement,伊講柑仔佮檸檬』?」

O'Brien koh頕頭,誠好禮款共hit段唸了:

鐘聲響佇聖Clement,伊講柑仔佮檸檬,
鐘聲響佇聖Maritn,講你欠我三厘銀,
鐘聲響佇老Bailey,講你tang時欲還錢,
鐘聲響佇Shoreditch,等我好額hit時日。

「你知影上尾句!」Winston講。
「著,我知影上尾句。是講,我看你mā好走矣。小等咧,我mā著提一塊he藥片予你。」

Winston起身,O'Brien伸手來握,手力大kah

1984

險險共伊ê手pôo捏碎去。Winston踏出門，越頭看，O'Brien敢若咧欲共伊放袂記得矣，手已經囥佇千里幕ê開關頂咧聽候。Koh較過去是hit塊寫字桌仔，koh有綠色檯燈、講寫機、書類貯滿滿ê網籃。Tsit个事件收尾矣。伊咧想，免koh 30秒，O'Brien就會轉去拄才予個拍tsām ê要緊工課，做伊ê黨幹部。

II-9

　　Winston忝kah袂輸菜燕。就是菜燕無毋著。Tsit个詞自動liòng入伊ê頭殼。伊規身軀毋但就是hiah-nī軟ko-siô，koh半透明。伊感覺伊手若攑起來，會當看著光線迴過。血佮淋巴若像lóng予過度ê穡頭抽焦去矣，賰一副神經、骨頭佮皮膚，mā虛茌kah欲散去。所有ê感官敢若lóng放大。制服lù kah肩胛會疼，人行道咧ngiau伊ê跤底，連手pôo握起來放開mā食力kah骨輪khiak-khiak響。

　　五工以來，伊已經做工課超過90點鐘。規真理部內底ê人lóng仝款。Tsit-má lóng煞矣，伊澈底閒落來，到明仔早起為止，lóng無黨務穡頭愛做矣，無半項。伊會當佇伊ê覗所跍六點鐘，koh轉去伊ê眠床睏九點鐘。佇下晡溫和ê日頭光下，伊勻仔行tuì一條垃圾ê街路，去Charrington先生ê店。伊那注意敢有巡邏--ê，心內煞非理性相信tsit个下晡無啥物危險會來共伊攪吵。伊手裡ê kha-báng重hinnh-hinnh，行一步就挵伊ê跤頭趺一改，害伊規肢跤ê皮膚lóng咧刺疫。

1984

Kha-báng內底就是hit本冊,伊提著已經六工矣,猶毋捌掀開,連影一下都無。

代誌是發生佇仇恨週ê第六工。六工以來四界lóng是遊行、講演、喝咻、唱歌、布條、海報、影片、蠟像、捗鼓歕吹、暫步行進,戰車ê鏈帶kauh路面、飛行機大陣嚇嚇飛過、炮管lòng-lòng吼。Tsit陣氣氛tshìng到上懸,對歐亞國ê全面仇恨mā燃滾kah強欲爆炸,預定上尾工欲公開吊死ê 2000名歐亞國戰犯若是tsit-má予群眾摸著,絕對會予個lì kah碎糊糊——煞tng-tong tsit个時陣,新ê宣佈出來矣,講海洋國根本無咧佮歐亞國相戰,海洋國是咧佮東亞國相戰,歐亞國是盟國。

當然,無人承認有發生任何改變。只不過即時、四界,逐家lóng了解東亞國是敵人、歐亞國毋是矣。Hit時,Winston當佇咧London市中心ê一个廣場參加示威。暗暝時陣,泛光燈光iànn-iànn照規片白ê人面佮紅ê布條。廣場頂數千人櫼kah欲piak,當中有一大塊是穿小情報員制服ê小學生,量約有1000个。講台吊大紅布條,一个內黨部ê人咧對群眾演說,講kah誠激動。Hit个查埔人矮koh瘦,手長kah無合比例,大大粒ê頭殼頂頭賰幾綹仔直頭毛sàm-sàm,人親像童話內底ê矮妖精。伊予憤慨弓kah歪斜,一肢手共mài-kuh

柄搦牢牢，he手股瘦kah賰骨，毋過手pôo足大，另外hit肢手惡pik-pik咧抓頂頭ê空氣。伊ê聲音放大出來若金屬相硞，規大揯ê暴行指控噴袂煞：屠殺、強趕、搶劫、強姦、虐待戰俘、爆擊平民、做白賊宣傳、發動無正當攻擊、違反條約……。聽伊講演，真僫無共信篤隨koh掠狂。不三時群眾ê憤怒就滾起來，幾千个嚨喉若怪獸失控咧吼，共講者ê聲都淹過。上蓋野蠻ê叫聲來自hia-ê小學生。演說進行大概20分鐘ê時，有一个報信ê人從起去台頂，楔一丸紙去講者ê手中。講者共紙展開，字唸出來，演說lóng無斷，伊ê聲音、情態抑講話內容lóng無變化，kan-na幾个名瞬間一下變。毋免解說，理解就親像水襉，佇群眾當中淡開。海洋國是咧佮東亞國相戰！Liâm-mi是一場大亂。規廣場ê布條佮海報lóng毋著去矣！倚半數頂頭有印人面，he面mā lóng毋著矣。是有人創空！Goldstein ê特務創--ê！混亂當中海報hông uì壁頂lì落來，布條拆碎koh擲塗跤蹧躂。小情報員敢若表演特技，peh起去厝頂，共結佇煙筒咧颺飛ê彩帶鉸斷。才兩三分鐘，代誌就lóng煞矣。講者猶原mài-kuh搦牢牢，肩胛抺向前，另外hit手咧抓空氣，順流講演。Koh一分鐘，he若野獸ê憤怒叫聲koh uì群眾爆發出來。仇恨繼續進行，佮頭拄仔一模一樣，精差仇恨ê對象換矣。

1984

　　Winston回想，hit个講者真正厲害--ê，是伊原本hit句都講未曾煞，tsuánn切去新ê下半句，喘一下都免，句法mā無重耽去。毋過hit當陣Winston ê心思佇別項代誌頂頭。當拆海報ê大亂hit時，有一个查埔人輕輕仔搭伊ê肩胛，講：「失禮，拍算是你ê kha-báng落去矣。」伊無看著hit个人ê面，愣愣仔接過手，無講話。伊知影愛koh幾若工後伊才有閒通開來看。示威一下結束，伊直透轉去真理部，明明都咧欲23點矣。規真理部ê人員lóng全款。轉部加班ê命令已經透過千里幕發佈，其實免發佈逐家mā知。

　　海洋國咧佮東亞國相戰：海洋國自來lóng是咧佮東亞國相戰。過去五年來大部份ê政治文獻lóng完全退時矣。報紙、冊、傳單、影片、曲盤、相片、一切ê報告佮記錄，lóng著光速修正。雖然無明確指令，逐家lóng知影部內ê長官佇一禮拜內，欲愛關係佮歐亞國戰爭抑是佮東亞國聯盟ê一切lóng uì世間消失。工課量若山，稽頭ê性質koh袂使明講，愈忝頭。記錄司內底逐个lóng一工做18點鐘，睏兩擺，一擺三點鐘。茈仔uì棧間搬出來，舒kah規巷路，三頓是食堂ê人sak sak車來提供，有佮麵餕佮勝利牌咖啡。逐遍Winston lóng盡量共桌頂工課清了才去睏，ah逐遍伊koh目睭瞇瞇、筋骨痠疼爬轉去辦公ê時，就看著袂輸風飛雪ê紙

卷koh淹kah規桌頂，共講寫機埋一半去無算，koh溢流到塗跤。所致伊頭項代誌就是先共紙卷lóng疊予整齊，摒一塊空位出來通好作業。上害--ê是tsia-ê工課才毋是單純照步就好。較捷是共名換一下就會使無毋著，毋過處理較詳細ê事件報告lóng需要幼工佮想像力。共戰爭uì世界ê tsit搭徙去hit搭，mā愛相當ê地理智識。

到第三工，伊ê目睭已經疼kah袂堪得，目鏡mā幾分鐘就愛拭一擺。Tse敢若是某種傷筋損骨ê體力勞動，準有權利通拒絕，mā神經緊張想欲共完成。若是有時間去回想，予伊掛心--ê，毋是伊對讀寫機講ê每一字、用墨水筆寫ê每一劃lóng咧刁工講嚓，是萬一偽造無夠完美。伊和部內每一个同事全款，lóng咧為tsit點焦慒。第六工早起，紙卷ê水流較細港來，有半點鐘lóng無物件uì風送管出來。紲落來有一卷，koh來就lóng無矣。頂頂下下差不多全tsit時工課lóng冗落來，規个部敢若偷偷仔、長長仔吐一个大氣。一項永遠袂使提起ê重大任務完成矣。Tsit當陣開始，無一个人類有才調提一張文件證明海洋國捌佮歐亞國相戰。12點，逐家真意外聽著頂頭宣佈講規部全員即時歇睏，歇到隔轉工早起。Winston kha-báng挹起來。Tsit跤貯hit本冊ê kha-báng，tsit幾工來便若伊咧睏就用身軀踅咧，坐就共囥雙跤中間。伊轉到厝，先剾喙鬚，koh浸浴桶。

1984

水才拉圖仔燒niâ,伊煞險仔睏去。

伊peh上Charrington先生店內ê樓梯,規身軀幾若个關節響kah不止仔暢。人真忝,煞袂愛睏矣。伊共窗仔開--khui,共hit跤細細个垃圾ê油爐點著,燃水準備泡咖啡。Julia隨會到位,tsit-má聽好來看hit本冊。伊佇hit塊漚鉤椅坐落來,敨kha-báng ê皮帶。

冊皮是烏色--ê,規本足重,敨了無kài嫷,封面無名無題,印刷mā無啥整齊。紙頁邊緣hiauh-hiauh,欲散欲散,敢若是冊捌過真濟人ê手。題名頁頂頭印:

寡頭制集體主義ê理論佮實行
Emmanuel Goldstein著

Winston開始讀:

第一章
無知就是力量

自有記錄ê時代以來,甚至凡勢是自新石器時代,世間ê人就分做三類:頂層、中層,佮下層。逐類lóng會當用濟濟方式分koh較幼,lóng有算袂清ê各種名稱,個相對ê數量,抑是個對彼此ê態度,佇逐時代

lóng無全，毋過tsit款ê社會根本結構自來都毋捌變。就準經歷重大ê動亂，抑是看若袂倒轉ê變化，tsit个模式lóng會隨koh恢復，就可比干樂儀，無論tuì佗一个方向共sak、sak偌偏，lóng會恢復到平衡狀態。

Tsit三个群體ê目標，是完全撨袂合--ê……

Winston停落來，主要是欲享受伊當咧閱讀，四序、安全咧閱讀tsit件代誌。伊孤一个人：無千里幕，無人uì鎖匙空偷聽，無需要越頭注意後壁，抑是用手共冊頁崁咧。熱天甜軟ê空氣攃伊ê喙頓。小可仔聽會著遠遠ê佗位有囡仔咧喝。若tsit間房間內，除起時鐘細聲kah若蟲咧叫，就無別ê聲矣。伊佇鉤椅坐koh較深咧，跤khuè佇爐圍頂。Tse就是幸福，tse就是永久啊。伊隨共冊掀去另外一位，人若是知影tsit本冊家己會逐字斟酌讀、koh重讀，有時就會按呢掀。伊看一下，是第三章，就koh讀--lueh：

第三章
戰爭就是和平

全世界瓜分做三个超級大國ê tsit个情勢，佇20世紀中以前就預測會著，實際mā有人預測矣。代先是露

1984

西亞併吞歐洲，美國併吞大英帝國，歐亞國佮海洋國tsit兩个強權就形成矣。東亞國是經過koh十年ê亂戰，才成做一个實體，佮第三个強權。Tsit三个超級大國之間ê邊界，有ê所在是硬畫--ê，佇另外ê所在猶看戰爭ê勝敗咧徙動，毋過大體上有照地理範圍。歐亞國包含規个歐亞大陸ê北半爿，uì葡萄牙到Bering海峽。海洋國有南北美洲、不列顛群島在內ê大西洋諸島嶼、Australasia，佮非洲南部。東亞國較細，西爿ê邊界mā較無穩定，領土包含中國佮以南、日本列島，koh有滿洲、蒙古佮Tibet ê真闊毋過捷變動ê範圍。

Tsit三个超級大國永遠咧相戰，過去25年來lóng無停，只是結盟會換。毋過戰爭已經毋是20世紀早期hit款拚到底、總毀滅ê捙拚。Tsit-má ê戰爭目標有限，戰鬥人員無法度共對方lóng總消滅，相戰毋是為著搶奪物資，各方mā無真正ê意識形態差異。Tse毋是講戰爭行為抑是對戰爭ê普遍態度有變做較無殘忍或者是較有騎士精神。佮tse倒反，戰爭ê hi-si-tí-lī-à一直lóng佇咧，逐國lóng仝款。強姦、搶劫、屠殺兒童、共規陣人口編做奴隸，甚至用kah活煮抑活埋手段來共俘虜報復。種種暴行毋但看做正常，若下手--ê是己方，毋是敵方，koh會認為光榮。毋過就物理意義來看，參與戰爭ê人數真少，主要是高度訓練過ê專門人員，死傷mā相對

少。戰鬥若有發生，無就是佇一般人根本無概念ê邊界不明區域，無就是佇鎮守海路戰略要點ê浮水要塞箍圍。佇各文明中心，戰爭ê意思只不過是消費品永遠欠用，佮火箭彈不三時會炸死幾十抑上百个人。戰爭ê性質實際上改變矣。講較精確，戰爭ê諸理由ê重要性順序改變矣。有一寡戰爭ê動機，佇20世紀早期ê大戰當中，影響猶真有限，現在煞占統領地位，各方明白認知而且照此行事。

Tsit-má ê戰爭，雖然聯盟幾年就會重撨一遍，自來lóng是仝一場戰爭。欲了解tsit場戰爭ê本質，首先愛明白，tse戰爭無可能有決定性ê結果。Tsit三个超級大國內底，任何兩國聯合起來，mā無法度共另外hit國完全征服。個ê實力傷平拄，天然防衛條件koh lóng真強。歐亞國領土曠闊，海洋國靠大西洋佮太平洋遮閘，東亞國憑人民多產koh勤勉。二來，各國mā無需要為物質理由相戰矣。三个超級大國lóng已經建立自立ê經濟，國內ê生產佮消費互相適應。古早hit款為著搶占市場相戰ê狀況已經無矣，爭奪原物料mā不再是拚生死ê代誌。Tsit三个超級大國所需要ê一切原物料，佇本身闊大ê境內差不多lóng取有。若是講戰爭koh有啥經濟目的，就是爭奪勞動力。佇三个超國ê邊境之間，有一大塊無固定受佗一國統治、量約是長篙形ê地帶，四个

角佇Tangier、 Brazzaville、Darwin佮香港。Tsit个地帶蹛差不多規地球五份一ê人口。三个強權咧爭--ê，就是tsia-ê人口厚密ê區域，加上北極冰帽。實際上無一个強權捌控制規塊爭議中ê地帶，只是部份所在不時咧換人占。欲搶占tsit个抑hit个所在，定定愛靠無張持ê反背行動，tse就是聯盟關係直直咧重攢ê原因。

　　所有tsia-ê爭議領土lóng有真值ê礦產，有ê所在koh有重要ê植物產品，比論橡膠，tsit个產品佇氣候較寒ê地區著用合成製造，成本會較懸。毋過總講，爭議領土lóng有取袂盡ê俗價勞工。佗一个強權若控制赤道非洲、中東、南印度，或者是印尼群島，就有幾千萬抑幾億个俗koh拍拚做ê苦力通好用。Tsia-ê地區ê住民佇加減公然之下hông貶做奴隸。一个koh換一个ê征服者共佴當做可比塗炭抑石油ê資源，thūn入去循環無盡ê競爭：發展koh較濟軍備、搶占koh較濟土地、控制koh較濟勞動力、發展koh較濟軍備、搶占koh較濟土地……。愛注意，戰爭自來毋捌正經迄出爭議地帶ê邊緣。歐亞國ê邊界佇Congo盆地佮地中海北岸之間頂下徙動；印度洋佮太平洋ê島嶼予海洋國佮東亞國搶來搶去；佇蒙古，歐亞國佮東亞國ê界線永遠無穩定；佇北極附近，三个強權lóng宣稱有大片領土，實際上hia-ê大部份所在lóng無人蹛mā無人探查。橫直三个強權ê勢

力大體保持平衡，而且逐國ê心臟地帶lóng無受侵擾。Koh再講，赤道附近hia-ê被剝削ê勞動力對世界經濟mā毋是正經有要緊。伊並袂增加世界ê財富，因為伊全部ê生產lóng是用佇戰爭，而且發動戰爭ê目的就是較有利通發動下一場戰爭。奴隸人口貢獻勞力，使長絏ê戰爭通好加速進行。毋過若是無伊，世界社會ê結構佮自我維持ê方式，mā袂有根本ê差別。

現代戰爭ê首要目的，就是共機器做出來ê產品用掉，koh避免提升普遍ê生活水準（照雙想ê原理，內黨部ê思想指導者對tsit个目的仝時有認知koh無認知）。自19世紀末，過餘ê消費品欲按怎處理，就是藏覕佇工業社會內ê一个問題。現時，連食會飽ê人都真少，tsit个問題明顯無緊急，就準無咧進行刁工ê毀滅，拍算mā是仝款。比起1914年以前ê世界，今日ê世界是一个窮散、枵飢、崩壞ê所在，若比起hit時人類想像ê未來，就愈是按呢。佇20世紀早期，差不多每一个有讀冊ê人lóng想講未來ê社會會到極好額、好過、有秩序、有效率，是用玻璃、鋼鐵佮白雪雪ê紅毛塗築造ê一个閃爍光潔ê世界。Hit時科學佮科技ê發展緊kah料袂著，人假定tsit个趨勢會接續，mā是誠自然。落尾tse並無實現，部份是長期ê戰爭佮革命造成散凶，部份是科學佮科技ê進步愛靠實證ê思考習慣，tse佇嚴格軍事化ê社

1984

會袂生存。全般來講，tsit-má ê社會比50年前koh較原始。有一寡本底較慢進ê領域是有進展，另外有三等二號關係戰爭抑警察監視ê工具創造出來，毋過實驗佮發明大體tik lóng擋恬矣。1950年代ê核戰造成ê破壞mā猶未完全恢復。毋過機器生本所含ê危險猶是佇咧。自機器出現hit日，所有會思考ê人lóng認為，人類無需要koh做無聊ê苦役矣，人類ê不平等mā會綴咧消失。若是機器專工用佇tsit个目的，免幾代ê時間，枵飢、過勞、垃圾、文盲佮病疫lóng會當消除。實際上，就準無特別為tsit个目的，財富既然創造出來，有時陣無分配mā無可能。以tsit款ê自動過程，佇19世紀末到20世紀初ê量約50年間，普通人ê生活水準確實有提升真濟。

　　毋過全款真清楚--ê，是普遍ê財富增加恐驚會共層級社會毀滅，某種意義tik正經是毀滅。若是世間人人lóng做免幾點鐘，lóng食予飽飽、踮佇有浴間佮冰箱ê厝宅、有汽車甚至飛行機，按呢，上明顯、凡勢mā是上重要ê不平等形式就溶去矣。財富若普遍，懸低就分袂出來矣。咱確實會當想像一个社會，佇tsit个社會內底，TSÂI-HÙ，就是講個人ê財產抑奢華物，有平等分配，仝時KHUÂN-LÍK猶原搝佇一个特權小集團ê手內。毋過tsit款ê社會佇現實中無法度長期穩在。因為若所有ê人lóng生活清閒koh安定，群眾就袂koh散凶致倜戇，

個會捌字知事，開始家己思考；紲落來伊早慢就會了解hit个特權小集團根本無路用，伊就會起來共㧒倒。長期來講，愛有散赤佮無知做基礎，一個層級社會才會得維持。20世紀初有一寡思想家咧迷夢講人類會當翻頭轉去農業時代，tse是無實際ê想法，和機器化ê趨勢衝突，機器化趨勢差不多佇全世界lóng已經是半本能咧發展矣。Koh再講，工業慢進ê國家佇軍事上是無望--ê，穩當會予較先進ê敵國直接抑間接統治。

若是用限制物品產量，來保持百姓散赤，mā毋是一个好法度。Tse佇資本主義ê上尾期，量約是1920到1940年之間，就真普遍發生過矣。Hit陣真濟國家ê經濟lóng放予停流，田園拋荒，資本無追加，人口大陣大陣無工課通做，靠國家施捨共伊kīng佇半死活ê狀態。毋過tse mā致使軍力荏弱，koh明顯加造成貧苦，必然引致反抗。重點是欲按怎予產業ê輪接續紡，koh袂增加世間實際ê財富。物品愛生產，毋過莫分配。實務上tse若欲做會到，獨獨會當靠長紲ê戰爭。

戰爭ê重點是毀滅，對象無一定是人命，主要是勞動ê產品。戰爭會當共各種物資摃做碎片、噴去天頂、填落深海；若無，tsia-ê物資就會用來予百姓過了傷爽快，久來tsuánn變傷巧。就準戰爭ê武器無真正hőng毀滅去，生產軍備本身就是一个真利便ê法度，通好開費

1984

人工，koh毋免做出任何物件予人消費。比論講，起造一座浮水要塞，就共本底會當用來做幾百隻貨船ê人工lóng縛牢矣。尾手tsit座要塞到舊落廢棄，未曾共任何人提供任何物質利益，就koh愛開費大量人工來起造一座新--ê矣。原則上，超過人民上薄扁需求ê物質過餘，lóng愛用戰爭共燒掉，tsē lóng是有計畫--ê。實際上人民ê需求lóng被低估，結果就是生活必需品長期lóng半欠缺，tse煞hőng當做一个有利點。政策是刁工予連較受惠ê階層mā無好過日。因為若普遍lóng欠用，一屑仔特權就加真有差，無仝階層之間ê區別就放大矣。照20世紀早期ê標準，tsit-má內黨部成員ê生活mā是過kah誠樸素誠辛苦。Tsóng--sī個有一寡奢華通享用：蹛ê厝大間koh設備齊全、穿ê衫料較好、食較高級ê飲食佮薰、有兩三个使用人通差教、有私人汽車甚至直升機，tsia-ê待遇使個ê世界和外黨部成員無仝；若外黨部--ê，個佮叫做「普魯仔」ê下層群眾比起來，mā享有類似ê優勢。Tsit款社會氣氛，就敢若佇一座敵圍ê城內底，厝裡有一塊馬肉抑無，就會當區分好額佮散赤。仝時，眾人意識著當咧戰爭，有危險，tsit時共所有ê權力交予一个小集團，就敢若是為著生存真自然koh袂得免ê代誌。

　　咱koh看會著，戰爭完成必要ê毀滅，毋過是用一

種心理tik會接受ê方式來完成。照講,欲共世間過餘ê勞動力拍翸掉真簡單,會當起大廟抑金字塔,會當挖空koh共坉起來,mā會當共大量產品做出來才koh放火燒。毋過按呢做kan-na會當為層級社會提供經濟ê基礎,無包括感情ê基礎。佇tsia要緊--ê毋是百姓ê士氣,百姓有穩定咧做工課就好矣,個ê態度無重要;要緊--ê是黨本身ê士氣。照黨ê期待,連上基層ê黨員mā加減愛有才調、骨力,甚至聰明,毋過個mā愛好騙、無知koh熱狂,規心投入驚惶、仇恨、扶挺,佮歡慶勝利。也就是講,個ê心態著愛適合戰爭狀態。戰爭敢是有影咧拍,並無要緊;戰況有順利無,mā無要緊,橫直無可能出現決定性ê勝利。戰爭狀態著維持,按呢就好。黨愛黨員理智分裂,tsit个要求佇戰爭氣氛中較快達成,tsit-má黨員mā真普遍符合矣,毋過若愈tuì頂層去,狀況就愈明顯。正正是佇內黨部,興戰ê hi-si-tí-lī-à佮對敵國ê仇恨上強烈。內黨部成員身為管理者,通常應該愛知影佗一條戰爭新聞是假--ê,個mā凡勢了解規場戰爭lóng無影,毋是根本無發生,就是相戰ê理由佮宣稱--ê真無全。毋過tsit款ê智識mā會當用**雙想**ê手法就簡單共拊掉。仝時,內黨部ê成員lóng堅信戰爭是真--ê、海洋國穩當會得著最後ê勝利,成做全世界無可爭議ê霸主。對tsit个神祕ê信仰,個無一个人捌僥疑一秒。

1984

　　所有ê內黨部成員lóng共tsit个未來ê征服當做一條信條咧信。達成ê法度，一个是一步一步占著koh較濟領土，建立壓倒tik ê優勢力量；無就是發明某種新型、無地抵擋ê武器。新武器ê研發進行無停，賭無幾个領域像tse，創新抑思考ê心智猶有路通行。佇tsit陣ê海洋國，舊意義上ê「科學」lím無存在矣。新講內底無一字代表科學。往過一切科學成就，lóng是建立佇經驗實證ê思考方式頂頭，毋過後者佮英社主義上根本ê原則正相碰。連科技ê進步，都kan-na佇產品會當用來tshik減人類自由ê時，才會發生。世間一切有路用ê技藝，毋是擋停，就是咧倒退據。田猶用牛咧犁，冊煞是用機器咧寫。毋過佇至要緊ê代誌，也就是講戰爭佮警察監視方面，實證方法猶是受著鼓勵，上無是受著容允。黨ê兩个目標，是征服規地球表面，佮即時永遠除滅獨立思考ê可能性。所致，有兩个大問題是黨真要意欲解決--ê：一个是按怎佇別人無同意之下偵測出伊咧想啥；一个是無預警佇幾秒內刣死數億人。科學猶有咧發展--ê，就是tsia-ê主題niâ。現此時ê科學家賭兩類，第一類是心理學家兼審問者，咧精幼研究人ê表情、手勢、聲調ê意思，佮試驗藥物、電擊、催眠和肉體刑拷取得實情ê效果；第二類是特殊ê化學家、物理學家抑生物學家，個佇家己ê專門學科內底kan-na關心按怎取

人性命。佇和平部闊lòng ê實驗室，抑是設佇巴西森林、澳洲沙漠、南極無人島ê實驗站，lóng有規陣ê專家毋知呎咧做工課。有人規心咧規畫將來戰爭ê補給；有人咧設計愈來愈大粒ê火箭彈、愈來愈強ê炸藥，佮愈來愈歹拍迵過ê裝甲；有人咧走揣koh較害命ê新毒氣、會當大量生產來毀滅幾大洲植物ê可溶毒藥，抑是毋驚任何可能抗體ê病菌；有人咧拍拚欲製造會當鑽地袂輸藏水艦佇水裡泅ê車輛，抑是佇天頂就若像帆船佇海面免靠岸ê飛行機；koh有人咧做koh較無可能ê開發，比論佇數千公里遠ê太空安鏡片來集中日頭光線，抑是取地心ê熱來製造人為ê地動抑海漲。

毋過tsia-ê計畫無一項捌小倚近實現，三个超國mā無一个捌明顯走較頭前。Koh較顯目ê一點，是三个強權lóng早就有原子彈，tsit項武器比個tsit-má有望研究出來ê任何物件lóng加足厲害。英社黨照習慣宣稱原子彈是個發明--ê，實際上原子彈佇1940年代就出現矣，koh佇量約十年後頭一遍大規模使用。幾百粒原子彈擊佇各工業中心地區，主要佇露西亞ê歐洲領土、西歐佮北美。效應就是各國ê統治階層lóng相信，若koh落幾粒原子彈，組織化ê社會就煞了矣，個ê權力mā仝款。後來，雖然無簽定任何正式協定，連提起都無，就無原子彈koh落落來矣。三个強權只是繼續做原子彈，囤起

1984

來等待決定性ê時機，個相信hit日早慢會來。仝時，戰爭ê技藝三四十年無啥變化。直升機比以前較捷用，轟炸機大部份予自推進ê射彈取代矣，脆命ê移動戰船mā讓位予lím拍袂沉ê浮水要塞，此外發展就真少。戰車、藏水艦、魚雷、機關銃，甚至lai-hoo銃（rifle）佮手榴彈lóng猶koh咧用。Koh再，雖然講報紙佮千里幕頂有報袂完ê屠殺，較早hit款幾禮拜以內就會當死幾十萬甚至幾百萬人ê存死戰役毋捌koh發生矣。

　　三个超國無一个會圖謀進行有大失敗危險ê用兵。大行動較捷是對同盟發動奇襲。三个強權採用ê計智lóng仝款，上無個對家己佮講是咧採用tsit个計智。就是摻用戰鬥、談判佮時機拄好ê反背，來占規箍輾ê基地，共敵國完全圍起來，koh來就和對方簽友好條約，保持和平真濟年，予對方ê猜疑心落眠。全tsit段期間，就佇各戰略要地組置火箭，安原子彈頭，聽好佗一日做一擺發射，共對方拍kah連報復都無機會。紲落來就和賭ê hit个強權簽友好條約，準備下一擺ê攻擊。Tsit个計畫，免講mā知，是無可能實現ê陷眠。另外，戰鬥kan-na捌佇赤道佮北極附近ê爭議地區進行，mā無一國捌去侵入敵國領土。Uì tse會當了解，怎樣三國之間ê邊界佇有ê所在並無自然。比論講，歐亞國會當輕易征服不列顛群島，hia地理tik mā算歐洲；抑是講，海洋國mā

234

會當共國界sak到Rhine河甚至是Vistula河。毋過若按呢就違犯文化完整ê原則矣，tsit个原則雖然毋捌明白規定，各方lóng遵守。若是海洋國欲征服以早叫做法國佮德國ê所在，就愛共hia-ê住民lóng滅掉，tse是物理上足困難ê任務；若無就是愛共科技開化程度和本身相當ê量約1億人口同化。Tsit个問題對三個超國lóng全款。三國ê結構lóng絕對袂容允人民佮外國人接觸，真有限ê例外是予個看著戰俘佮有色人種奴隸。就準是當時官方認定ê盟國，mā愛用上深ê懷疑來對待。海洋國ê普通民眾lóng毋捌看過戰俘以外ê歐亞人抑東亞人，mā不准認捌外語。若是國家允准個接觸外國人，個就會發現對方只是佮個家己類似ê生物，啊國家宣傳講外國人按怎按怎lóng是假--ê。按呢，個生活ê封閉世界就會破空去，伊ê信念所根據ê驚惶、仇恨佮自認正義恐驚見lóng會蒸發。所致三个政權lóng了解，不管Persia、Egypt、Java抑Ceylon換主換kah偌捷，炸彈以外ê一切lóng袂使迒過主要國界。

　　Tsia-ê嘐話下底有一个事實毋捌明講，卻是逐國知知照行，就是三个超國ê生活條件lóng差不多。佇海洋國，主導ê哲學叫做英社主義，佇歐亞國是新Bolshevik主義，佇東亞國hit个主義有一个中文名稱，通常翻譯做拜死，毋過較準ê講法是「拊消自我」。海洋國ê人

1984

民不准知影一屑仔另外hit兩國ê主義信條,煞著照指示共詈罵,講個野蠻、反道德佮反常識。窮實,tsit三个哲學根本無啥會區別得,三个所支持ê社會體系根本無差異。佇佗一國lóng是仝款ê金字塔結構、仝款ê半神格領袖崇拜、仝款由長紲戰爭造成並且為長紲戰爭服務ê經濟。Uì tsia通知,三个超國毋但無法度互相征服,按呢做mā無好處。顛倒,只要個保持衝突狀態,個就那咧相kīng,像三困穀。而且照例,三个強權ê統治集團lóng對個ê作為仝時有智覺mā無智覺。個ê人生奉獻予征服世界ê志業,但是個mā了解tsit場戰爭著愛拍袂煞、無人贏。無hőng征服ê危險,才會當否認現實,tse是英社主義佮對敵思想體系特別ê所在。Tsia愛重複進前捌講過ê一點,就是戰爭成做長紲袂停--ê,性質就自根底改變矣。

佇往過ê年代,戰爭tsit項代,會使講照定義就是早慢會煞--ê,通常有確定袂錯認ê勝佮敗。佇往過,戰爭mā是予人類社會袂脫離物理現實ê主要工具之一。各時代ê所有統治者lóng想欲共一个假ê世界觀強施予人民,毋過個袂堪得推sak任何會妨害軍事效率ê幻想。只要戰輸代表失去獨立地位,抑是其他一般無愛ê結果,對戰輸就愛足認真持防。物理事實袂當無視。佇哲學、宗教、倫理學抑是政治,二加二凡勢會當等於五,

毋過若是咧設計銃炮抑是飛行機，二加二著愛等於四。效率bái ê國家早慢會hőng征服，追求效率ê拍拚是幻想之敵。進一步，欲愛有效率，著愛會曉uì往過學教訓，就是講對以早發生啥代誌愛有相當明確ê了解。免講，自來新聞紙佮歷史課本lóng有擦色、有帶偏見，毋過像今日實行ê tsit款偽造，是往過袂發生--ê。戰爭是人類理智真可靠ê防衛機制，對統治階級來講，凡勢是上要緊ê防衛機制。戰爭可能會輸，可能會贏，無一個統治集團會堪得完全毋認真對待。

　　毋過當戰爭成做正港拍袂煞--ê，就袂危險，mā無啥物叫做軍事必要性矣。科技進步會使停止，上明顯ê事實mā會使否認抑莫tshap。如咱所看見，為著戰爭ê目的，會當叫做科學ê研究猶有咧進行，毋過根本是純陷眠，做無結果mā無要緊。效率已經無需要矣，包括軍事效率。規海洋國，思想警察掠外，無一項有效率。既然三个超國lóng無法度征服，逐个就lóng是一個單獨ê宇宙，佇內底差不多逐款ê思想扭曲lóng會當安心進行。現實ê壓力kan-na uì日常生活需求感受會著：需要食需要啉、需要踮需要穿，需要避免吞著毒藥抑迒出樓尾頂ê窗仔，tsit類--ê。生佮死之間、肉體ê爽快佮肉體ê痛苦之間，猶是有差別，tsóng--sī全部就按呢矣。海洋國人民和外界佮往過ê連結hőng切斷，個敢若活佇星

1984

際空間,無地通知影佗一爿是頂頭、佗一爿是下跤。Tsit款國家ê統治者是絕對--ê,連古埃及ê法老王抑古羅馬ê皇帝mā無地比。確實個毋通予群眾大規模餓死,人死傷濟就歹處理;個mā著愛維持和敵國平懸抑平低ê軍事技術水準。毋過只要有達成tsia-ê上低標準,個會當據在個佮意,共真實捏做任何形狀。

所致,若是咱照往過戰爭ê標準,tsit場戰爭只是假pâu。親像某種翻草動物咧相觸,個頭殼頂ê角彎kah一个拄好ê角度,lóng無才調去傷著對方。Tsit款戰爭毋是真--ê,煞毋是無意義--ê。戰爭共可消費物品ê過餘lóng食掉,mā鬥維持層級社會所需要ê特殊心理氣氛。戰爭tsit-má成做純然ê內部事務。佇往過,各國ê統治階層就準會認知著共同利益,對戰爭ê毀滅程度較撙節,個mā是會正經相戰,勝者mā lóng共敗者強劫。現此時,個煞根本毋是咧相戰。戰爭是每一國ê統治集團咧攻擊個ê人民。Koh再,戰爭ê目標毋是欲占領土地或者防別人來占領土地,是欲維持社會結構無變。按呢講來,「戰爭」tsit个詞是誤導。凡勢欲精確是愛講戰爭若無了時,就無存在矣。自新石器時代到20世紀初,戰爭lóng對人類造成特別ê壓力,hit款壓力tsit-má已經無去矣,予差真tsē ê別項物取代。若是tsit三个超國無相戰,煞同意維持永遠和平,逐國佇國境內lóng

238

不受侵犯，效果mā會真siāng。因為若án-ne，每一國猶是一个自足ê宇宙，永遠免koh猛醒防備外部危險。正經永久ê和平，就佮永久ê戰爭無差別。TSIÀN-TSING TŌ SĪ HÔ-PÎNG tsit句黨標語ê深意就是在此，雖然絕大部份黨員kan-na理解表面。

　　Wintson歇一下。遠遠毋知啥所在有一粒火箭彈爆炸，若咧霆雷。伊孤一个踮無千里幕ê房間內底讀禁冊ê幸福感猶未退去。孤靜佮安全是肉體ê感覺，koh有伊身軀忝、椅仔軟，佮風絲uì窗仔趝入來輕輕仔掰伊噣頓，lóng透濫做伙。Tsit本冊足吸引伊，講較準是確認伊ê信念。一方面冊共伊講--ê lóng無新奇，毋過tse就是共伊吸引ê部份原因。冊所寫就是伊想欲講--ê，只是伊無能力通共伊散掖掖ê想法整理好勢。產出tsit本冊ê心靈和伊家己ê足siāng，毋過加足有力量、有系統、無咧驚。上好ê冊，伊咧想，就是hit款共你講你已經知影ê代誌ê冊。伊掀倒轉去第一章，開始讀隨聽著Julia踏樓梯起來，就徛起來去共迎接。Julia共伊ê塗色家私袋仔tàn佇塗跤，仆tuì Winston ê手攬裡。個頂改相見到tsit-má已經過一禮拜矣。

　　「我提著HIT PÚN TSHEH矣，」兩人敨攬ê時Winston講。

1984

「Őo,你提著矣?婿--ooh,」Julia講kah無啥趣味,liâm-mi跪落去油爐邊仔煮咖啡。

個踮眠床頂半點鐘後,才koh踅轉到tsit个話題。暗頭仔泔涼來,聽好共床罩舒起來。樓跤koh傳來熟耳ê歌聲,koh有靴管攄過石板路。Winston頭一擺來就看著ê hit个紅手股ê粗勇查某人袂輸埕內ê固定設備。便若是日時,伊敢若毋捌啥物時陣無佇he洗衫桶佮索仔之間行來行去,liâm-mi衫鋏仔咬咧,liâm-mi噴出情慾滿滇ê歌聲。Julia已經坦敧倒好勢,敢若欲睏去矣。Winston伸手uì塗跤提hit本冊,佇眠床頭坐定。

「咱應該愛讀,」伊講。「你mā愛讀。所有ê兄弟會成員lóng愛讀。」

「你讀,」Julia目睭kheh-kheh講。「你大聲唸,按呢上好。你那讀會當那解說予我聽。」

時鐘ê針指6,就是18點。個猶koh有三四點鐘。Winston共冊khuè佇跤頭趺頂,開始唸:

第一章
無知就是力量

自有記錄ê時代以來,甚至凡勢是自新石器時代,世間ê人就分做三類:頂層、中層,佮下層。逐類lóng

會當用濟濟方式分koh較幼，lóng有算袂清ê各種名稱，伊相對ê數量，抑是伊對彼此ê態度，佇逐時代lóng無仝，毋過tsit款ê社會根本結構自來都毋捌變。就準經歷重大ê動亂，抑是看若袂倒轉ê變化，tsit个模式lóng會隨koh恢復，就可比干樂儀，無論tuì佗一个方向共sak、sak偌偏，lóng會恢復到平衡狀態。

「Julia，你睏去矣？」

「無，心愛--ê，我有咧聽。Koh讀啊，足精彩。」

Winston紲咧讀：

Tsit三个群體ê目標，是完全攕袂合--ê。頂層想欲維持伊ê地位。中層想欲取代頂層。若下層，在來伊都lóng予粗重無聊ê工課gíng kah忝忝忝，罕得意識著逐日生活以外ê代誌，若是有時koh想會著目標，he就是欲共一切ê區別lóng廢揀，建立一个眾人平等ê社會。就按呢，透貫歷史，形體相siāng ê鬥爭一再發生。頂層看範勢長期搝權穩在，毋過早慢有一日，伊會失去自信，抑是失去有效治理ê能力，甚至兩項總失去，伊就予中層偃倒。中層共下層招來同齊，假影是咧為自由和正義戰鬥。目標一下達成，中層就共下層sak轉去伊原

底ê奴才地位，家己成做頂層。免久，uì頂層佮下層ê其中一个抑是兩个，就有一部份拆出來，形成一个新ê中層，鬥爭koh來一擺。Tsit三个群體之中，kan-na下層是自來毋捌達成目標，連一時仔都毋捌。若講有史以來物質方面lóng無進步，是有較超過。就準佇現今tsit个衰bái ê時期，普通人ê物質生活mā較好過幾个世紀以前。毋過不管是財富增加、禮數改善，抑是啥物款改革佮革命，lóng毋捌致使人類較平等一公厘。Uì下層ê視點來看，無一擺ê歷史變化，意義有加真大過個主人名號ê改換。

到19世紀晏期，tsit款重複ê模式已經有真tsē觀察者看透透矣。有一寡新興學派ê思想家將歷史看做箍箍仔，主張講不平等是人類生活袂變ê法則。Tsit个教條免講不管時都有信眾，毋過呈現ê方式tsit-má已經有大改變。往過，社會愛照階層ê tsit个教條主要是來自頂層，lóng是國王、貴族，猶koh有共個寄生ê祭司佮法學家等等人咧教示。個仝時koh虛構一个身後較好ê世界，予人較好接受。若中層，個咧爭奪權力ê時，利用--ê lóng是自由、正義、友愛tsia-ê詞彙。到tsit个時期就無仝矣，人類兄弟情ê概念受著新ê攻擊，出手ê tsit陣人猶未占著發令地位，只是咧向望緊占著。以早，中層攑追求平等ê標語發動革命，共暴政偃倒了後

隨建立新ê暴政。Tsit時ê新中層是事先就主張暴政矣。社會主義佇19世紀初期出現，是自古代奴隸造反以來ê一條思想鍊最新ê一節，當初猶誠牢著歷代ê空想國思想。毋過自1900年左右以來，新出現ê各種社會主義門派lóng愈來愈公然放棄建立自由佮平等ê目標。Tsit个世紀出現ê新運動，包括海洋國ê英社主義、歐亞國ê新Bolshevik主義，佮東亞國所謂ê拜死，lóng是有意識欲造成永遠ê**無**自由佮**無**平等。當然，tsia-ê新運動是uì舊--ê生出來，mā傾向維持舊名號，表面褒嗦舊ê意識形態。實際上tsia-ê新運動，目的lóng是欲佇某一个時刻共進步閘停，共歷史冷凍。熟捌ê鐘hiat-á幌愛koh來一擺，tsit擺幌了就停。佮在來仝款，頂層會koh予中層僫倒，中層成做頂層。毋過tsit擺，照計畫，新ê頂層就會萬世保持個ê地位矣。

新ê教條起興，部份原因是歷史智識ê粒積，佮歷史意識ê成長，tse佇19世紀以前罕得有。歷史ê循環動態tann通理解矣，上無表面tik是按呢。Tse動態既然會當理解，mā就會當摵改。毋過主要--ê、基底ê原因，是自20世紀ê起頭，人類平等技術tik已經有可能矣。有影，人ê天生才智猶是無平等，社會愛分工mā致使一寡人比別人較占贏。毋過階級ê區別佮財富額ê大碼差異lóng無真正需要矣。佇較早ê年代，階級區別毋但不可

1984

免，mā值得控。無平等是文明ê代價。毋過tann機器ê生產力發展起來，狀況就改變矣。就準猶是需要眾人去做各種無仝款ê工課，也已經無需要予個活佇無仝ê社會抑經濟等級。所致，uì當欲搿著權力ê新集團來看，人類平等不再是一个愛去奮鬥追求ê理想，顛倒是一項愛閃避ê危險代誌。佇較古早ê年代，正義koh和平ê社會橫直袂實現，欲相信tsit个目標真簡單。全人類著相親相愛、共同生活佇免法律mā無苦役ê人間天堂，tsit款ê想像，幾千年來lóng佇人類ê頭殼內inn-tînn。連實際uì每一擺歷史變景得利ê群體，mā相當程度保有tsit个觀點。法國、英國佮美國革命ê繼承者，lóng加減信仰個所講ê人ê權利、言論自由、法律頭前眾人平等tsia-ê觀念，甚至容允tsia-ê觀念加減影響個ê行放。毋過到20世紀ê第四个十年，所有ê主要政治思潮lóng是威權--ê。正tng-tong人間天堂有可能實現ê時，tsit个理想煞墜名聲矣。每一个新ê政治理論，不管如何自稱，lóng行轉去階層制佮嚴密組織。佇1930年hit跤兜，光景全面變硬篤。一寡原底早就廢除，甚至廢除已經幾若百年ê做法，又koh普遍恢復矣：無審判就關人、共戰俘充做奴隸、公開處決、刑拷取供、利用人質、共規大陣人口流放。毋但按呢，連hia-ê自認開化進步ê人，mā接受tsit款代誌，甚至共辯護。

經過幾十年世界各地ê戰爭、內戰、革命佮反革命，英社主義佮其對手才成做加圇ê政治理論來起興。毋過佇仝世紀koh較早期，通稱做極權主義ê各款制度出現，就已經是兆頭；而且uì hiàng時滿四界ê混亂當中，啥款形體ê世界會生出來，mā早就真明顯矣。啥物款人會控制tsit个世界，mā平明顯。新貴族ê主要份子是官僚、科學家、技術者、工會幹部、宣傳專家、社會學者、教師、記者，佮專業政客。Tsia-ê人出身領給ê中間階級，抑是勞動階級內底ê較懸沿。是產業獨占、政府集權ê拋荒世界培養出tsit陣人，koh共個箍做伙。比起往過時代佇仝地位ê人，tsit陣人較無貪錢財興奢華，較瘖純粹ê權力，而且特別清楚家己咧創啥，mā koh較積極鎮壓反對者。上尾tsit項差別誠重要。佮tsit-má比，往過ê暴政lóng是半欲毋兼無效率。統治團體自來lóng加減有稗著開明思想，手段較冗，無要意個ê子民咧想啥，kan-na注意公然ê行動，按呢就滿足矣。以現代標準來看，連中古時代ê天主教會mā算寬容。一部份ê原因，是古早無一个政府有才調規年週天共人民監視。印刷出版發明了後，操控民意變較簡單，電影佮la-jí-ooh出現，tsit个過程koh伸延。電視發展起來，加上新科技會當用仝一台機器仝時接收兼放送，人ê隱私生活就結束矣。每一个公民，抑是講每一个有重要kah

1984

值得監視ê公民，lóng會當hōng規工24點鐘囥踮警察ê目睭下跤佮官方宣傳ê聲波當中，其他任何傳訊息ê管道總關掉。Tse是史上頭一擺，有法度強使全民毋但是對國家意志完全服從，對一切事項mā意見tsiâu一致。

　　50佮60年代ê革命時期過了後，社會重撨，mā照自古以來ê模式，分做頂中下三層。毋過新ê頂層無像個ê前輩，個無koh照本能來做代誌，個確實清楚愛按怎保衛自身ê地位。寡頭統治唯一ê穩在基礎就是集體主義，tse早就人所理解。財富佮特權做伙持有，才上容易保護。本世紀中期發生ê所謂「廢除私有財產」，意思實際上是共財產拁集中佇比以前加足少肢手內底。毋過有一點無全：新ê財產主是一个團體，毋是一陣個人。個人來講，一搣仔私人用品掠外，無一个黨員擁有啥。集體tik，黨擁有海洋國內底ê一切，因為黨控制一切，mā照自認適當ê法度來處理所有ê產品。佇革命後hit幾年，黨無拄著偌大ê反對，就peh到統管ê地位，因為tse規个過程是用集體化ê名義來進行。眾人早就認定，只要共資產階級ê財產沒收，社會主義就會綴來。Tann資本家確定是hőng抄家矣：工廠、礦場、土地、厝宅、車船，逐項lóng剝剝去矣。Tsia-ê物件既然不再是私有財產，理應就是公產。英社黨是uì早期ê社會主義運動生出來，並且繼承後者ê話術，就有影來執行社

會主義方案ê主項矣。就按呢,照進前預料佮按算--ê,經濟無平等永遠定落來矣。

毋過愛按怎共階層社會永久化ê問題比tse koh較深。一个統治集團會失權倒台,kan-na有四个理由:一是拄著外來ê征服,二是統治傷bái,袂爽ê大眾起來造反,三是個放任一个有力koh不滿ê中間階層來形成,四是個家己失去自信佮統治ê意志。Tsia-ê原因毋是單獨咧運作,通常是四个lóng加減存在。一个統治階級若有法度持防全部四項,就通永遠在位。講到地,決定因素是統治階級家己ê心態。

自tsit世紀中期以後,頭一項危險實際上消失矣。瓜分世界ê三大強權lóng無法度征服得,除非有經歷勻慢ê人口變化,毋過tsit點,管山管海ê政府mā真簡單通避免。第二項危險mā只是理論。群眾才毋捌主動起來反亂,mā毋捌kan-na因為受壓迫就起來反亂。窮實,只要個連比較ê標準都無,個mā無通知影家己hőng壓迫。往過重複發生ê經濟危機已經完全無需要,mā無機會通koh發生矣。其他平大條ê失序會發生,也確實有發生,毋過mā袂造成政治後果,因為不滿已經無地通清楚表達矣。若自從機器技術發達以來就藏佇咱社會中ê過度生產問題,mā已經怙長紲戰爭(見第三章)ê步數解決矣,tsit个步數koh通助力共大眾士氣鼓舞到必

1984

要ê懸度。所以，uì現時統治者ê觀點來看，正港ê危險kan-na兩項，第一是分裂出來一个新集團，個ê人有能力、就業受限koh渴想權力；第二是家己內部生出開明主義佮僥疑主義。按呢講來，問題在佇教育。重點是愛無斷站模做兩種人ê意識，一是咧指揮ê群體，二是koh落來人較濟、負責執行ê hit沿。Ah若百姓ê意識，用負面方式共影響就有夠矣。

參照tsit个背景，海洋國ê社會結構是啥款，準本來毋知ê人mā會當推測。佇金字塔尖是大兄哥。大兄哥永遠正確，無所不能。一切ê成功、成就、勝利、科學發現，全部ê智識、智慧、幸福、美德，lóng是直接得自伊ê領導佮啟發。無人捌看過大兄哥。伊是公佈欄頂頭ê一个人面，千里幕內底ê一个人聲。咱有相當理由相信伊永遠袂死，連伊是何時出世，tsit个世間都無真確定。大兄哥是黨選擇欲呈現予世界看ê假面。伊ê功能是做一个焦點，予人愛慕、驚惶、尊敬，tsia-ê感情對個人比對組織較會產生。大兄哥下跤就是內黨部，人數限定600萬以內，無到海洋國人口ê 2%。內黨部koh落來是外黨部，若講內黨部是國家ê腦，外黨部就可比是手。Koh較下跤是咱慣勢共叫做「普魯仔」ê gōng百姓，個占大概85% ê人口。照咱拄才ê分類，個就是下層。赤道區域ê奴隸人口，征服者換來換去，無算做tsit

个結構內底固定抑必要ê一部份。

原則上，tsit三个團體ê成員身份毋是家傳--ê。內黨部爸母生ê囡仔理論上並毋是就會入內黨部。進入佗一个黨部lóng是用16歲時陣ê考試決定。國內無種族歧視，省佮省之間mā無明顯ê支配關係。Iû-thài人、烏人抑純印地安血統ê南美洲人，佇黨ê高層幹部內底lóng看會著，而且逐地區ê官員lóng是在地出身。海洋國任何地區ê人，lóng袂感覺是hőng殖民、受一个離遠ê首都統治。海洋國無首都，名義上ê領導者koh是一个無人知影佇佗位ê人。總講tse毋是一个中央集權ê國家，極加英語是國內主要ê**通行語**，新講是官方語言。國家上懸ê統治官員毋是靠血緣箍做伙，是靠堅信共同ê教條。Tsit个社會確實階級分明，分kah誠嚴格，初看見會想講是照家傳--ê。比起資本主義時代，甚至前工業時期，tsit-má無仝階層之間ê往回流動lóng加足罕。佇黨ê內外兩部之間是有一寡調動，毋過真有限，只是為著共能力bái--ê踢出內黨部，猶koh有共外黨部較有壯圖ê人升起來，較免佮惹麻煩。實務上，普魯階層袂使入黨。佃當中上有天才--ê，恐驚會成做散播不滿ê中心，會予思想警察做記號共除去。毋過tsit款狀況無保證永久，mā無規定。黨並毋是一个舊意義上ê階級，mā無欲共權力傳予家己ê囝兒，是欲共上gâu ê人囥佇

1984

頂懸。若是正常ê法度無效,黨mā隨時會當uì普魯階層招募全新一代ê人才。佇關鍵ê年代,黨無以家傳制度運作tsit點,對消除反對真有幫贊。舊式ê社會主義者受ê訓練是愛個去戰「階級特權」,個想講特權若毋是家傳--ê,就袂永久,煞無看著講寡頭ê存續無需要靠肉體ê傳承,個mā無思考著家傳ê貴族體制自來lóng短命,顛倒是像天主教會tsit款恄收養傳承ê組織,有時會存活數百數千年。寡頭統治ê要點毋是爸傳囝,是維持一組特定ê世界觀佮生活方式,由死人強施予活人。統治集團會當指定繼承者就是統治集團。黨關心--ê毋是血統永存,是自身永存。權力是SIÁNG咧弄並無要緊,要緊--ê是tsit个階層結構永遠不變。

所有代表咱tsit个時代ê信念、習慣、品覺、情緒、心態,lóng是設計來支持黨ê神話,佮防止現時社會ê真正本質hōng發現。實體ê造反,抑是任何準備造反ê行動,佇現此時lóng是無可能。黨對普魯階級無啥物好驚。由在個去就好,個會做工、生湠、死去,一代koh一代、一世紀koh一世紀,毋但無造反ê衝動,連去悟著tsit个世界凡勢會當無仝,mā無才調。獨獨佇一款狀況之下個可能會變危險,就是若有一日,工業技術進展kah需要提升個ê教育。是講既然軍事佮商業ê競爭都無重要矣,大眾教育ê水準實際上是咧降低。基層群眾有

啥物意見，抑是無啥物意見，黨lóng放目毋管。會使賜予個智識自由，橫直個無智力。黨員就無仝矣，連佇至無重要ê主題頂頭至細ê意見偏差，mā是袂容允得。

一个黨員自出世到過身，lóng佇思想警察ê目睭前。就準伊是孤一个ê時，伊mā無地確定伊是孤一个。毋管伊佇佗位，咧睏抑精神，作穡抑歇喘，佇浴桶內抑眠床頂，伊lóng有可能當咧hőng監視，伊家己毋知，mā無人共伊警告。伊無一項行放是無要緊--ê。伊ê交友、伊ê議量、伊對待某囝ê方式、伊孤一个ê時ê表情、伊ê陷眠話，甚至是伊個人特色ê動作，lóng hőng含憢疑斟酌檢查。無一定愛真正有犯錯，只要是行放有小可仔各樣、有啥物習慣上ê改變，抑是緊張ê時可能顯示心內tiû-tû ê癖性，lóng的確偵測會著。橫直黨員各方面lóng無自由。毋過實際上並無任何法律抑是明定ê行為準則咧共個規制。海洋國並無法律。掠著就穩死ê各種思想佮行動並無正式禁止，袂煞ê打整、逮捕、刑虐、關監佮蒸發lóng毋是咧處罰實際已經犯ê罪，只是欲共將來講袂準何時會犯罪ê人摒掉。黨員毋但是思想愛正確，本能mā著愛正確。個著愛有ê tsē-tsē款信念佮態度lóng毋捌明白宣佈，若宣佈就會共英社主義ê內在矛盾展現現矣。一个人若是自然符合正統，伊就是新講咧講ê HÓ-SIŪNN-TSIÁ（好想者），佇所有ê狀

1984

況，伊lóng免思考就知影啥物是正確ê信念抑應當ê情緒。自囡仔時就接受ê精密心理訓練，會使伊根本對任何主題lóng無願意mā無才調去深入思考。Tsit款訓練ê關鍵詞是新講ê TSUĒ-TÒNG（罪擋）、OO-PE̍H佮SIANG-SIŪNN。

　　一个黨員照期待是袂使有私人情緒，伊ê熱狂袂使小歇一下，伊不管時lóng應該愛痛恨外敵佮內奸、歡慶國家ê勝利、卑服黨ê力量和智慧。伊uì欠乏袂四序ê生活所感受ê不滿，lóng予黨习工徙向外，用「兩分鐘仇恨」之類ê手段敨放掉。準若有啥物會致生僥疑抑是反叛意識ê臆想，mā緊緊就予家己自早期學著ê自我紀律刣hìnn-sak矣。紀律ê頭一个、也是上簡單ê階段，連教囡仔都真好教，新講叫做TSUĒ-TÒNG。罪擋是一種能力，親像是用本能，會當佇任何危險ê想法強欲puh出來進前就共擋咧。Tsit个能力內底包括無法度理解對比、看袂出路則錯誤、搪著任何不利英社主義ê上淺現論點lóng會誤解、生出啥物可能行向異端ê想法lóng會自動ià-siān。講較簡單咧，罪擋是一種自保ê gōng鈍。毋過gōng鈍猶無夠。拄好倒反，正統主義講到地是要求人愛會曉控制家己ê心理活動，親像軟骨藝人控制家己ê身體hiah透。海洋國ê根本信念，就是大兄哥無所不能、黨永遠正確。毋過因為實際上大兄哥並毋

是無所不能，黨mā毋是永遠正確，處理事實就愛有一套用袂siān koh通隨時應變ê伸勼做法。佇tsia ê關鍵詞就是OO-PE̍H。Tsit个詞和tsē-tsē新講ê詞全款，有兩个相kheh ê意思。用來形容敵人，就是講毋管明顯事實，硬欲共烏詏做白ê習慣。用佇黨員，就是咧講一種忠誠意志，會照黨ê紀律要求，共烏--ê講做白--ê。毋過tsit个詞koh代表SIONG-SÌN烏是白ê能力，koh進一坎，是TSAI-IÁNN烏是白、而且放袂記得家己捌相信烏是烏ê能力。Tse就需要無斷站修改往過，欲做會到愛靠一个包含一切ê思想體系，就是新講ê SIANG-SIŪNN。

　　修改往過有必要，理由有兩个，一个只是附加--ê，mā會使講是為著預防。無論是黨員抑普魯階級，個會當忍受現時ê生活條件，部份原因是個無別項標準通好比較。袂使予個接觸著往過，就親像袂使予個接觸著外國，著愛予個相信個tsit-má ê日子過kah比個祖先較好，而且平均ê物質享受水準猶koh直直咧peh崎。毋過攕改往過加足要緊ê理由，是維護黨袂犯錯ê權威。全部ê演說、統計、記錄lóng著愛一直更新，毋是kan-na欲顯示黨ê預測見擺都準。Koh一个理由是斷斷袂使承認教條抑政治結盟捌改變過。因為改變心意、甚至改變政策，lóng等於是招認家己軟弱。比論講，歐亞國抑東亞國，無論佗一个，若現此時是敵人，hit國

1984

就自來佮永遠lóng是敵人。若是有啥物事實講另外一套，hit項事實就愛改。毋才歷史直直重寫。對維持政權穩定來講，真理部日常ê篡改往過工課，和慈愛部ê鎮壓佮特務工課平要緊。

往過會改變，tse是英社主義ê核心。照tsit个主張，往過ê事件lóng毋是客觀存在，是kan-na活佇寫落來ê記錄佮人ê記憶內底。所謂往過，就是兼符合記錄佮記憶ê物件。黨既然全面控制所有ê記錄，mā全面控制黨員ê心智，順理路，往過就是黨選擇欲捏做ê款式。綴仝理路，往過雖然是會修改得，實在並無佗一擺捌修改。畢竟往過都照tsit陣ê需要重做矣，毋管是做kah啥模樣，tsit个新版本TŌ SĪ往過，無可能koh有一个無仝ê往過捌存在。定定捌有仝代誌一年內就改幾若擺，改kah袂認得，tsit个原則mā猶原適用。黨不管時lóng掌握絕對ê真相，既然是絕對--ê，當然就無可能koh和現狀無仝。控制往過，上要緊就愛靠記憶ê訓練。確保一切文字記錄符合tsit陣ê正統，只不過是一个機械性ê動作。但是mā需要Ē-KÌ-TIT往過ê事件確實是像欲挃--ê按呢。Ah若是著愛共個人ê記憶重撨，抑是愛篡改文字記錄，做了就koh愛BĒ-KÌ-TIT家己捌按呢做。Tsit款步數就親像逐款心理技術，是學會來--ê。大部份ê黨員lóng有學，當然所有巧koh正統ê人lóng在內。舊

II-9

講共tse號kah真坦白，叫做「現實控制」。用新講就是SIANG-SIŪNN，雖罔講SIANG-SIŪNN ê意思毋但按呢，koh加真闊。

雙想表示心內仝時保有兩个互相衝突ê信念並且lóng接受ê能力。一个黨ê智識份子知影家己ê記憶愛tuì佗一个方向撚；所以伊知影伊是咧共現實pìnn把戲；毋過恬雙想，伊mā說服家己，講一切lóng無違反現實。Tsit个過程愛有意識去進行，無者，記憶就袂撚kah準準準；另面koh愛無意識，若毋是按呢，恐驚見就會智覺著詐欺，生出罪惡感。雙想是英社主義ê核心，因為黨上要緊ê活動就是利用有意識ê欺騙，仝時為著維持目標ê有篤，koh著完全誠實。刁工講嚗話，koh真心共相信；共已經無妥當ê事實放袂記得，ah若hit个事實koh有需要矣，才uì忘無當中共抾轉來；否認客觀現實ê存在，koh始終考慮著家己否認ê現實。Tse一切，lóng是必要袂使欠缺--ê。連咧使用雙想tsit个詞，mā著運用雙想。因為咧用tsit个詞，使用者等於承認伊咧偽造現實；koh用一回新ê雙想，伊就共tsit个認知抾掉；就按呢循環無盡，嚗話永遠走佇真相頭前一大步。講到地，就是恬雙想，黨有才調阻擋歷史ê進程到tann，看範勢mā無的確有才調koh接續幾千年。

往過ê寡頭政權會倒，因端若毋是個硬tsiānn去，

就是佄落軟矣。佄變gōng變驕傲，無法度自我調整去適應環境變化，tsuánn hőng偃倒；無就是佄變開明變軟洉，應該用武力ê時煞讓步，mā是hőng偃倒。也就是講，佄倒台若毋是無意識就是有意識所致。Tann英社黨創造一个思想體系，兩種條件佇內底仝時並存，tse是一項成就。無別款ê智識基礎會當予tsit个黨ê統治永遠延續。若是欲統治，欲繼續統治，就愛共現實感撨予亂。統治ê祕訣就是愛相信家己袂犯錯，koh兼有hit个權力通uì往過ê錯誤學教訓。

應該免啥說明，雙想上蚴路ê實行者就是發明雙想ê hit陣人，佄知影雙想是一个曠大ê心理欺騙系統。佇咱ê社會，上了解tsit-má咧發生啥ê人，mā是上看袂清tsit个世界ê實況ê人。一般來講，了解愈深，幻想愈重。人愈巧，愈起痟。有一个明證，就是人若社會地位愈懸，戰爭hi-si-tí-lī-à mā綴咧愈強。對戰爭ê態度上倚近理性ê人，是蹛佇爭議領土ê受奴役民族。對佄來講，戰爭不過是連紲ê災厄，像滇流洘流一擺koh一擺沖佇佄身軀頂。佗一爿戰iânn，lóng是完全無要緊ê代誌。佄知影土地換主，佄mā是做和進前仝款ê工課，只是替新ê主人做，新主人對待佄ê方式mā是佮舊--ê仝款。待遇比佄較好一屑仔ê勞工，也就是所謂ê「普魯仔」，佄ê戰爭意識時有時無。必要ê時，統治者mā會

當共佣thuh入去驚惶佮仇恨ê瘖狂狀態，毋過若由在佣去，佣mā有法度長期lóng袂記得戰爭當咧拍。正是佇黨組織內底，特別是內黨部，戰爭ê熱狂上正港。對征服世界上信篤ê人，正是上了解he無可能ê人。智識佮無知、虛無佮熱狂，像tsit款顛倒反ê代誌煞敨做伙，是海洋國社會一个上主要ê特徵。官方意識形態內底矛盾滿滿是，有時根本無實用理由著愛按呢。黨排斥、謗誹往過社會主義運動ê逐條主張，煞刁工攑社會主義ê名義來按呢做。黨公然鄙薄勞動階級，是幾世紀以來上厲害，煞為著仝原因，叫黨員穿往過手工勞動者咧穿ê制服。黨系統tik破壞家庭團結，煞用一个直接訴求家庭忠誠感ê名號來稱呼黨領袖。連共咱統管ê四个部，名稱mā真袂見笑刁故意和事實倒反。和平部管戰爭，真理部專門講白賊，慈愛部是咧káng刑--ê，冗剩部造成枵飢。Tsia-ê矛盾毋是意外，mā毋是來自一般ê偽善。Tse是雙想ê有意實行。共矛盾調和，權力才通永遠保持。自古以來ê循環欲tsām予斷，無別步。若是人類ê平等欲永遠避免，若是咱所謂ê頂層欲長久保持地位，社會普遍ê精神狀態就愛是受控ê瘖狂。

　　毋過到tann，有一个問題咱猶未面對，就是講：SĪ-ÁN-TSUÁNN人類ê平等著愛避免？假使頭前對tsit个過程ê機制描述有正確，tann tsit个欲共歷史佇某時陣

1984

擋止ê浩大koh精密ê計畫，動機是啥？

Tsia咱就來到祕密ê中心。像咱所看見，黨，特別是內黨部，個ê奧祕是倚靠雙想。但是koh較深--ê是原始ê動機，hit个無人捌質疑ê本能。是有tse，才會奪著權力，紲落來創造雙想、思想警察、長紲戰爭，佮其他必要ê規組家私。Tsit个動機，實際上就是……

Winston智覺著身軀邊靜tshinn-tshinn，就親像聽著新ê聲音會發現按呢。Julia敢若恬真久矣。伊倒坦敬，腰以上lóng無穿，喙頓khuè佇手，一liú烏鬃流過目睭，胸坎勻慢規律起落。

「Julia。」

無應。

「Julia，你有咧睏無？」

無應。伊咧睏。Winston冊合起來，細膩仔囥佇地板。人the落去，共被單giú起來兩人做伙蓋咧。

伊想，伊猶毋知影he盡極ê祕密。伊知影黨是ÁN-TSUÁNN-TSÒ矣，毋過猶是無了解SĪ-ÁN-TSUÁNN。第一章佮第三章全款，lóng無正經教著伊本底毋知ê代誌，不過是共伊已經有ê智識整理kah有系統。毋過讀了後，伊比進前較知家己無起痟。人袂因為身為少數，就準孤一个人ê少數，就成做痟--ê。世間代有ê是真，

有ê是假,你若是把握真實,就準佮全世界對抗,你mā毋是痟--ê。落日ê一條黃光uì窗仔斜斜仔照入來,拖佇枕頭頂。伊目睭kheh咧。伊ê面有日頭光,查某人iu-iu ê身軀共伊phīng咧,予伊生出有篤ê信心,通好安眠。伊真安全,一切好勢。伊那睏去,喙裡唸「精神健全毋是照統計」,感覺tsit句內底有足深ê智慧。

*****

精神ê時,伊感覺家己睏真久去,毋過看一下仔hit粒古早款時鐘,才20點30。伊眠一下,樓跤埕斗hit个深肺ê歌聲koh拚到位矣:

只不過是無望ê迷戀,
若4月ê一日liâm-mi走無跡,
毋過形影、話語佮夢想lóng來亂,
共我ê心偷提去矣!

Tsit塊a-lí-put-ta̍t ê歌若像猶未退流行,佇tsit區四界lóng聽會著,比〈仇恨之歌〉較長命。Julia聽著歌聲精神,伸一个有夠氣ê勻,uì眠床peh起來。

「我腹肚枵矣,」伊講。「咱koh來煮寡咖啡。哭

1984

枒!爐火化去矣,水mā冷去矣。」伊爐仔捾起來,搖搖咧。「內底無油矣。」

「咱會使共Charrington--ê討寡,凡勢。」

「奇--ê是我明明共油貯滇矣。我穿衫一下,」伊紲咧講。「敢若較寒來矣。」

Winston mā peh起來穿衫。Hit个毋歇睏ê聲koh唱:

個講時間會治療一切,
個講往事共當做煙;
毋過tsiah濟年ê笑容佮目屎
猶原咧掰我心肝底ê絃!

伊共連褲衫ê帶繫好,慢慢仔行tuì窗仔邊。日頭已經落到厝後壁,照無著埕斗矣。石板路澹澹,敢若挂洗過,天mā若洗過,煙筒喙之間ê藍鮮koh白。Hit个查某人行來行去,lóng袂忝ê款。喙裡衫giap仔含咧koh提出來,liâm-mi唱liâm-mi恬,共koh較濟塊尿苴仔giap去索仔頂,koh較濟,koh較濟。Winston咧想,tsit个查某人毋知是咧共人洗衫趁食,抑只是咧共伊ê 20抑30个孫做牛做馬。Julia行來邊仔,兩人做伙注神看下跤tsit个四壯ê身影,看kah誠心適。查某人有個性

260

ê姿態、伊攑向索仔ê大箍手、膨kah可比馬母ê尻川，Winston看著，頭一遍意識著伊真媠。伊毋捌想過一个50歲ê查某人，身軀生囝了後脹kah寸尺會驚人，koh予工課拖磨kah筋骨硬、皮肉粗，kua kah若過分ê結頭菜，煞koh會當媠。毋過都有影，總講，伊想，怎樣袂使？Hit sian實tsinn、線條糊去、袂輸一大塊花崗岩ê身軀，佮粗有赤紅ê皮膚，若和少女ê肉體比起來，就親像玫瑰果比玫瑰花。是按怎果子就愛毋值花蕊？

「伊真媠，」Winston nauh。

「伊he尻川清彩mā有一公尺闊，」Julia講。

「He就是伊ê風格ê媠，」Winston講。

Julia ê腰足瘦，Winston一肢手無費力就共箍攬咧。Julia邊片uì尻川到跤頭趺共phīng咧。Uì個兩人ê身體袂生囝仔出來。He是個絕對無法度做ê代誌。祕密kan-na會當怙喙講，uì一个心靈傳淡到另外一个心靈。樓跤hit个查某人無心靈，kan-na有粗勇ê手、燒烙ê性地，佮gâu生ê腹肚。Winston好玄tsit个查某人生過偌tsē囝仔，15个mā無意外。伊拍算mā捌有可比花蕊ê年月，媠kah若野玫瑰，只是真短暫，一年凡勢。Koh來就膨做一粒受粉ê果子hit款，koh變有、變紅、變粗。紲落來伊ê生活就是洗衫、lù塗跤、紩補、

1984

煮食、摒掃、拭椅桌、修理物件、lù塗跤、洗衫。頭先是為著囝兒咧辛苦，koh來為著孫，30外年無閬縫。按呢到tann，伊mā猶咧唱歌。Winston對伊生出神祕ê尊敬，tsit个心情毋知按怎koh和煙筒喙後壁he清淺無雲、延展kah遠無了盡ê天透濫做伙。想mā奇妙，每一个人lóng全款戴tsit塊天，佇歐亞國、東亞國抑tsia lóng全款。Tsit塊天下跤ê人mā lóng真siāng，四界、通世界、數千數萬數億人，毋知影彼此ê存在，予仇恨佮嚘話ê牆圍隔開，猶原是lím一模一樣。個毋捌學思考，只是共有一日會當將世界捘倒反ê力量儉佇個ê心肝佮腹肚佮筋肉內底。若是猶有希望，就是佇普魯仔當中！Tse定著就是Goldstein最後ê訊息，HIT PÚN TSHEH毋免共讀予完，伊就知矣。未來屬佇普魯仔。毋過伊敢會當確定，到普魯仔ê時代來ê時，個所起造ê世界，對伊Winston Smith來講，敢就袂親像tsit个黨ê世界hiah-nī生疏？無問題，伊確定。上無he會是一个精神健全ê世界。若有平等，就有可能精神健全。早慢會發生，力量會轉變做意識。普魯仔袂死，你kan-na看埕斗hit个猛勇ê身影就袂懷疑。路尾個會覺醒。Hit工凡勢koh 1000年才會來，毋過佇hit工來進前，普魯仔會面對一切困難，活落去，敢若鳥仔，共性命力uì一个身軀傳湠到另外一个身軀，tsit个性命力是黨所

無、mā刣袂死--ê。

「你敢會記得，」Winston講，「he頭一工佇森林ê邊緣，對咱唱歌ê hit隻鶇鳥？」

「伊毋是咧對咱唱，」Julia講。「伊是家己唱歡喜--ê。Mā毋是，伊就是咧唱niâ。」

鳥仔會唱歌，普魯仔會唱歌。黨袂唱歌。規tsit个世界，佇London佮New York，佇非洲佮巴西，koh有國境以外hia-ê神祕、禁止去ê土地，佇Paris佮Berlin ê街頭，佇露西亞無邊平洋頂ê田庄，佇中國佮日本ê市仔，四界lóng有全tsit款結實、袂征服ê身影。勞動佮生囝使個身材變形，一生拖磨猶原咧唱歌。必然有一日，一个有意識ê種族會uì hia-ê大箍腰肉生出來。恁是死人，未來是個ê。毋過恁猶是會當參與hit个未來，只要恁保持心靈活咧，親像個保持身體活咧，並且共二加二等於四tsit个祕密信念傳湠出去。

「咱是死人，」伊講。

「咱是死人，」Julia照份重複。

「恁是死人，」個尻脊後一个若鐵ê聲音講。

個兩人跳一下分開。Winston敢若腹肚內lóng結冰矣。伊看著Julia目睭烏仁箍圍lóng白去，面色變牛奶黃，頰溝骨頂ê紅粉跡捅現現，足成佮下底ê皮膚分開矣。

1984

「恁是死人,」hit个鐵ê聲音koh講一遍。

「佇hit幅圖後壁,」Julia喘一个氣講。

「佇hit幅圖後壁,」hit个聲音講。「踞原地,無指令mài振動。」

來矣,總算來矣!按怎mā無較縒,佣兩人kan-na會當目睭相對看。緊逃命,趁猶會赴走出tsit間厝,tsit款想法佣完全無。無法度想像毋遵守hit个uì壁發出來ê若鐵ê話聲。Tshiak一下,敢若是一个圈仔勼轉去,koh一个玻璃碎去ê聲。Hit幅圖落佇塗跤,本來ê所在一塊千里幕現出來。

「佣看會著咱矣,」Julia講。

「阮看會著恁矣,」hit个聲音講。「佇房間中央徛予好,尻脊對尻脊,雙手相握囥頭殼後。莫khap著對方。」

佣兩人無相磕,毋過Winston若像感覺會著Julia身軀咧掣。Mā可能是伊家己咧掣。伊kan-na會當叫家己ê喙齒莫顫,跤頭趺就毋聽話矣。樓跤有靴管噌步ê聲,厝內厝外lóng有。埕斗敢若lóng是人,有物體佇石頭塗跤頂hōng拖走。查某人ê歌聲雄雄擋恬。一陣真長ê khi-khi-khòk-khòk輾過去,敢若是洗衫桶hōng抨tuì埕ê另外一頭,koh來是規捾氣怫怫ê喝咻,以一聲痛苦ê哀叫收尾。

II-9

「Tsit間厝hőng包圍矣，」Winston講。

「Tsit間厝hőng包圍矣，」hit个聲講。

伊聽著Julia喙齒那相磕那講：「我想咱聽好講再會矣。」

「恁聽好講再會矣，」hit个聲講。然後一个真無仝ê人聲插入來，幼幼薄薄，斯文款，Winston有印象捌聽過：「拄仔好，講著tse，『蠟燭共你照路去眠床，大刀共你頷頸tsām予斷』！」

有物件落佇Winston背後ê眠床頂。一支長梯ê尾節uì窗仔搝入來，共窗仔框hám碎去。有人peh窗仔入來。樓梯有足tsē雙靴管咧傱ê聲。房間內底liâm-mi就lóng是穿烏制服、漢草結實ê查埔人。個跤穿鞋鼻包鐵ê靴管，手攑警棍。

Winston無koh顫矣。連目睭mā無啥振動。Tsit-má kan-na一項有要緊：mài振動，mài振動才袂予個有藉口共你摃！一个人行來伊面頭前停跤，伊下頦圓圓，形有成拚獎金ê拳擊手，喙kan-na一條足狹ê縫，大頭拇佮指指共警棍tēnn咧保持平衡，敢若咧想啥。Winston佮伊眼神相接著。人裼裼，手攑佇頭殼後，面佮身軀lóng展現現，tsit款感受實在予人袂堪得。Hit个人共白白ê舌尾伸出來，舐一下仔照講是伊喙脣ê所在，行過去矣。Koh聽著一个拚破ê聲。是有人共

1984

hit个紙䉵uì桌頂提起來,擽tuì壁爐ê底石,摔kah碎粉粉。

　　內底ê珊瑚輾過地毯,細細皺皺,粉紅仔粉紅,敢若雞卵糕頂頭剝落來ê糖霜玫瑰花莓。Tsiah-nī細粒喔,Winston想,原來就是tsiah-nī細粒!後壁有一聲喘koh一聲舂,伊ê跤目mā予人蹔一下足大力,險險徛袂在。Julia予一粒拳頭舂佇頂腹,腰彎--lueh,身軀若屈尺,跋佇塗跤kún-liòng,拍拚欲喘氣。Winston毋敢越頭,越一公厘都毋敢,毋過一半擺仔Julia反青、氣喘袂離ê面有入伊ê目尾。佇驚惶當中,伊猶原若像感受會著Julia ê疼,比催命ê疼koh較緊急--ê是著拚勢恢復喘氣。伊知影hit个感覺,he恐怖、激烈ê痛苦lóng佇咧,毋過猶袂赴受,因為tsóng--sī愛先會喘氣才講。Tsit-má兩个查埔人掠Julia ê跤頭趺佮肩胛,共人夯起來,袂輸捔一跤布袋,偝出去房間。Winston有lió著伊ê面,頂下倒反,歪斜無血色,目睭kheh咧,紅粉猶佇兩爿喙頰。Tse是伊上尾擺看著伊。

　　伊徛定定。猶無人共拍。一寡若像tsiâu無意義ê念頭家己從tuì頭殼內。伊疑想Charrington先生敢mā予佮掠起來矣,koh有埕斗hit个查某人有予佮按怎無。伊足想欲放尿,koh對tse略仔意外,因為伊兩三點鐘

前才放過。伊注意著壁爐台頂hit个時鐘指9,就是21點。毋過敢若傷光。8月ê暗時21點,毋是應該愛暗去矣?伊僥疑敢是伊佮Julia根本時間hut毋著去,凡勢個已經睏kah時鐘行一輾,精神ê時叫是才20點30,煞毋知都隔工早起8點30矣。毋過伊無綴tsit條思路koh想落去。無啥意思。

　　巷路有另外一个跤步聲,較輕。Charrington先生入來到房間。烏制服ê人舉止隨變較有站節。Charrington先生ê外表mā有一寡變化。伊ê視線對著玻璃紙砛ê碎片。

　　「共hia-ê phuè-á抾起來,」伊聲嗽嚴厲講。

　　一个人ànn落去照做。Hit个東London口音無去矣,Winston雄雄了解著頭拄仔uì千里幕聽著ê hit个聲是啥人。Charrington先生猶原穿伊hit領舊絨仔外套,毋過本來強欲tsiâu白ê頭毛tsit-má變烏矣,目鏡mā無掛矣。伊目神利閃閃共Winston捽一下,若像咧確認伊ê身份,koh來就無共tshap矣。伊人猶koh是會認得,只不過毋是仝一个人矣。伊ê身軀伸直矣,敢若有變較脹。伊ê面kan-na有一寡仔真幼ê改變,毋過已經有夠通完成大變身:烏目眉較無hiah密,皺痕消失,面ê線條敢若lóng調整過,連鼻仔mā敢若較短來。Tsit-má tse是一个量約仔35歲ê查埔人靈敏、冷酷

ê面。Winston想著，tse是伊人生頭一擺咧看一个伊已經知影是思想警察ê人。

III-1

　　伊毋知家己佇佗位。推測是佇慈愛部,毋過無地通確定。Tsia是一間懸天篷、無窗仔ê細間房間,壁lóng是白siak-siak ê thài-luh。藏咧ê電火發出冷冷ê光,共規房間淹滿,koh有一个低低、hm-hm叫ê聲無停,應該是佮輸送空氣有關係。一板闊度才拄好會坐得ê椅條抑是架仔沿壁鬥規輾,kan-na缺兩段,一段佇門口,另外是門對面,馬桶ê位,馬桶連柴坐墊都無安。四堵壁逐堵有一台千里幕。

　　伊腹肚有一个鈍疼,自個共伊縛起來、關入去箱仔車載走hit陣就咧疼矣。伊腹肚mā枵kah,咧咬人、會破病ê hit款枵。伊頂擺食到tann凡勢有24點鐘矣,凡勢是36點鐘。伊hông逮捕是早起抑暗時,伊猶是毋知,可能mā永遠無法度知。橫直自伊hông掠到tann lóng無通食。

　　伊佇狹tsinn-tsinn ê椅條頂盡力坐定,雙手相thah囥跤頭趺頂。伊已經學著愛恬恬坐咧。你若是任意振動,個會uì千里幕共你嚷。毋過枵餓感愈來愈烈。

1984

伊向望--ê mā 不過是一塊麵。伊臆伊ê連褲衫lak袋仔內猶有幾塊仔麵幼仔，凡勢koh有一塊袂細塊--ê，因為敢若有啥物不時咧ngiau伊ê腿。到尾欲揣食ê慾望iânn過驚惶，伊一肢手sô入去袋仔內。

「Smith！」一个聲音uì千里幕共喝。「6079號 Smith W.！監房內底手莫摸lak袋仔！」

伊koh再坐定，雙手相tha̍h囥跤頭趺頂。來到tsia進前，伊koh有hőng押去另外一个所在，hia應該是普通監館抑是巡警咧管ê臨時拘留所。伊毋知影伊佇hia跕偌久，上無有幾若點鐘；橫直無時鐘mā無日頭光，偌得度測時間。Hit个所在吵koh邪臭。伊hőng關佇一間佮tsit-má tsia真siāng ê監房，精差hia垃圾kah欲害，koh全時tsinn十个抑15个人佇咧。大部份是普通罪犯，幾个仔是政治犯。伊並壁恬恬坐咧，予別人thái-ko ê身軀挟來挟去，心思予驚惶佮腹肚疼占去，無睭--ê通tshap周圍。毋過伊猶是有注意著黨員囚犯佮其他人行放ê差別大kah異怪。黨員囚犯lóng恬恬驚驚，一般罪犯煞敢若逐項抑啥人mā無咧tshap。個會共警衛tshoh，私人物件hőng沒收ê時會激力hǎng-khóo，會佇塗跤寫邪淫ê字句，偷食想無是藏佇衫仔褲ê佗位偷紮入來ê物件，甚至千里幕咧喝令守規矩ê時，個koh會愈大聲喝轉去，連千里幕ê聲都崁過。另面，

270

III-1

個當中有ê人若像佮警衛關係koh袂bái，會叫警衛ê偏名，koh會講好話拜託佮uì門頂ê監視空抹薰入來。警衛對普通犯人mā略仔較寬容，就準需要粗魯對付佮ê時mā有較軟。佇hia話題定定講著勞改營，大部份囚犯心內有數會hőng送去hia。根據伊聽來--ê，佇勞改營，只要你關係好、捌鋩角，就「無要緊」。Hia逐款ê楔後手、大細目、損角都有，mā有同性戀佮娼妓，甚至有馬鈴薯激ê非法燒酒。會分著權威--ê lóng是普通犯人，特別是烏道--ê佮殺人犯，佮形成某種貴族階層。Thái-ko工課lóng是政治犯咧做。

各種囚犯入來出去無停，有藥販仔、賊仔、強盜、烏市--ê、燒酒醉--ê、做婊--ê。有ê酒鬼足暴力，著幾若个囚犯鬥力共壓制。一个害去ê大箍查某人hőng扛入來，60歲hia，大粒奶仔已經落垂。伊那踢那叫，liòng kah規卷規卷ōm-tsa̍t ê白頭毛sàm-sàm落來。四个警衛一人掠一肢跤手，共伊ê靴管剝落來，較免予踢著。尾手佮共伊抨佇Winston ê大腿頂，險仔共伊ê腿骨誓斷去。查某人身軀thènn直，向行出門ê警衛尻脊後tshoh「K——婊囝！」Tann發見家己坐佇啥物無平ê物件頂頭，才uì Winston ê跤頭趺趄落去椅條頂。

「失禮，少年家，」伊講。「毋是我欲共你坐--lueh，是hia-ê毋成囝共我揀--ê。佮毋捌按怎對待女

1984

士,你講著無?」伊停一下,胸坎搭搭咧,拍一个呃。「歹勢,」伊koh講。「我人真袂拄好。」

講了ànn頭前,吐規大港佇塗跤。

「較好勢矣,」伊講,向後壁the倒轉去,目睭kheh起來。「莫忍咧,我lóng按呢講。趁佇腹肚內猶koh鮮共捽捽出來,按呢。」

伊回魂矣,越頭koh共Winston相一下,相kah隨有趣味ê款。伊大箍手袚佇Winston肩胛,共勾較倚來,喙裡全bì-luh佮吐ê味,歕tuì伊ê面。

「你姓啥,少年家?」查某人問。

「Smith,」Winston講。

「Smith?」查某人講。「Tse就趣味矣。我mā姓Smith,hioh,」伊感傷講,「無定著我是恁老母咧!」

無定著伊是個老母,Winston想。查某人ê年歲佮體格lóng欲著欲著,koh再講,人若佇勞改營跎20冬,有寡改變mā是有可能。

此外就無人佮伊講話。想袂到一般罪犯tsiah-nī袂癮tshap黨員囚犯。個共個叫做「政tī-á」,看個無,對個mā無興趣。黨員囚犯足驚佮人講話,特別是佮同類。Kan-na有一擺,有兩个查某黨員佇椅條頂軁足相倚咧講話,吵鬧中伊拄好聽著個細細聲koh緊ê幾

字仔,較有印象--ê是啥物「it-khòng-it室」,聽無是啥。

　　伊hőng㤀來tsia拍算有兩點鐘抑三點鐘矣。腹肚ê鈍疼毋捌消去,只是有時仔較好、有時仔較bái,思路mā綴咧伸展抑勾縮。較bái ê時伊kan-na想著疼本身,koh有對食物ê渴想。較好ê時,伊就完全予驚惶占領。一半擺仔伊預見紲落來會拄著ê代誌,真實kah害伊心臟起狂傱,氣敨袂著。伊感受著警棍搝伊ê手曲,包鐵ê靴管踢伊ê骹胴;伊看著家己跪覆佇塗骹,斷幾若齒咧吱吼求饒赦。伊無啥想著Julia。伊無法度共心思囥定佇Julia身上。伊愛Julia,袂共反背;毋過tse是一个事實niâ,知就是知,親像知影算術ê規則,毋是感覺。伊甚至無啥去臆伊按怎矣。伊koh較捷想著O'Brien,心內有一絲仔希望咧閃爍。O'Brien應該知影伊hőng掠矣,伊講過兄弟會絕對袂去救成員。毋過伊有講著喙鬚刀片,個會想辦法送喙鬚刀片入來。無的確伊趁警衛猶未衝入來監房,有五秒鐘通動手。刀片會咬伊ê肉,若燒燙koh若冰冷,甚至連捏刀片ê指頭仔都會予切kah見骨。伊轉來到現實,伊厚症頭ê身體受一屑仔疼就會勾咧掣。就準有機會,伊mā無確定敢會使用hit塊喙鬚刀片。人較自然是欲愛加活一時仔,明知影終其尾是苦刑,mā甘願有koh加十分鐘ê性命。

1984

　　有時仔伊試欲算監房四壁頂幼瓷壁磚ê數量。應該真簡單，毋過逐擺伊毋是算kah tsia就是算kah hia袂記得。較捷伊憢疑伊人佇啥物所在，啊tsit-má是啥物時辰。有當時仔伊自認確定外口白日當頭，liâm-mi煞koh平確定外口烏kah若打馬膠。伊憑直覺知影，佇tsit个所在，電火永遠袂禁掉。Tse是一个無烏暗ê所在：伊tsit-má知影是按怎O'Brien若像有認出tsit句另外ê意思。慈愛部無窗仔。伊ê監房可能佇規棟建築物ê中心，mā有可能拄外牆；有可能佇地下十樓，mā有可能佇地上30樓。伊用想像tsia去hia去，想欲恃身體ê感覺來確認伊是懸懸佇空中，抑是佇地面下底深深ê所在。

　　外口有靴管行進ê聲。鋼門sak開，khòng一下足大聲。一个少年ê警官姿勢siak-phānn迒入來。伊人誠整齊，穿烏制服，皮革ê部份拭kah金金，敢若規个人咧發光；白白ê面線條直硬，親像蠟做ê殼。伊共外口ê警衛比一下，叫個人押過來。入來--ê是詩人Ampleforth，搖搖hián-hián。門koh khòng一下關起來。

　　Ampleforth徙跤一兩步，向tsit爿koh hit爿，毋知欲去佗，敢若咧想講有另外一扇門通好出去，佇hia罔揣。伊猶無注意著Winston在場，kan-na用焦慒ê

III-1

目睭咧繩Winston頭殼頂懸一公尺ê壁頂。伊無穿鞋,垃圾ê大肢跤指頭仔uì襪仔ê破空捅出來;喙鬚幾若工無剾矣,規個面到喙顊骨lóng毛tshàng-tshàng,若土匪,佮伊大tsâng卻虛弱ê體格和緊張ê動作真袂tàu-tah。

Winston本底人siān-siān,tsit-má小可仔振作起來。伊著佮Ampleforth講話,就準會予千里幕嚷mā愛冒險。無一定Ampleforth就是送喙鬚刀片入來ê人。

「Ampleforth,」伊共叫。

千里幕無嚷。Ampleforth停恬,略仔驚一趒,目睭慢慢仔對焦佇Winston ê面。

「啊,Smith!」伊講。「你mā!」

「你按怎入來--ê?」

「講真--ê——」伊動作hân-bān,佇Winston對面ê椅條坐落來。「罪都kan-na一種,敢毋是?」伊講。

「啊你有犯?」

「明顯是有。」

伊一肢手摸額頭,兩爿ê鬢邊抑抑咧,敢若欲回想啥物代誌。

「代誌就是按呢,」伊無清無楚開始講。「我想會

1984

起一件，大概算是。He是一个疏忽，無疑問。阮咧做Kipling詩集ê最後定版。有一逝我共『神（God）』tsit字囥佇上尾。我無法度啊！」伊講kah強欲起憤慨，擔頭看Winston。「Tsit逝根本無可能改。He愛鬥句ê字是『篙（rod）』。你敢知影規tsit个語言內底kan-na有12个字通佮rod鬥句？我想幾若工想kah頭殼強欲破去。TŌ SĪ無別字通鬥。」

伊換一个面色。原本ê氣惱消去矣，一時koh敢若咧歡喜ê款。一種智識ê溫暖、冊悾揣著無路用資訊hit款快樂佇伊面裡發光，塗粉佮喙鬚幼仔mā崁袂牢。

「你敢捌想過，」伊問，「規个英文詩ê歷史，lóng是英語真欠韻字tsit个事實決定--ê？」

無，Winston毋捌想過有tsit-hō代誌。伊mā無認為tsit-má講tse是有啥重要抑趣味。

「你敢知影tsit-má是啥物時辰？」伊問。

Ampleforth koh驚一个ê款。「我無啥去想著tse。個共我掠著是量約兩工──抑是三工前。」伊目睭那巡壁頂，敢若半向望會揣著一个窗仔。「佇tsit个所在是暝是日lóng無差。我mā毋知通按怎計算時間。」

兩人講東講西幾若分鐘，mā無特別因端煞去予千里幕喝，叫個安靜。Winston恬恬坐咧，雙手相疊。

III-1

Ampleforth人大tsâng，椅條傷狹坐袂四序，佇hia ngiȧuh來ngiȧuh去，相握ê兩肢長手liâm-mi囥tsit爿跤頭趺，liâm-mi囥hit爿。千里幕共嚷，叫伊莫振動。時間咧過。20分鐘，抑是一點鐘，僫講。外口koh有靴管ê聲矣。Winston臟腑勼縮。Liâm-mi、真緊，凡勢免五分鐘，凡勢tsit-má，靴管tsàm來到tsia，無的確就著伊矣。

門開--khui。清面ê少年警官伐入來監房，手簡單一下比，指Ampleforth。

「101室，」伊講。

Ampleforth予警衛挾咧，慢笨行出去，表情略仔不安，毋過無了解狀況ê款。

時間若像koh過不止久。Winston腹肚koh疼矣。伊ê心照全一个勢thām-thuī一遍koh一遍，敢若一粒球一擺koh一擺輾入去全款幾个縫。伊心肝內kan-na六項代誌：腹肚疼、一塊麭、血佮哀叫、O'Brien、Julia、喙鬚刀片。臟腑koh一下糾筋，是沉重ê靴管聲koh來矣。門一下開，撲過來ê風有足重ê清汗味。Parsons行入來，穿kha-ki短褲佮運動衫。

Tsit改Winston驚奇kah袂記得家己。

「Lí佇tsia！」伊講。

Parsons共Winston lió一下，眼神內底無趣味mā

無意外,kan-na悲慘。伊行一下停一下,現現是徛都徛袂在。只要伊共厚肉ê跤頭趺伸直,lóng看會出來兩肢跤咧掣。伊目睭開大大,無振動,袂輸咧繩半遠近ê啥物物件,目睭徙袂開。

「你是啥原因入來?」Winston問。

「思想罪!」Parsons講,喉強欲滇。伊ê話調聽會出伊完全認罪,煞mā有一種毋相信ê恐怖,毋相信tsit个詞竟然會適用佇伊身上。伊佇Winston對面停跤,熱切共訴求:「你想個應該袂共我銃殺乎?袂啦乎,兄弟--ê?若無實際做啥物代誌,只是想,家己無法度控制--ê,個袂按呢就共人銃殺乎?我知影個會予咱一个公平審判。Tse我信任個!個知影我ê記錄,敢毋是?Lí知影我是啥物款人。我自認毋是歹人。無巧,當然,毋過足積極。我lóng盡力為黨,敢毋是?我關五年就會當出來矣乎,著無?抑是十年?像我tsit款人佇勞改營內底會當足有路用。個袂因為我一擺踏差就共我銃殺啦乎?」

「你敢有罪?」Winston問。

「我當然有罪!」Parsons哀叫,用卑微ê眼神向千里幕看一下。「黨敢會掠無辜ê人,你想敢會?」伊hit个田蛤仔面較平靜矣,甚至有淡薄仔假虔誠。「思想罪是足恐怖ê物件,友--ê,」伊若咧教示。「足

III-1

奸--ê，你凡勢家己猶毋知就著著矣。你敢知我是按怎著著--ê？咧睏ê時！著，事實就是按呢。我逐日按呢拍拚做工課，盡責盡力，煞lóng毋知影家己頭殼內有歹物仔。啊我就講陷眠矣。你敢知影我講啥去hōng聽著？」

伊共聲音壓低，親像為著醫療ê理由有義務共啥物穢涗ê代誌講出來。

「『大兄哥予倒！』著，我就是按呢講！講一擺koh一擺ê款。Tse我對你講niâ，友--ê，好佳哉個緊共我掠著，代誌猶未koh較害。你敢知我出庭受審ê時會講啥？我會講『多謝，多謝恁趁猶會赴共我解救。』」

「啥人共你檢舉--ê？」Winston問。

「是阮寶貝查某囝，」Parsons講，悲傷內底濫驕傲。「伊uì鎖匙空偷聽，聽著第二工就去報巡邏--ê。七歲ê囡仔按呢算足巧乎？我完全袂怨伊。實在我koh為伊足驕傲。證明我有用正確ê精神共晟養，總講。」

伊liâm-mi徛liâm-mi坐幾若改，用足向望ê眼神看馬桶hit位，雄雄共短褲褪落來。

「失禮，友--ê，」伊講。「我擋袂牢矣，頭拄仔等傷久。」

伊共大尻川頓落去馬桶。Winston雙手共面掩咧。

1984

「Smith！」千里幕頂ê聲koh喝矣。「6079號Smith！面莫掩咧。監房內底lóng不准掩面。」

Winston共掩面ê手放--luaih。Parsons坐馬桶坐kah ping-ping-piàng-piàng。曷知馬桶煞故障袂沖得，規房間臭kōnn-kōnn，味幾若點鐘未散。

Parsons hőng炁出去矣。Koh較tsē囚犯來來去去，mā毋知是為怎樣。有一个查某hőng宣佈移送去「101室」，Winston注意著伊聽著tsit幾字ê時敢若咧掣，面規个變無全色。Tsit-má ê時間，若是伊hőng炁來tsia ê時是早起，就已經下晡矣；ah若伊來ê時是下晡，tsit-má就是半暝矣。監房內有六个囚犯，查埔查某lóng有，lóng坐kah真定。Winston對面坐一个查埔人，下頦lap-lap，喙齒giàng-giàng，袂輸一隻大型毋過無害ê giat齒類動物。伊ê喙頼厚肉有斑，若袋仔垂垂，看著真僫無去想講hit內底有藏一喙仔食物佇咧。伊笑賠色ê目睭tuì逐个人ê面巡來巡去，誠緊張ê款，便若佮人對著目就隨koh摔走。

門開矣，koh一个囚犯hőng炁入來，伊ê模樣予Winston隨交懍恂。都一个真普通ê查埔人，某種工程師抑技師ê款。真驚人--ê是伊焦瘦病蔫ê面，若一粒頭殼骨niâ。因為傷瘦，喙佮目睭看著大kah無合比例，目睭koh敢若滿貯對啥人抑啥代誌ê足殘、袂消ê仇恨。

III-1

　　Hit个人佇椅條頂坐落來，離Winston無遠。Winston無koh共看，毋過he痛苦ê賰骨頭ê面已經牢佇伊心內，親像正正佇目睭頭前。伊tshiak一下悟著tse是啥情形：Hit个人咧欲餓死矣。監房內差不多所有ê人lóng仝時想著tsit點ê款，規箍輾ê椅條頂起一陣細細聲ê雜音。Hit个lap下頦ê查埔人目睭那巡tuì hit个骨骸面，良心不安才巡tuì別位，好玄揤袂牢又koh巡倒轉來，按呢來來去去。伊開始坐袂牢，總算徛起來，踍手khê-khê行去對面，手伸入去連褲衫ê lak袋仔撏，歹勢仔歹勢共一塊仔烏sô-sô ê麭提予骨骸面ê查埔人。

　　千里幕掠狂一聲嚇，袂輸tân雷。Lap下頦--ê現跳起來。骨骸面緊共雙手收尻脊後，敢若欲共全世界證明伊有拒絕tsit份禮物。

　　「Bumstead！」千里幕ê聲音喝。「2713號Bumstead！麭tàn--lueh！」

　　Lap下頦男手放予麭落佇塗跤。

　　「徛踮hia，」hit个聲音講。「面向門，mài振動。」

　　Lap下頦男遵命，伊垂垂ê喙顉tsùn kah袂控制。門khòng一聲sak開。少年警官行入來，踏橫一步，後壁現出一个矮壯、手粗肩厚ê警衛。伊徛踮lap下頦男面頭前，綴警官ê指示，一个共規身軀重量砛落去ê恐怖

1984

重拳抨出去，mau佇lap下頦男ê喙。力頭共人bok kah跤離地，摔tuì監房另外一爿，跋佇馬桶底座頂。有一時仔伊若像昏去矣，深色ê血uì喙佮鼻流出來，敢若是無意識咧發足微弱ê tshǹgh抑hinn。然後伊píng身，怙手佮跤頭趺，lī-lōo-hián peh起來。破做兩半ê假牙槽綴一條血濫瀾，uì伊ê喙空落出來。

囚犯逐个坐咧無振無動，雙手相thàh囥跤頭趺頂。Lap下頦男爬轉去伊ê位。伊一爿面ê下半lóng烏去，喙腫做走形、櫻桃色ê一大丸，中央一空烏烏。

血一滴一滴津佇伊連褲衫ê襟。伊賠色ê目睭猶原uì一个面巡過一个面，比進前koh較自罪，敢若想欲看出經過tsit場羞辱，別人有佫看伊無。

門koh開矣。警官比一个小手勢，指定骨骸面。

「101室，」警官講。

Winston邊仔傳來生狂ê大喘大哀。Hit个人實實仆--lueh，跤頭趺跪塗跤，雙手握做伙。

「同志！長官！」伊吼。「恁毋免共我恁去hit个所在！我敢無一切lóng共恁講矣？恁koh有想欲知影啥？逐項我lóng招，逐項！共我講是啥我隨招！寫落來我隨簽——啥物lóng好！Mài 101室！」

「101室，」警官講。

Hit个人ê面本底就足死白矣，即時koh反一个

III-1

Winston若非親見袂相信ê色。He的確是一種綠色無錯。

「共我按怎lóng會使！」伊叫。「恁共我枒幾若禮拜矣。共收煞予我死。共我銃殺。共我吊死。共我判25年。恁koh有欲叫我出賣啥人無？共我講是siáng，恁欲愛啥我就招啥。是siáng、恁欲共按怎，我lóng無要緊。我有某佮三個囡仔，上大漢--ê猶未六歲。恁會使共個總掠來，佇我目睭前共個ê嚨喉割予斷，我會當徛咧看。毋過mài 101室！」

「101室，」警官講。

骨骸面起狂𧼛看其他ê囚犯，敢若咧想講通掠人替伊受害。伊目光停佇hit个lap下頦男hōng損歪去ê面，一肢瘦gih-gih ê手伸長長。

「Tsit个人，恁應該愛掠tsit个人才著，毋是我！」伊喝。「恁無聽著伊hōng舂了講啥。予我一个機會，我會一字一字共恁講。**伊才是**反黨ê人，毋是我。」警衛踏一步向前，伊換用吱--ê。「恁無聽著伊講啥！」伊重複。「千里幕故障矣。I TSIAH SĪ恁欲掠ê人。共掠去！毋是我！」

兩个粗勇ê警衛ànn落去掠伊ê手。Tng tsit時伊煞衝過地板，去握椅條ê一枝鐵跤。伊開始發一種無話語ê吼，若動物。警衛共揤咧，大力tsuān，欲伊放手，

1984

毋過伊用想袂到ê力頭扞絚絚。個共拖有大概20秒,其他囚犯lóng恬恬,雙手相thàh园跤頭趺頂,目睭看正頭前。吼聲停矣,hit个人除起扞牢,已經無加ê氣通用佇別位。Koh來是一聲無全款ê哀。是警衛靴管tsàm一下共伊一肢手ê指頭仔tsàm斷去矣。個掠跤共拖出來。

「101室,」警官講。

伊hőng押出去,跤步咧phiân,頭殼lê-lê,那撫伊碎去ê hit肢手。伊ê kún-liòng出盡矣。

Koh過足久。若是骨骸面hőng押走ê時是半暝,tsit-má就是早起;若hit陣是早起,tsit-má就是下晡。賭Winston孤一个,已經孤一个幾若點鐘矣。佇he狹椅條坐傷久,疼kah伊著不三時起來行行咧,千里幕無koh罵。Lap下頦男tàn--lueh ê麭猶koh佇hia。頭起先伊著真勉強家己mài共看,毋過tsit-má腹肚枵已經換喙焦矣。伊ê喙黏黏koh全惡味。Hm-hm聲佮無變化ê白燈光害伊欲眩欲眩,頭殼內虛虛。骨頭疼kah袂堪得ê時,伊著徛起來;一下徛koh著liâm-mi坐落來,因為眩kah毋知雙跤徛會在袂。便若肉體ê感覺小可仔會接載得,就換恐怖感koh轉來矣。有當時仔伊想著O'Brien佮喙鬚刀片,只是愈來希望愈消。刀片可能會藏佇食物內底送入來,毋過he mā著愛有食物送來。關係Julia ê念頭koh較薄。伊可能佇啥物所在受

III-1

加足傷重ê苦，可能tsit陣tng-teh痛苦吱叫。Winston想：「若是我會當受雙倍ê苦來救Julia，我會願意無？會，我會。」毋過tse只是一个智性ê決定，是伊自認為應該才下--ê。伊毋是用感受--ê。佇tsit个所在你啥物mā感受袂著，除起痛苦佮預知ê痛苦。Koh再講，當你實際咧受苦矣，你敢有可能有任何理由koh希望家己所受ê痛苦增加？毋過tsit个問題猶無法度回答。

靴管聲koh來矣。門開開。O'Brien行入來。

Winston跳起來。Tsit幕傷衝擊，伊ê警戒總予拍散矣。Tsē-tsē年來伊頭一遍袂記得有千里幕。

「你mā入來矣！」伊大聲叫。

「我入來足久足久矣，」O'Brien講，使一个溫和甚至悢心ê孽khiat-á。伊向邊仔踏一步。後壁出現一个闊胸坎ê警衛，手裡攑一枝長長ê烏警棍。

「Tse你知影，Winston，」O'Brien講。「Mài騙你家己。你早就知，你自來lóng知。」

著，伊了解矣，伊自來lóng知。毋過tsit-má無時間通想he。伊目瞤愛注意--ê kan-na警衛手裡hit枝警棍。He會bùt任何所在：頭殼頂、耳仔、手股、手曲──

手曲！伊un--lueh，跪佇塗跤，人強欲麻痺，另外一手共著棍ê手曲握咧。一切lóng爆炸做規片黃光。

1984

想袂著,想袂著摃一下會當疼kah tsiah-nī疼!光散去矣,伊看著佇兩个ànn目共看,警衛咧笑伊扭曲ê模樣。總講,一个問題已經回答矣:絕對,不管是為著世間任何理由,你lóng袂希望痛苦koh增加。對痛苦你kan-na希望一項:停止。世間無啥物比肉體ê疼koh較害。佇疼ê頭前無英雄,無英雄,伊一遍koh一遍想,勼佇塗跤扭,共廢去ê倒手握咧,較握mā無較縒。

III-2

　　伊感覺倒佇若像是行軍床ê頂頭，只是床有較懸，koh有伊hőng用啥物方式固定咧，袂振動得。敢若比進前koh較強ê光熠佇伊ê面。O'Brien徛佇伊邊仔，ǹg下專注共看。另外一爿徛一个穿白袍ê查埔人，手裡提一枝皮下注射筒。

　　目睭褫開了後，伊猶是沓沓仔才明白箍圍ê環境。伊感覺伊是uì一个佇足下底、真無全ê水下世界泅起來到tsia。伊跍佇下底hia偌久，伊毋知。自個共伊逮捕，伊到tann猶未看過烏暗抑日光。伊ê記憶mā無連紲。有幾若段伊ê意識停去，連睏眠中hit款意識mā無，後來koh再起動，中間就留空白ê闊縫。Tsia-ê闊縫是有幾日、幾禮拜，抑是kan-na算秒--ê，lóng無地通知影。

　　自手曲著警棍摃hit時，惡夢就開始矣。伊後來才了解，hit當陣發生ê一切只不過是一个起頭，一場差不多所有ê囚犯lóng會經歷ê訊問。有一大捾ê罪，間諜、破壞等等，是每一个人一定lóng愛招--ê。招是做

1984

體式,雖罔刑是真--ê。伊捌hőng拍幾擺,逐擺拍偌久,伊袂記得矣。橫直逐擺lóng有五六个穿烏衫ê同齊共款待。有時是用拳頭拇,有時是警棍,有時是鋼枝,有時是靴管。幾若改伊佇塗跤輾,像動物hiah-nī毋知體面,身軀勾咧伸咧,想欲閃踢過來ê跤,毋過閃袂完mā閃袂過,顛倒hőng tsàm kah愈忝,著pín-á骨、腹肚、手曲、跤胴、骱邊、羼核、尾脽。幾若改個拍kah伊感覺he正經粗殘、邪惡、袂原諒ê代誌,並毋是警衛共拍袂煞,是伊無才調逼使家己失去意識。幾若改伊神經失控到對方猶未動手,伊就哀饒命;抑是伊看著人拳頭拇攑咧當欲舂矣,就隨招,有影--ê抑想像ê罪總招。有幾若改伊自起頭就下決心毋招,結果逐字lóng著愛佇伊ê疼喘之間逼出來。Mā有幾若改伊軟弱想欲妥協,共家己講:「我會招,較等咧。愛擋到疼已經擋袂牢為止。Koh予tsàm三下,koh予tsàm兩下,我就會順個ê意招。」有當時仔伊hőng拍kah徛袂在,袂輸一袋馬鈴薯siàng佇監房ê石頭地板。個放伊佇hia幾若點鐘予恢復,紲落來koh拖出去拍。較長ê恢復時間mā是有,伊記無啥清楚,因為較捷伊毋是睏去就是昏去。伊會記得有一間監房內底有一頂柴枋眠床,有鬥佇壁頂ê架仔,有一跤錫ê面桶,飯頓有燒湯佮麭,有時koh有咖啡。伊會記得有一个粗魯ê剃頭師傅來共伊剾喙鬚

III-2

剪頭鬃,猶koh有重效率、無同情心ê白袍人來共度脈搏、測反射動作、掀目睭皮、用指頭仔大力共四界揤看骨頭有斷無、uì手股共注射予伊睏去。

　　個漸漸較無hiah捷共拍矣,拍變做主要是一款迫脅,用來共伊嚇,嚇講若是回答無予個滿意,就隨時愛koh受疼。訊問者毋是穿烏制服ê土匪矣,換黨ê智識份子,通常矮矮圓圓、動作緊猛、目鏡剄反光。個用交紲--ê,訊問一擺會問kah——伊想是十點鐘抑12點鐘,袂當確定。Tsit陣訊問者確保伊著一直受無嚴重ê疼,毋過個主要毋是怙予伊疼。個共搧喙頓、挼耳仔、掣頭鬃、叫伊用一肢跤徛、毋予伊去排尿、用強光炤伊ê面炤kah伊目油tshām-tshām流。毋過按呢做ê目的lóng kan-na是欲共侮辱,佮消滅伊反駁佮推理ê能力。個真正ê武器是長紲無慈悲ê盤問,一點鐘koh過一點鐘,引伊thut-tshê、挖陷坑予伊跋、共伊所講ê一切扭曲、掠伊每一句不實佮自我矛盾、共伊逼kah見笑兼神經疲勞哭出來。有時仔一節訊問內底伊會哭kah五六改。大部份時間個會大聲共罵,便若伊講話tiû-tû,個就迫脅欲koh共伊交予警衛。毋過有時仔個koh會雄雄換一个聲嗽,喊伊同志、用黨抑大兄哥ê名義共訴求,用悲傷ê聲說問伊敢講到tann伊對黨敢猶是無基本ê忠誠、無想欲改邪贖罪?Tng伊ê精神狀態佇盤問幾若點鐘了後已

1984

經破糊糊,連tsit款ê訴求mā有法度予伊目屎鼻水流。路尾lóng是tsit款詬詬唸予伊澈底崩心去,比警衛ê靴管佮拳頭較有效。伊變做kan-na是一支喙、一肢手,有啥物要求抾來,伊就照答照簽。伊關心--ê kan-na是明白伊欲愛啥,就趕緊招,較免koh hōng揲一輪。伊承認捌暗殺重要ê黨員、散發煽動ê傳單、侵占公款、出賣軍事機密、進行種種ê破壞。伊承認收東亞國政府ê錢做間諜,早自1968年就開始。伊承認伊信宗教、欣賞資本主義、男女關係亂來。伊承認謀殺伊某,雖然伊知、伊ê訊問者一定mā知伊某猶koh活咧。伊koh承認伊長年和Goldstein有直接咧聯絡,mā有加入一个地下組織,差不多全部伊所捌ê人lóng是成員。承認所有ê代誌佮牽連所有ê人加較簡單。Koh再講,在某種意義tse mā lóng是真--ê。伊都有影是黨ê敵人,啊uì黨ê角度,想佮做並無精差。

伊koh有別款ê記持,佇腦中一段一段鬥袂做伙,敢若一幅一幅ê圖,箍圍lóng是烏烏暗暗。

伊有印象佇一間監房內底,毋是暗就是光,橫直伊kan-na看會著一雙目睭。身軀邊有某種儀器勻慢、規律發出若鐘錶ê聲。Hit雙目睭變大koh變光。無張持伊煞uì坐位浮起來,騞去hit雙目睭內底,予吞入去。

伊hōng束縛佇椅仔頂,頂頭ê電火光kah使人眩,

III-2

邊仔lóng是各種磅錶。一个穿白袍ê查埔人咧讀錶面ê數字。外口有靴管沉重ê踏步聲。門khòng一聲開矣，面若蠟像ê警官伐入來，後壁綴兩个警衛。

「101室，」警官講。

穿白袍ê人無越頭，mā無看Winston，kan-na注神咧看hia-ê磅錶。

伊沿一條曠大ê走廊咧輾，廊道有一公里闊，煌煌金光充滿。伊那輾那放聲笑哈哈，弓上大ê音量喝出伊ê認罪供詞，逐項lóng招，連伊hőng刑ê時陣忍牢無招--ê mā招矣。伊是咧對已經知影伊ê全部性命史ê聽眾koh講述一遍。伊身軀邊koh有警衛、其他ê訊問者、穿白袍ê人、O'Brien、Julia、Charrington先生，逐家lóng做伙輾落去走廊，那叫那笑。原本有某一項恐怖ê代誌註定佇頭前，毋知按怎煞跳過無發生。一切lóng好勢，痛苦無koh來，伊人生最後ê幼項展現、被理解、hőng原諒矣。

伊僥疑敢是有聽見O'Brien ê聲，驚一下欲uì枋床跳起來。佇規个訊問過程，伊毋捌看著O'Brien，毋過感覺O'Brien離伊足倚，只是看袂著。是O'Brien咧主導一切。是O'Brien安排警衛去共刑，mā是O'Brien阻止伊共刑死。是O'Brien決定伊當時愛疼kah吱叫、當時愛歇喘、當時有通食、當時著去睏、當時愛有藥

1984

物注入去伊ê手股。是O'Brien問問題佮提供答案。伊是施虐者,是守護者,是法官,是朋友。有一擺——Winston袂記得是注藥了後抑是普通ê睏眠中,甚至是醒ê時,有一个聲佇伊耳仔邊細聲講:「免煩惱,Winston,有我咧共你顧。七年來我lóng咧共你看顧。Tsit-má到轉斡點矣。我會共你救,我會共你撨予tsa̍p-tsn̂g。」伊無確定he敢是O'Brien ê聲,毋過七年前就是全tsit个聲佇夢中共伊講「有一日咱會見面,佇一个無烏暗ê所在。」

伊袂記得伊ê訊問是按怎結束--ê。記憶有一段熄去,紲落來,伊tann所佇ê tsit間監房抑是房間,才漸漸仔佇伊箍圍清楚起來。伊坦笑倒平平,袂得振動,身軀每一个要緊ê部位lóng hőng向下圈咧,連後擴mā用某種方式固定咧。O'Brien ànn目看落來,沉重koh不止悲傷。Uì下跤看起去,伊ê面粗皮koh風霜,目睭下跤冗冗垂垂,疲勞ê皺痕uì鼻仔牽到喙頓,看著比Winston進前推測--ê koh較tsē歲,大概有48歲抑50歲。伊手下跤有一塊磅錶,頂頭有一枝桿,錶面顯示規箍輾ê數字。

「我有共你講過,」O'Brien講,「咱若是koh相見,就是佇tsit个所在。」

「著,」Winston回答。

III-2

O'Brien ê手小可一下振動,無任何警示,一陣痛疼共Winston規身軀灌透透。He是足使人驚惶ê疼,因為伊啥物都無看著,而且伊感覺已經著某種會致死ê傷。伊毋知影敢正經有hiah嚴重,mā毋知he敢是用電--ê,kan-na知伊身軀當咧走形,關節慢慢仔必開。伊疼kah額頭出汗,上害--ê是龍骨驚見會piak去。伊咬喙齒根,拚勢用鼻仔喘氣,想欲盡量mài出聲。

「你咧驚,」O'Brien繩伊ê面那講,「驚講liâm-mi啥物會斷去,特別是你ê龍骨。你心內畫面活現現,看著龍骨piak做一節一節,脊髓汁滴出來。你當咧想tse,無毋著乎,Winston?」

Winston無回答,O'Brien共磅錶頂頭hit枝桿扳倒轉來,痛疼隨消去,和來ê時欲平緊。

「拄才是40,」O'Brien講。「你有看著,tsit个磅錶頂頭ê數字上懸到100。咱那咧講話ê時,請你愛會記得,我有完全ê權力予你受疼。啥物時陣、啥物程度,lóng在我。你若是共我講半句白賊,抑是用任何方式誓玲瑯,甚至是表現較無你平常時ê聰明水準,你就會疼kah哀哀叫,即時。有了解無?」

「有,」Winston講。

O'Brien ê態度轉較溫和矣。伊細膩調整伊ê目鏡,踅一兩步。伊koh開喙ê時,聲音變kah客氣有耐心,

1984

khuì頭親像一个醫師、教師、甚至是牧師,急心欲解說佮苦勸,毋是欲處罰。

「對你我真下苦心,Winston,」伊講,「因為你值得tsit个苦心。你ê問題你家己知kah齊透。你已經知影幾若年矣,只是你lóng咧抵抗,佯毋知。你精神錯亂矣。你ê記憶出毛病。你無法度記真實ê事件,煞叫家己去記毋捌發生ê代誌。佳哉tse有醫。你毋捌自我治療,是你選擇毋。有一寡意志ê小小工夫愛下,只是你猶未準備好勢。就準到tann,我真清楚,你猶毋肯共你ê病放掉,因為你掠做he是好德行。咱來舉一个例:tsit-má,海洋國是佮佗一个強權咧相戰?」

「佇我hōng掠hit時,海洋國是佮東亞國咧相戰。」

「佮東亞國。好。而且海洋國自來lóng是咧佮東亞國相戰,著無?」

Winston歎一口氣。伊開喙欲講毋過無講,目光牢佇磅錶頂頭徙袂開。

「照實講,請,Winston。講LÍ Ê事實。共我講你所會記得--ê。」

「我會記得佇我hōng逮捕ê一禮拜進前,咱猶根本毋是咧佮東亞國相戰。個佮咱是聯盟。咱本底是咧佮歐亞國相戰,戰有四年矣。Koh較進前——」

III-2

O'Brien使一个手勢共阻止。

「Koh一个例,」伊講。「幾年前你捌有一个真嚴重ê幻覺。有三个往過ê黨員,號做Jones、Aaronson佮Rutherford,個犯叛國佮破壞ê罪,招認完整kah袂當koh較完整,了後hőng處決矣。你相信個無犯hia-ê罪。你相信你捌看著袂看差ê文件證據,證明個ê招供是假--ê。你ê錯覺內底有一張相片。你相信你捌實實共拈佇手--ê。Hit張相片就是親像按呢。」

一塊長篙形ê剪報出現佇O'Brien ê指頭仔之間。有量約五秒uì Winston ê角度看會著。He是一張相片,是佗一張無疑問。就是HIT張。Jones、Aaronson佮Rutherford佇New York一場黨集會翕ê相片。11年前伊拄好看著,liâm-mi就共銷毀矣。Tsit-má全hit張相佇伊目睭前出現一下,隨koh無去矣。毋過伊看著矣,確確實實看著矣!伊拚命忍疼,欲共頂半身掌起來,毋過一公分都徙袂振動,tuì佗一爿lóng全款。Tsit tiap伊連磅錶都無想著,kan-na想欲共hit張相片koh拈佇手裡,上無koh看一下。

「有tsit張!」伊大聲叫。

「無,」O'Brien講。

O'Brien徛起來,行去房間另外一爿,hia ê壁頂有一个記憶空。O'Brien共格仔網掀起來。袂赴看見

1984

影,hit塊細細薄薄ê紙就予燒風捲去,予火鬃化去矣。O'Brien斡倒轉來。

「火烌,」伊講。「Koh毋是看會出來ê火烌。是块埃。無hit个物件,從來就無。」

「毋過拄才有!Tsit-má mā有!佇記憶內底。我會記得,你mā會記得。」

「我袂記得,」O'Brien講。

Winston心冗--lueh。是雙想。伊感覺澈底無望。若是伊有法度確定O'Brien咧騙,敢若就無要緊矣。毋過全然有可能O'Brien正經袂記得hit張相片矣。若是按呢,伊mā已經袂記得伊有否認會記得相片,而且袂記得有共放袂記得。你欲按怎確定tse只是咧變弄?無定著hit款腦筋相被ê狀況正經會發生,正是tsit个想法使伊感心。

O'Brien看落來,若咧思考啥,比進前koh較成一个老師苦心咧牽教一个狡怪毋過會向望得ê囡仔。

「有一句黨標語是咧講控制往過,」伊講。「若是會使,請你唸一遍。」

「啥人控制往過,就控制未來;啥人控制現時,就控制往過,」Winston順從照唸。

「啥人控制現時,就控制往過,」O'Brien講,停一下才頕頭表示認可。「以你ê意見,Winston,往過

III-2

敢有真實存在?」

無助感koh一擺罩佇Winston身上。伊共磅錶lió一下。伊毋但毋知影愛回答「有」抑「無」才通救伊免受痛苦,伊甚至毋知影家己相信佗一个才是真--ê。

O'Brien微微仔笑一下。「你毋是形上學者,Winston,」伊講。「存在是啥物意思,到tsit陣你猶毋捌思考過。我講較精確咧,往過敢有佇空間內底具體存在?敢有一个啥物所在,一个有實在物體ê世界,佇hia往過猶koh咧發生?」

「無。」

「若是按呢,往過存在佇佗位,準講有存在?」

「佇記錄內底。有寫落來。」

「佇記錄中。猶koh有咧?」

「佇頭殼內。佇人ê記憶中。」

「佇記憶中。誠好。咱,tsit个黨,控制所有ê記錄,mā控制所有ê記憶。按呢咱就控制往過,敢毋是?」

「但是你欲按怎阻止人會記得?」Winston叫,koh一遍袂記得磅錶。「He都毋是自願--ê,毋是家己有法得。你欲按怎控制記憶?你就無控制我ê!」

O'Brien ê態度koh嚴厲起來,共手囥佇磅錶頂。

「拄好倒反,」伊講,「是Lí無咧控制。就是按

1984

呢你才會來tsia。你佇tsia是因為你袂曉謙卑佮自我規訓。順服才會精神正常，毋過你毋肯順服。你較愛做一个痟--ê，做孤一个人ê少數。Kan-na有規訓ê心看會著真實，Winston。你認為真實是客觀--ê，外部--ê，以自身ê資格存在。你koh認為真實ê性質是自證自明--ê。當你騙你家己講看著啥物件，你假設別人mā看著全款ê物件。毋過我共你講，Winston，真實毋是佇外部。真實存在佇人類ê心內，無別位。毋是佇個人ê心內，個人會犯錯，而且免偌久就消亡矣。真實唯佇黨ê心內，he是集體佮不朽--ê。不管是啥，黨認定是真理--ê，就是真理。無透過黨ê目睭，無可能看著真實。Tse是你愛重學習ê事實，Winston。Tse需要一个自我拆毀ê行動，一个意志ê工夫。你愛放較謙卑咧，精神才會轉正常。」

伊停一時仔，若像咧等家己ê話予Winston吸收。

「你敢會記得，」伊繼續，「你捌佇日記內底寫講『自由就是講出二加二等於四ê自由』？」

「會，」Winston講。

O'Brien共倒手攑起來，手盤向Winston，大頭拇勾咧，另外四指伸直。

「我伸幾肢指頭仔，Winston？」

「四肢。」

III-2

「準若黨講毋是四肢,是五肢,按呢是幾肢?」

「四肢。」

Tsit个回答隨接一聲疼喘。磅錶ê針衝起去55。汗uì Winston規身軀拚出來。空氣舂伊ê肺,koh出來化做痛苦ê hainn,喙齒咬較ân mā無效。O'Brien那看伊,四肢指頭仔猶伸咧。伊共桿扳轉來。Tsit擺疼kan-na小減niâ。

「幾肢指頭仔,Winston?」

「四肢。」

錶針走kah 60。

「幾肢指頭仔,Winston?」

「四肢!四肢!我koh會當講啥?Ah就四肢啊!」

錶針一定koh升懸矣,毋過伊無共看。Hit个重硬、嚴厲ê面容佮四肢指頭仔猶佇伊眼前,四指若柱仔tshāi咧,足大,看著霧霧koh敢若咧搖,毋過就是四肢無毋著。

「幾肢指頭仔,Winston?」

「四肢!緊擋,緊擋!你哪會lóng袂煞?四肢!四肢!」

「幾肢指頭仔,Winston?」

「五肢!五肢!五肢!」

299

1984

「毋著,Winston,按呢無效。你咧烏白講。你猶koh認為是四肢。幾肢指頭仔,講看覓?」

「四肢!五肢!四肢!你講幾肢就幾肢。緊停就好,mài koh共我刑!」

Koh來伊就坐佇O'Brien身軀邊矣,O'Brien手幔伊肩胛。伊無定著有失去意識幾秒。縛伊身軀ê圈仔已經敨開矣。伊感覺足寒,掣kah袂控制,喙齒khók-khók叫,目屎uì喙頓輾落來。一時伊敢若一个嬰仔,倚phīng佇O'Brien身軀,幔伊肩胛ê hit肢大肢手煞予伊真安慰。O'Brien若像伊ê保護者,拄才ê痛苦是uì外口別位來--ê,O'Brien是會當救伊ê人。

「你學了真慢鈍,Winston,」O'Brien溫柔講。

「我哪有法度?」伊用hinn--ê講。「我目睭看著--ê我哪有伊法?二加二就是四啊。」

「有ê時陣,Winston,有ê時陣是五。有ê時陣是三。有ê時陣lóng是。你愛較拍拚咧。欲變精神正常毋是簡單ê代誌。」

伊koh予Winston倒眠床頂,跤手koh束起來。只是疼已經退去,mā無koh顫矣,賰虛佮寒。O'Brien向白袍人頕頭一下,拄才ê過程中一直徛邊仔無振動ê hit个人行過來,ànn腰倚近觀察Winston ê目睭、摸伊ê脈、一爿耳仔貼伊ê胸坎聽,koh tsia搭hia搭,然後共

300

III-2

O'Brien頕頭。

「Koh來,」O'Brien講。

疼koh流迴Winston身軀。錶針的確是到70抑75矣。Tsit改伊共目睭瞌起來。伊知影O'Brien ê指頭仔猶佇hia,猶是四肢。唯一要緊--ê是tsit條命愛擋到tiuh疼結束。伊無koh管家己有哀出來無。疼koh較轉和矣。伊目睭peh開。O'Brien已經共機桿扳轉來。

「幾肢指頭仔,Winston?」

「四肢。我想是四肢。若有法度我mā想欲看著五肢。我咧試看覓共看著五肢。」

「你較愛按怎?予我相信你看著五肢,抑是你正經看著?」

「正經看著。」

「Koh來。」O'Brien講。

指針檢采佇80、90矣。Winston想袂起tse痛苦是按怎會發生,一時仔都想袂起來。伊目睭皮瞌ân-ân,hia-ê指頭仔若樹林,koh親像咧跳舞,幹來踅去,有ê覗去別肢後壁,koh再出現。伊想欲共算,mā想袂起來是按怎愛算。伊kan-na知影伊算無路來,敢若是因為四佮五之間有神祕ê一致性。疼koh退去矣。伊目睭peh開,發見猶是看著全款ê情景:算袂清ê指頭仔若像樹仔咧徙位,tuì各方向流來流去,交叉koh交叉。伊

1984

目睭koh瞌起來。

「我攑幾肢指頭仔，Winston？」

「我毋知。我毋知。你koh用he會共我創死。四肢，五肢，六肢——我實在正經毋知。」

「有進步，」O'Brien講。

一枝針tshak入去Winston ê手股。差不多是即時，一陣幸福、療治ê燒烙感流透伊規身軀。疼已經半袂記得矣。伊目睭peh金，用感恩ê眼神看O'Brien，頂懸hit个面重硬、厚皺痕，足bái mā足聰明。伊ê心敢若píng-liàn-tńg。若是伊會當振動，伊會伸一肢手khuà佇O'Brien ê手股。伊毋捌像tsit-má愛伊tsiah深，毋但是因為伊共痛疼擋停止。以早ê感覺koh轉來矣，講到地O'Brien是朋友抑敵人並無重要。O'Brien是一个會當交談ê人。凡勢比起被愛，人koh較想欲被了解。O'Brien共刑kah lím起痟，而且免koh偌久，伊的確就會送伊起行赴死。He lóng無差。某種意義tik tse關係比友誼koh較深，個是換帖--ê。就準永遠袂明講，個有一个所在通見面講話。O'Brien ànn目共看，表情敢若透露伊心內mā有全款ê想法。伊開喙，用一个輕鬆、唎開講ê氣口。

「你敢知影你佇佗，Winston？」伊問。

「我毋知。若我臆，是佇慈愛部。」

「你敢知影你佇tsia偌久矣?」

「我毋知。幾工,幾禮拜,抑幾月日。我想是幾月日。」

「以你想像,阮是按怎共人恁來tsia?」

「叫人招認。」

「毋著,he毋是原因。Koh講看覓。」

「共人處罰。」

「毋著!」O'Brien喝。伊ê聲音大變,面色mā隨轉嚴厲koh激動。「毋著!毋是kan-na欲逼恁招,mā毋是欲共恁處罰。敢愛我共你講是按怎阮共你恁來tsia?是為著欲共你治療!欲你變正常!你敢知,予阮恁來tsia ê人,無一个會治無好就離開?恁犯啥款白痴罪行阮lóng無趣味。黨對外顯ê行為無趣味,思想才是阮關心--ê。阮ê敵人阮毋但是共消滅,阮共個改造。我講ê意思你聽有無?」

伊ǹg Winston ànn落來。倚近ê面看著足大khian,uì下跤看bái kah足討厭。He表情koh暢kah強欲起痟ê款。Winston ê心koh一擺收縮。若是會使,伊想欲勼入去床內底。伊感覺O'Brien定著是惡性爆發,欲去扳he機器矣。Siáng知O'Brien tsit時煞越轉身,起來行一兩步,koh紲落去講,態度無hiah雄矣:

1984

「首先你愛了解，佇tsit个所在無殉道tsit款代誌。你捌讀過以早ê宗教迫害。佇中古時代有宗教裁判所，he lóng失敗矣。個是欲消除異端，結局是予異端永久延紲落來。一个異端份子予個縛佇火刑柱燒死，就有幾千个koh puh出來。哪會按呢？因為宗教裁判所共個ê敵人公開處決，而且佇個猶毋悔改ê時共個處決，實際上，就是個毋悔改才共個處決。犯人正是毋放棄個真正ê信仰來死--ê。當然，光榮就屬佇犧牲者，全部ê恥辱lóng歸共個燒死ê裁判所。後來到20世紀，有所謂ê極權主義，包括德國ê Nazi佮露西亞ê共產黨。露西亞迫害異端比宗教裁判所koh較酷刑。個想講個有uì往過ê錯誤學著教訓，個知影無論如何毋通製造烈士。個代先刁工用步數共受害者ê尊嚴損損碎，才拖去公開審判示眾。個共犯人刑虐、孤身關監，共個折磨kah變做卑鄙無尊嚴ê術仔，叫個招啥就招啥、家己tshoh-kàn家己，koh會互相牽拖、掠人替死、哭求饒命。但是過無偌tsē年，全款ê狀況mā是koh發生：死者成做烈士，個ê見笑代逐家mā無印象矣。Koh一遍，是按怎？因為自頭個ê招認就明顯是硬逼出來--ê、是假--ê。阮袂犯tsit款ê錯誤。佇tsit个所在招ê代誌lóng是真--ê，阮共變做真--ê。特別是阮不准死者koh起來共阮反抗。你mài koh數想講以後ê世代會共你平反。以後ê世代聽都

304

III-2

袂聽過你。阮會共你uì歷史ê溪流裡hôo掉，hôo kah清清氣氣。阮會共你化做氣體，噴起去平流層。你連塊埃都袂賰，無一本名簿內底有你ê名，mā無一个活人ê頭殼會記得你。你會hōng自往過佮未來lóng拊掉，你自來毋捌存在過。」

若按呢，哪著加無閒共我刑？Winston想，一陣艱苦心。O'Brien跤步擋停，袂輸聽著Winston共tsit个想法大聲講出來。伊大koh穩ê面倚來，目睭bui狹狹。

「你咧想，」伊講，「既然阮都欲共你拊kah離離，你講啥、做啥lóng一屑仔都無差，若按呢，阮是按怎koh欲費氣費觸先共你刑咧？你咧想tse，敢毋是？」

「是，」Winston講。

O'Brien略仔笑一下。「你是圖樣內底ê缺角，Winston。你是一跡愛鑢掉ê垃圾。我拄才敢毋是有共你講阮和往過ê迫害者lóng無仝款？消極ê順服阮無滿意，koh較卑屈mā無夠。阮欲愛你上尾是照你ê自由意志共阮投降。阮袂為著異端者抵抗就共個消滅，實際上是個若猶咧抵抗，阮就袂共個消滅。阮叫個改信，阮掠著個ê內心，阮共個改造。阮共個ê惡性佮迷夢lóng火化掉，共個氽來阮tsit爿，毋是表面上，是真真正正，

1984

uì心佮靈魂。予個死進前,阮共個變做阮ê人。阮袂容允錯誤ê思想猶koh存在佇世間ê任何所在,毋管是偌祕密、偌弱勢。就準是人死ê hit當陣,阮mā不准伊有思想偏差。佇古早時代,異端者行向火刑柱猶是異端者,koh歡頭喜面咧喝個ê邪說。連露西亞大打整ê被害者,行佇刑場路欲去食銃子ê時,反逆思想mā猶是鎖佇個頭殼碗內底。若阮,是共頭殼處理kah十全矣才共pōng掉。古早ê專制政權是命令「你袂使」,極權政權是命令「你著愛」,阮命令「你就是」。阮吂來tsia ê人,無一个會koh再反對阮。阮lóng共in洗予清氣。連你捌相信是清白ê hit三个了然ê叛徒,Jones、Aaronson佮Rutherford,路尾mā予阮收服矣。個ê訊問我個人有參與,看著個慢慢仔漚去,哀啦、求啦、哭啦,到路尾就lóng毋是痛疼佮驚惶矣,賰tshàm悔。結案ê時個不過是人殼niā-niā矣。殼內底kan-na賰對家己往過行為ê悲傷遺憾,佮對大兄哥ê愛。看個hiah-nī敬愛大兄哥,實在使人感動。個koh懇求阮趕緊共個銃殺,趁個ê心猶清潔。」

伊ê聲音變kah親像咧陷眠。拄才hit款樂暢佮悾顛ê熱狂猶佇面裡。伊毋是咧假,Winston想,伊毋是偽信者,伊相信家己講ê每一字。Winston心肝頭誓上重--ê,就是了解家己智識輸O'Brien。伊看hit个厚

III-2

重但是優雅ê身影徙步來來去去，行入koh行出伊ê視界。O'Brien是一个各方面lóng比伊較大ê存在。伊有想過抑是會想著ê主意，無一个毋是O'Brien足久以前就知影、檢討過koh已經駁斥--ê。伊ê心智PAU-HÂM Winston ê。若是按呢，O'Brien哪有可能是痟--ê？百面是伊Winston，才是痟--ê。O'Brien停落來，共ànn看，聲音koh再轉嚴厲。

「Mài想像講你會當救你家己，Winston，不管你對阮投降kah偌徹底lóng mài想。無一个踏差ê人會得著饒赦。就準阮決定放你享天年，你mā永遠走袂離開阮。你佇tsia所經歷是永遠--ê。Tsit點愛先了解。阮會共你修理kah袂翻頭ê地步，準你活1000年也袂恢復。你永遠無才調koh再有普通人ê感受。你會uì內底死透透。愛、友情、生活ê快樂、笑面、好奇、勇氣抑誠實，你永遠無法度koh再享受。你會變kah空空空。阮共你擠予空，才koh共阮家己灌入去內底。」

伊暫停，共白袍人比一个手勢。Winston意識著有啥物重型機器sak來到伊ê頭後壁。O'Brien佇床邊坐落來，面和伊ê面倚平懸。

「3000，」伊uì Winston頭殼頂共白袍人講。

兩塊軟墊uì兩爿共Winston ê鬢邊捋咧，感覺溼溼。伊畏一下。Koh著受疼矣，新ê疼法。O'Brien一

1984

肢手囥伊ê手頂頭,共伊安搭,欲成親切款。

「Tsit改袂疼,」伊講。「目睭掠定看我ê目睭。」

即時起一个毀滅ê大爆炸,抑是敢若是爆炸,雖罔有聲無mā無確定。橫直有爍一个予人目眩ê強光。Winston無感覺疼,只是虛去。伊本底就坦笑倒咧,煞莫名感覺是tsit-má hőng hmh一下才倒做tsit个姿勢。一个爽快袂疼ê力共伊身軀thián kah平平平。頭殼內底mā有啥物咧發生。目睭koh再會當對焦ê時,伊會記得家己是啥人、佇佗位,mā會認得咧共伊䌈ê hit个面。毋過啥物所在有一大塊空白,若像伊腦ê一部份hőng挖掉矣。

「Tse袂久,」O'Brien講。「看我ê目睭。海洋國咧佮佗一國相戰?」

Winston想一下。伊知影啥物是海洋國,mā知影伊是海洋國ê公民。伊會記得歐亞國和東亞國,毋過伊毋知影佗一國咧佮佗一國相戰。事實上,他毋知影有任何戰爭。

「我袂記得矣。」

「海洋國當咧佮東亞國相戰。你tsit-má會記得袂?」

「會。」

「海洋國自來lóng咧佮東亞國相戰。自你性命ê起頭,自黨ê起頭,自歷史ê起頭,tsit場戰爭直直咧拍無斷過,自來lóng是仝一場戰爭。Tse你會記得袂?」

「會。」

「11年前你創作一个故事,是關係三个犯叛國罪hőng處死ê人。你假影你捌看著一張紙通證明佮清白。無hit款ê一張紙捌存在。是你發明--ê,後尾你家己愈想愈信。你tsit-má會記得你發明tsit个故事ê hit當陣。你會記得袂?」

「會。」

「拄才我攑我ê手指頭仔予你看。你看著五肢。你會記得袂?」

「會。」

O'Brien伸倒手ê指頭仔出來,kan-na大頭拇收咧。

「Tsia有五肢指頭仔。五肢你有看見無?」

「有。」

伊確實有看見,kan-na一霎仔久,心內ê情景就koh變矣。伊看著五肢指頭仔,koh毋是破相hit款--ê。紲落來一切就koh正常矣,進前ê驚惶、仇恨、迷茫lóng koh瀰轉來矣。Tsóng--sī拄才有短短一時仔,毋知偌久,30秒凡勢,代誌光燦明確,O'Brien ê

1984

逐个新提示lóng共伊心內空ê一塊補起來，而且成做絕對ê真理；若是需要，二加二欲做三抑做五mā lóng無問題，lóng平輕鬆。Tsit个感覺佇O'Brien手放落來進前消去。伊無法度重體驗一遍，毋過伊會記得，親像人會記得人生中家己和tsit-má真無仝ê時期某一段鮮活ê經驗。

「你看著矣，」O'Brien講，「tse絕對做會到。」

「是，」Winston講。

O'Brien徛起來，真滿意ê款。Winston看著徛佇伊倒爿ê白袍人共一枝翕風管遏斷，koh倒抽一枝射筒ê窒仔。O'Brien向Winston文文笑一下。蓋成照伊ê在來風格，伊共鼻仔頂ê目鏡撨一下。

「你敢會記得你佇日記內底有寫，」伊講，「講我是朋友抑敵人並無重要，因為上無我是一个了解你koh通佮你講有話ê人？你講了著。我真佮意和你講話。你ê心智我誠有趣味，佮我ê足成，精差你無拄好起痟矣。佇咱tsit个回合收煞進前，你會使問問題，若是你想欲問。」

「我欲問啥lóng會使？」

「欲問啥lóng會使。」伊看著Winston共視線對佇he磅錶。「He切掉矣。你ê頭一个問題是啥？」

「恁共Julia按怎矣？」Winston問。

III-2

　　O'Brien koh文笑一下。「伊反背你矣,馬上,無保留。我罕得看著tsiah緊共阮投誠ê人。你若koh看著伊,拍算會真歹認。伊ê反逆、欺騙、愚gōng佮穢涗心態,lóng予阮捽了了矣。Tse是一擺十全ê改信,一个教科書案例。」

　　「恁共刑?」

　　O'Brien無回答。「下一題。」伊講。

　　「大兄哥敢有存在?」

　　「當然有。黨存在,大兄哥是黨ê體現。」

　　「伊敢是像我存在按呢存在?」

　　「你無存在,」O'Brien講。

　　無助感koh一擺共攻擊。Hia-ê證明伊無存在ê論點伊了解,上無mā想像會著。毋過he是五四三,只是咧耍文字。「你無存在」tsit个聲明,敢無一个路則ê荒謬佇內底?毋過講tse有啥效?伊想著O'Brien會用來共伊辯倒ê hia-ê無法度回應ê痟論點,心焦蔫去。

　　「我認為我存在,」伊瘤瘤講。「我知影我家己ê身份。我捌出世,我會死。我有跤有手。我佇空間內底占特定ê一个點。無另外ê物體會當全時占全一个點。照tsit个意義,大兄哥有存在無?」

　　「He lóng無重要。伊存在。」

　　「大兄哥會死袂?」

1984

「當然袂。伊哪會死?下一題。」

「兄弟會有存在無?」

「Tse,Winston,你永遠袂知影。就準阮共你結案了後選擇放你自由,你koh活到90歲,你mā永遠袂知影答案到底是有抑是無。你規世人tse lóng是心內袂解答ê謎。」

Winston恬去。伊ê胸坎起落略仔緊。伊猶未問伊上頭先想著ê hit个問題。伊著愛問,毋過喙舌煞若像袂出聲。O'Brien面裡有一跡愛笑,連目鏡都抹一沿剛洗ê光。Winston liâm-mi想著,伊知影,伊知影我欲問啥!當咧想,話就焐出來:

「101室內底是啥?」

O'Brien ê表情無變化,冷淡回答:

「你知影101室內底是啥,Winston。逐家lóng知影101室內底是啥。」

伊共白袍人比一肢指頭仔。看來tsit節愛煞矣。一枝針揳入去Winston ê手股。伊lím即時落眠。

III-3

「你koh再變做正常人,愛經過三个坎站,」O'Brien講。「學習、了解,koh來是接受。Tsit-má好來到第二个坎站矣。」

佮平常仝,Winston坦笑倒平平,只是近來束縛有較冗矣。伊全款hőng固定佇床頂,毋過跤頭趺會用得加減伸勾,頭會當越tsit爿越hit爿,手下節會當撋。磅錶mā無hiah-nī恐怖矣。伊若是回答緊koh巧,就通閃過酷疼。較捷lóng是伊表現kah傷gōng ê時O'Brien才會扳桿仔。有當時仔個規節問話進行了,lóng無用著he機器。伊袂記得經過幾節矣,規个過程親像長kah袂煞,大概是算禮拜--ê;節佮節之間有時仔閬幾若工,有時仔kan-na歇一兩點鐘。

「你倒佇hia不時咧僥疑,甚至捌共我問,」O'Brien講,「講是按怎慈愛部欲開tsiah tsē時間佮工佇你身上。Tse佮你進前自由ê時咧困擾--ê,本質tik是仝一个問題。你所生活ê tsit个社會ê機制你會當明白,毋過做底ê動機你就毋知。你敢會記得,你捌佇日記寫

過，講『我了解ÁN-TSUÁNN-TSÒ，我無了解SĪ-ÁN-TSUÁNN』？你就是咧思考tsit个『是按怎』，想kah疑心家己精神敢有正常。你有讀HIT PÚN TSHEH，Goldstein ê冊，上無有讀一寡。冊敢有共你講啥物你本底毋知ê代誌？」

「你有讀？」Winston問。

「冊是我寫--ê。我是講，我有參與寫作。冊lóng毋是個人單獨寫--ê，tse你知。」

「冊內底講--ê敢有影？」

「描述ê部份，有影。若冊內提出ê方案，he是烏白講--ê。講智識暗中粒積、啟蒙慢慢仔淡開、路尾來一个普魯階級造反，共黨㧎倒。你mā料會著伊欲講tse。He lóng烏白講--ê。普魯階級永遠袂造反，1000年抑1萬年lóng袂。個無才調。理由免我共你講，你本底就知。若是你捌懷抱啥物暴力反亂ê夢想，你著愛共hìnn-sak。黨無可能hőng㧎倒。黨ê統治是永遠--ê。共tse當做你思考ê起點。」

伊行較倚床。「永遠！」伊重複。「Tsit-má咱轉來hit个『按怎做』佮『是按怎』ê問題。黨ÁN-TSUÁNN維持權力你真了解矣。來，共我講阮SĪ-ÁN-TSUÁNN愛共權力搦牢牢？阮ê動機是啥？是按怎阮欲控權力？來，做你講，」伊看Winston恬恬，紲咧

講。

　　Winston猶原一兩時仔無講話。一个ià-siān ê感覺共伊軋過。O'Brien ê面koh開始爍hit款熱狂、起痟ê薄光。伊知影O'Brien會講啥：黨毋是為本身ê目的來追求權力，lóng是為著多數人ê利益。黨追求權力，是因為群眾是意志弱koh軟汫ê生物，個無法度承受自由抑面對真實，個著愛接受統治，並且予比個較強ê人系統tik來欺騙。人類是佇自由佮幸福之間決選擇，啊對大部份ê人來講，lóng是幸福較好。黨是荏弱大眾永遠ê守護者，是一个奉獻ê團體，為著善ê結果來做惡ê工課，為著眾人ê幸福來犧牲家己。害--ê是，Winston想，害--ê是若O'Brien講出tsit套，伊會信。Uì O'Brien ê面就看會出來，伊逐項lóng知。Tsit个世界是生做啥款、大眾ê生活是偌漚、黨是用啥物款ê欺騙佮暴力來共個控制，tsia--ê，O'Brien lóng比伊加捌1000倍。萬般O'Brien lóng清楚，mā lóng計算過，橫直lóng無差，為著he盡極ê目的，萬般lóng會使合理化。面對一个痟--ê，Winston想，tsit个痟--ê比你較巧，伊予你公平ê機會表達你ê論點，聽了猶原痟性毋改，你欲按怎佮伊辯？

　　「恁ê統治是為阮好，」伊講kah氣真虛。「恁認為人類無適合自我管理，毋才——」

1984

　　伊趖一下,險仔大聲哀出來。一港足強ê疼貫規身軀。是O'Brien共he磅錶ê桿仔sak一下到35度。

　　「你咧講gōng話,Winston,有夠gōng!」伊講。「你應該有才調講kah比tse較成款。」

　　伊共桿仔扳轉來,koh講落去:

　　「我共你講tsit个問題ê答案。聽予好。黨追求權力,完全是為著家己。阮才無咧關心別人ê利益;阮kan-na興權力。毋是財富、奢華、長命抑快樂。Kan-na權力,純粹ê權力。純粹ê權力是啥意思,你等咧就知。阮佮往過ê寡頭政權lóng無仝款,無仝在佇阮知影家己咧創啥。個其他--ê,就準佮阮真類似--ê,mā只是術仔佮偽善者。德國ê Nazi佮露西亞ê共產黨,手段佮阮足成,毋過個lóng無勇氣通承認家己ê動機。個用伴--ê,凡勢koh正經相信,講個奪權是姑不將、是暫時,講天國近矣,人類隨會得享受自由平等矣。阮才無按呢。阮知影無人奪權是欲koh共權力放掉。權力毋是手段,權力就是目的。毋是建立獨裁來保衛革命,是發動革命來建立獨裁。迫害ê目的就是迫害。刑虐ê目的就是刑虐。權力ê目的就是權力。按呢你開始聽有未?」

　　Winston搏察著O'Brien ê面足疲勞,伊進前mā捌搏察著。Tsit个面結實、有肉、粗殘,滿面聰明koh有

III-3

一款會撙節ê熱切，伊看著感覺無助。毋過tsit个面mā真疲勞。目箍làu-làu、皮膚uì喙頓骨垂落來。O'Brien ànn過來，刁工共hit个萎蔫ê面伸較倚。

「你咧想，」伊講，「想講我ê面老koh歹。你想講我咧講權力，其實我連家己身體漚去都無能力通阻止。你敢是無了解，個人只不過是一个細胞？細胞ê朽壞是有機體ê新生。你鉸指甲人敢會死去？」

伊躽身離開刑床，koh開始行來行去，一肢手插lak袋仔。

「阮是權力ê祭司，」伊講。「神就是權力。毋過tsit-má對你來講權力只是一个詞。權力到底是啥物意思，你mā聽好了解一下矣。頭先你愛理解，權力是集體--ê。個人無權力，除非伊毋是個人。你知影黨ê口號講「自由就是奴役」。你敢捌想過tsit句mā會使囥倒反？奴役就是自由。孤單ê人，就準自由，一定是會hōng拍敗。必然如此。因為每一个人lóng註定愛死，tse是所有ê失敗當中上大ê失敗。毋過假使個人會當全然、透底順服，會當共伊ê身份放掉，會當將家己併入去黨，變做伊TŌ SĪ黨，伊就力量無限、袂死袂滅矣。第二項你愛理解，權力是對人--ê。權力支配身體，毋過上主要是支配心智。對物質，抑是所謂ê外在現實ê支配，並無重要。橫直阮已經絕對控制物質矣。」

317

1984

Winston一時仔無tshap磅錶。伊出一个雄力欲坐起來,無成功,顛倒身軀láu一下疼kah。

「恁欲按怎控制物質?」伊喝出來。「恁都無法度控制氣候佮重力定律。猶koh有疫病、痛苦、死亡——」

O'Brien使手勢叫伊恬。「阮控制物質,因為阮控制心智。現實佇頭殼碗內底。你會一點仔一點仔學著,Winston。無一項是阮做袂到--ê。隱形、浮佇空中——lóng會使。我若是欲,我會當跤離地,敢若一粒sap-bûn波浮咧。我無想欲按呢,因為黨無想欲按呢。你著愛放揀hia-ê關係自然律ê 19世紀觀念。自然律是阮定--ê。」

「恁才無!恁連tsit粒行星ê主人都毋是。歐亞國佮東亞國koh按怎講?恁mā猶未共個征服。」

「無重要。阮都合好ê時就會共個征服。就準阮無,敢有啥差別?阮共個閘佇外口個就無存在矣。海洋國就是世界。」

「毋過世界只是一粒仔块埃。人類根本至細,細kah無路用!人類存在才偌久?有幾若百萬年地球根本都無人蹛。」

「烏白講。地球佮咱平濟歲,無較老。伊欲按怎較老?若毋是透過人ê意識,無物件會存在。」

「毋過岩石內底有足tsē絕種動物ê骨頭——長毛象、奶齒象佮大型ê爬蟲類，佇人猶毋知是啥貨以前足久足久就存在矣。」

「Hia-ê骨頭你敢捌看過，Winston？當然毋捌。He是19世紀ê生物學者發明--ê。佇人類進前啥物lóng無，若是人類有一工會無去，了後mā啥物lóng無。人類身外啥物lóng無。」

「毋過規个宇宙lóng是佇咱身外。看hia-ê恆星！有ê是佇100萬光年外。永遠mā佇咱去會到ê範圍外口。」

「啥物是恆星？」O'Brien無要無意應。「離tsia幾公里遠ê火sap-á niâ。阮若欲mā去會到，抑是共伊鬩掉。地球是宇宙ê中心。太陽佮恆星踅地球箍圍行。」

Winston袂自主koh趒一下，tsit改伊無講話。O'Brien袂輸聽著伊ê抗議，繼落去講：

「以某一寡目的來講，he當然毋是真--ê。咱若是咧駛船航海，抑是咧預測蝕日，tsit陣咱假設地球咧踅日頭、恆星有幾若兆公里hiah遠，通常會感覺較利便。毋過he koh按怎？無你敢想講阮無才調設一个雙重ê天文學體系出來？恆星會使近會使遠，看阮ê需要。你叫是阮ê數學家做袂到？雙想你是袂記得矣？」

1984

　　Winston佇床頂勼倒轉去。不管伊講啥，緊速ê回應lóng像一枝大棍仔共hám kah扁去。毋過伊知，伊TSAI-IÁNN，伊才是著--ê。講除起你ê心智以外無任何事物存在——tsit款觀念定著有法度證明錯誤--honnh？敢毋是足久以前就捌hōng搝破是誤謬？Hit个觀念koh有一个名，伊想袂起來矣。O'Brien共ànn看，喙角摸一逝淺笑出來。

　　「我共你講過，Winston，」伊講，「形上學毋是你ê強科。你想欲想起來ê hit个名詞是唯我論。毋過你hut毋著矣。Tse毋是唯我論。你若歡喜，會當共叫集體唯我論。毋過tse是一个無仝ê物件，窮實，是拄好倒反。Tsia離題矣，」伊換一款聲嗽。「真正ê權力，阮著愛暝日拚勢爭取ê權力，毋是支配事物ê權力，是共人支配。」伊停一下，koh恢復一个校長剛共一个巧學生考ê氣頭：「一个人欲按怎對另外一个人行使權力咧，Winston？」

　　Winston想一下，回答講：「予伊受苦。」

　　「規欉好好。予伊受苦。服從無夠。除非伊咧受苦，無，你欲按怎確定伊是咧遵守你ê意志，毋是伊家己ê？權力是施加痛苦佮侮辱。權力就是共人ê心智拆kah碎碎，才koh照你ê意思鬥做新ê形狀。阮咧創造--ê是啥物款ê世界，你敢開始看有矣？Tse佮古早hia-ê改

革者想像ê白痴ê享樂主義理想國拄好倒反。Tse是一个驚惶佮反背佮折磨ê世界，一个káng跐踏佮hóng跐踏ê世界。Tsit个世界愈改進就會jú酷刑，毋是愈仁慈。佇阮ê世界，進步ê意思就是koh較tsē痛苦。舊ê文明自稱是建立佇愛佮正義頂頭。阮ê是佇仇恨頂頭。佇阮ê世界內底，除起驚惶、憤怒、勝利和自卑之外，袂koh再有任何情緒。其他ê一切阮lóng會共毀滅，一切。阮當咧共uì革命以前留落來ê思考習慣拍破。阮已經共囡仔佮爸母、查埔佮查埔、查埔佮查某之間ê連結切斷。無人敢koh再信任個ê某囝抑朋友。毋過將來連翁某佮朋友mā lóng無。囡仔一下出世就會hóng抱離開個ê阿母，親像雞卵hóng uì雞母hia扶走。性本能會hóng消除。生湠會變做一个年度ê程序，敢若配給卡換新。阮會共性高潮廢揀，阮ê神經科醫師tng-teh研發解方。將來除起對黨忠誠以外無忠誠，除起愛大兄哥以外無愛。除起慶祝共敵人拍敗ê笑聲以外mā無笑聲。以後mā無藝術，無文學，無科學。阮無所不能ê時，就袂koh再需要科學矣。媠bái ê差別mā袂koh有。好奇心、人生過程ê享受，lóng無。礙著黨意ê一切快樂lóng會hóng毀滅。毋過永遠——tsit點毋通袂記得，Winston——掌權力ê爽快永遠lóng會佇咧，直直增強，直直變精巧。永遠，隨時，勝利ê樂暢，跤踏一个無助ê敵人ê感

1984

覺,mā lóng會佇咧。你若是欲愛一幅未來ê圖像,想像一跤靴管踏佇一个人ê面頂頭——永遠踏咧。」

伊停落來,若像咧等Winston講話。Winston koh想欲勾轉去床面下底。伊無話通講,伊ê心敢若結冰矣。O'Brien koh講:

「愛會記得,tse是永遠--ê。Hit个人面會永遠hőng踏佇下底。異端份子、社會公敵,lóng會永遠佇咧,佇咧才通予阮直直拍敗佮侮辱。你自予阮掠著以來所經歷ê一切,lóng會接續,koh較忝。間諜活動、反背、逮捕、刑虐、處決、失蹤,lóng永遠袂停止。He會是一個恐怖ê世界,mā無較加無較減是一个勝利ê世界。黨愈有力,就愈袂寬容;反對者愈弱,專制就愈嚴。Goldstein佮伊ê黨徒會永遠活咧。逐工、逐時陣,個lóng會hőng拍敗、抹臭、恥笑、呸瀾,毋過個會一直活咧。過去七年我共你搬ê戲齣mā會一遍koh一遍搬落去,一个世代koh一个世代,形式lóng變koh較幼路。阮永遠lóng會有異端份子在阮欲刑欲赦,個會痛苦哀叫、精神崩壞、尊嚴總無,路尾澈底悔罪,uì家己ê手中得救,自願爬到阮ê跤前。Tse就是阮咧佈置ê世界,Winston。勝利koh勝利,慶功koh慶功koh慶功ê世界,權力ê神經直直nuá,nuá無停。我看會出來,你開始裡解hit个世界會生做啥款矣。毋過上尾你

會毋但是了解，你會接受、佮意、加入。」

Winston總算恢復氣力通講話。「恁無才調！」伊荏荏仔講。

「你tsit句是啥物意思，Winston？」

「恁無才調創造一个你拄才描述ê hit款世界。你咧陷眠。無可能。」

「是按怎？」

「一个文明無可能建立佇驚惶佮仇恨佮酷刑頂頭。He絕對袂擋久。」

「按怎袂？」

「Hit款文明會無元氣，會解體，會自殺。」

「烏白講。你叫是仇恨比愛較費力。是按怎一定按呢？就準是，有啥差別？設想阮採選欲共咱人類操予較緊歹。設想阮共人生ê節奏挨予緊，30歲就老矣。按呢有啥無全？你敢無了解個人ê死亡毋是死亡？黨是袂死--ê。」

Koh一擺，Winston予tsia-ê話搙kah毋知欲按怎。伊mā驚若是伊koh掠硬鼻，O'Brien會koh扳hit台機器。毋過伊無法度恬恬。伊揣無論點通支持家己，賭對O'Brien所描述hit个世界講袂清楚ê驚惶，伊猶原荏聲反駁。「我毋知——我mā無要意。恁會失敗就著矣。橫直有啥物物件會共恁拍敗。性命會共恁拍敗。」

1984

「阮控制性命,佇所有ê層次,Winston。你咧想像有一个叫做人性抑啥--ê,有一工會予阮激怒,起來共阮反抗。毋過人性是阮咧創造。人ê伸勾是無限--ê。抑是你凡勢以前ê想法koh扶轉來矣,想講普魯階級抑是奴隸會起來共阮偃倒。Mài想hia--ê矣。個lóng無效,參動物全款。黨才是人類。其他--ê lóng無算,無相關。」

「我無要意。路尾個會共恁拍敗。個早慢會看捌恁是圓--ê扁--ê,個會共恁lì kah碎糊糊。」

「你敢有看著任何證據講tse有咧發生?抑是有任何理由會發生?」

「無。我就是相信。我TSAI-IÁNN恁會失敗。Tsóng--sī宇宙內有一个啥——我毋知,精神抑是法則抑啥--ê——是恁永遠無法度克服--ê。」

「你敢有信神,Winston?」

「無。」

「若按呢he是啥,hit个會共阮拍敗ê法則?」

「我毋知。人ê精神。」

「你認為你家己敢是一个人?」

「是。」

「若是你是一个人,Winston,你就是上尾ê hit个人。你ê類絕種矣,阮是後繼者。你敢了解你是

KOO-TSİT-Ê?你佇歷史ê外口,你無存在。」伊ê態度koh變矣,講kah愈硬:「你自認道德比阮較高尚,阮規喙嘟瀐koh酷刑,是毋?」

「是,我自認較高尚。」

O'Brien無講話。有另外兩个聲音咧講話。Winston聽一時仔,聽出有一个就是伊家己。He是進前伊佮O'Brien對話ê錄音,就是伊志願加入兄弟會ê hit暝。伊聽著家己承諾欲欺騙、偷盜、偽造、謀殺、使唆食毒佮嫖妓、傳穢性病、用硫酸潑囡仔ê面。O'Brien無耐性ê手勢小比一下,敢若咧講tsit个展示免koh展落去矣。伊捘一个開關,聲音停止。

「起床,」伊講。

束帶開開矣。Winston踏佇塗跤先ànn低,才hián咧hián咧徛起來。

「你是上尾ê一个人,」O'Brien講。「你是人類精神ê守護者。你著看一下,看你家己真正ê模樣。衫仔褲褪掉。」

Winston連褲衫ê捋鍊早就hőng拆掉換做縛帶矣,伊共縛帶敨開。自hőng掠以來,伊敢捌tang時做一改共衫仔褲總褪掉,伊想袂起來。佇連褲衫內底,伊ê身軀kan-na tînn幾塊仔垃圾黃黃ê破布,會認得是內衫褲賰ê部份。伊共破布lóng遛落來hiat塗跤,看著

1984

房間內較遠hit爿有一組三面鏡。伊行過去,煞koh擋跤,禁袂牢吼出來。

「Koh行,」O'Brien講。「徛佇三面鏡ê中央。邊爿你mā愛看。」

伊是驚著矣才停落來。向伊倚來--ê是一个彎曲、陪暗、koo-lôo款ê物體。Hit个形影本身就足hánn人矣,毋但是伊知影he就是伊家己。伊行koh較倚鏡。Hit个生物面敢若捅出來,是姿態曲痀所致。He是一个無望落魄ê監囚面,uì額頭禿kah頂頭去,鼻仔歪tshuàh,喙䫌骨烏青凝血,兩粒目睭惡koh警戒,喙䫌總皺痕,喙muah-muah。免講tse就是伊ê面,毋過伊感覺tsit个面若像變了比伊內勢變koh較tsē,面表現ê情緒應該和伊所感覺無一致。伊半禿頭矣,拄影著伊叫是伊頭鬃mā反白矣,實際上he只是陪陪ê頭皮。除起雙手kah面ê一塊,伊規身軀lóng陪陪,是牢足久ê垃圾仔。垃圾仔下底,紅色ê傷痕tsia一稜hia一稜,倚跤目ê爛瘡發癢發kah皮膚一塊一塊liù落來。毋過正經恐怖--ê是伊身軀消瘦kah無款。骿支骨現現ê身胴狹kah若一副骨骸,跤腿落肉落kah跤頭趺較粗大腿。伊tsit-má知影是按怎O'Brien叫伊看邊爿。龍骨痀ê程度看著會掣。薄板ê肩胛彎tuì頭前,胸坎敢若lap一空,賰骨頭ê頷頸親像予頭殼ê重量筶kah重倍彎。若是予伊臆,

伊會講tse是一个著惡症ê 60歲查埔人ê身體。

「你有時仔咧想，」O'Brien講，「想講我ê面——一个內黨員ê面——看著臭老koh風霜。啊你看你家己ê面啥款？」

伊共Winston ê肩胛掠牢，共伊人踅過來，兩人面對面。

「你看你tsit-má ê狀況！」伊講。「你看你規身軀ê thái-ko-nuā-lô。看你跤縫ê垃圾仔。看你跤目hit跡看著就想欲吐ê流湯爛瘡。你敢知你臭kah若山羊？無定你無感覺矣。你看你焦瘦kah啥物款形矣。你敢知？我用大頭拇佮指指就會當共你ê手肚仁箍起來。我有法度像遏一枝紅菜頭按呢共你ê頷頸遏斷。你敢知自你予阮掠來，你已經瘦25公斤？連你ê頭鬃mā規把規把咧落。你看！」伊手伸去Winston頭殼頂搝一下，隨挈一縒頭毛落來。「喙擘開。九、十，你koh有11支喙齒。你初來阮tsia ê時有幾支？連tsia賰ê無幾支mā冗冗欲去欲去矣。看tsia！」

伊用有力ê大頭拇佮指指共Winston一支頭前齒捏咧。一陣暴疼週Winton規下頦。Hit支喙齒予O'Brien uì根搝起來，挵去壁角。

「你當咧爛去，」伊講；「你當咧崩去散去。你是啥？一袋垃圾物。來，你踅轉來，鏡koh共看。你有看

1984

著面頭前hit个物件無？He就是上尾ê一个人。你若是人類，he就是人性精神。衫仔褲穿起來。」

　　Winston開始穿衫，動作慢koh硬tsiānn。到tann進前，伊敢若lóng猶毋捌注意著家己偌瘦偌荏。伊心內kan-na一个想法咧抐：伊佇tsit个所在定著比進前咧臆--ê koh較久矣。伊那共hia-ê破布掛予好，無張持，tsit个敗敗去ê身軀真無捨施ê感想害伊情緒袂堪得。猶未意識著，伊就跋佇眠床邊ê一隻椅頭仔頂，流目屎吼出來。一副配垃圾內衫褲ê瘦骨，坐佇iànn-iànn ê白光下跤咧哭，有偌歹看、偌無尊嚴，伊了解，毋過伊擋袂牢。O'Brien共一肢手囥佇伊ê肩胛，親切款。

　　「代誌袂永遠按呢，」伊講。「只要你欲，你隨時會當走脫。一切lóng愛看你家己。」

　　「恁害--ê！」Winston tsheh-tsheh啼。「是恁我共害kah tsiah-nī悽慘落魄。」

　　「毋是，Winston，是你家己造成--ê。自你決定欲反黨ê時，你就接受矣。一切lóng包含佇he起頭ê行動內底。發生ê代誌無一項你料無著。」

　　伊小停一下，koh紲咧講：

　　「阮共你修理，阮共你創kah規組害去。你看著你身軀是啥款矣，你ê心理mā是全款狀態。我無認為你猶koh會當偌有自尊。你hőng踢、hőng抽、hőng侮

III-3

辱,你疼kah哀哀叫,佇塗跤你家己ê血kah嘔吐物內底輾。你哭求饒赦,你共所有ê人佮一切lóng反背矣。有佗一項見笑代你猶未做過,你敢想會著?」

Winston停止啼,目屎猶koh uì伊ê目睭咧滲。伊攑頭看O'Brien。

「我無反背Julia,」伊講。

O'Brien用理解ê表情看落來。「著,」伊講,「完全正確。你無反背Julia。」

對O'Brien ê尊敬又koh佇Winston ê心滇滿,hit款奇怪ê尊敬若像是無論如何袂消滅。足聰明,伊想,足聰明--ê!伊咧講啥O'Brien lóng毋捌捎無。換做規地球另外任何一个人,lóng會隨應講伊Ū反背Julia。敢講猶有啥物物件,伊猶未予個刑kah lóng講講出來?伊對Julia所知ê一切伊早就招出來矣:Julia ê習慣、個性、往過ê人生,koh有個兩人逐擺見面當中上幼ê細節,伊共Julia講啥、Julia共伊講啥、個uì烏市買啥來食、個通姦、個無具體ê反黨構想,逐項。就準按呢,就伊講hit个詞欲表達ê意思,伊無反背Julia。伊無停止愛伊;伊對伊ê感情猶是無變。O'Brien有掠著伊ê意思,無需要解說。

「共我講,」Winston問,「個偌緊會共我銃殺?」

329

1984

「無定會koh真久,」O'Brien講。「你是一个歹處理ê個案。毋過mài放棄希望。每一个人早慢lóng治會好。路尾阮會共你銃殺。」

III-4

　　伊加真好勢矣。伊逐日lóng加較有肉，mā加較有體力，是講毋知照日算有適合無。

　　白電火光佮hm-hm叫ê聲lóng原在，毋過監房有比伊進前蹛過ê hit幾間lóng較四序矣。枋床頂有一粒枕頭佮一塊苴仔，邊仔koh有一隻椅頭仔通坐。個有共洗一擺身軀，然後予伊一跤錫浴桶，不三時通家己洗，koh有燒水通用。個予伊新ê內衫褲佮一軀清氣ê連褲衫、共伊ê爛瘡抹藥膏予較爽快咧。個koh共伊賰ê喙齒挽掉，共鬥一副假喙齒。

　　幾禮拜抑幾個月定著是有矣。伊若是有想欲算日子，mā是會算得，因為個tsit-má敢若是有閬規律ê時段予伊食。伊估算每24點鐘內底會食著三頓；有時仔伊僥疑伊是暗時抑日時咧食。食物好kah想袂著，三頓就有一頓食會著肉。有一擺koh kah一包薰。伊無番仔火，毋過hit个共送飯ê毋捌講話ê警衛會借火予伊。頭先伊suh一下足艱苦，毋過伊擋過來矣，koh來就逐頓後食半枝，一包食不止仔久。

331

1984

　　伊予伊一塊手提ê白枋，有一橛鉛筆縛佇枋ê一个角。頭起先伊無共使用。就準伊無咧睏，人mā siān-tauh-tauh。伊四常一頓食飽了後就the咧，到下一頓來，罕得振動。有時仔咧睏；有時仔半醒半陷眠，目睭mā貧惰擘開。伊久來已經慣勢強光照佇面mā照常睏。敢若無啥差別，顛倒是夢加較連貫。Tsit段時間以來伊做足tsē夢，lóng是快樂ê夢。夢中伊佇金色鄉國，抑是坐佇予日頭光下ê大片壯觀遺蹟內底，身軀邊有阿母、Julia，佮O'Brien。逐家無咧創啥，kan-na坐佇日頭光下，講一寡無煩無惱ê話題。伊人醒ê時間咧想--ê，mā大部份是hia-ê夢ê內容。伊若像失去智性思考ê能力矣，tsit-má痛苦ê刺激已經消除。伊袂無聊，mā無想欲佮人對話抑是做啥議量。只要孤一个，mài hőng拍，mài hőng盤問，食會飽，規身軀清氣，就完全滿足矣。

　　伊睏ê時間漸漸愈短矣，毋過猶是欠起床ê動力。伊kan-na愜意恬恬倒咧，感受體力咧積聚。伊會用指頭仔佇身軀頂tsia抑hia抑，想欲確認伊ê筋肉有較膨、皮膚有較ân，毋是幻覺。落尾伊總算確認無毋著，伊有影變較胖，大腿mā粗過跤頭趺矣。雖然起頭猶無啥甘願，伊mā開始規律做運動矣。伊逕監房內底行，家己照伐計算距離，過無偌久伊就會當行kah三公里矣。

伊彎曲ê肩胛mā直起來。伊想欲做較複雜ê練習，煞發現有一寡動作伊做袂來，驚著koh兼見笑。伊會行毋過按呢niâ，無才調手攑椅頭仔伸直直，mā無法度孤跤徛在。伊跍落去，大腿佮下腿就疼kah欲害，無隨緊徛起來袂用得。伊坦phak，想欲用雙手共身體thènn起來。免想，一公分都thènn袂起來。Koh過幾工，抑是講幾若頓飯了後，才真無簡單做到矣，koh慢慢仔練kah會當連紲做六下。伊甚至開始為家己ê身體驕傲，說服家己講伊ê面mā咧恢復正常。Kan-na伊拄遮摸著家己無毛ê頭皮ê時，才會想起進前佇鏡內共伊回看ê hit个全痕ê歹去ê面。

伊ê心思mā較有活力矣。伊有時會坐佇枋床頂，尻脊並壁，白枋囥跤頭趺頂懸，謹慎做自我再教育ê工課。

伊投降矣，tsit點無爭論。伊tsit-má看會出來，實情是佇伊決定投降進前足久，伊就準備好欲投降矣。自伊來佇慈愛部——應該是講自伊和Julia無助徛咧，聽千里幕頂hit个鐵硬ê話音命令hit幾分鐘——伊就悟著，伊起意欲和黨ê權威做對頭，是偌爾浮漂、偌爾淺肚腸。伊tann知矣，七年來思想警察共伊監視kah齊透，親像用諏鏡咧觀察一隻金ku。毋捌伊一下振動抑一下出大聲個無注意著，mā無一條思路ê行向個臆無著。伊

1984

囥佇日記封面hit粒白塗粉佮mā細膩囥倒轉去。伊放錄音予伊聽,提相片予伊看。有ê相就是Julia佮伊做伙。著,包括伊咧……。伊無才調koh反黨矣。而且黨是著--ê。百面就是。不朽、集體ê頭腦哪會毋著?有啥物外部ê標準通用來檢驗黨ê判斷?精神健全就是照統計。只要學照伊ê方式想就好矣。是講——!

鉛筆佇指頭仔間煞感覺粗koh歹扭掠。伊落手共liòng入頭殼ê想法寫落來。代先是幾个hân-bān ê大字,用大寫:

TSŪ-IÛ TŌ SĪ LÔO-I̍K

Lím無停,伊佇下跤koh寫:

二加二等於五

毋過到tsia koh予啥物擋一下。伊ê心思親像咧閃爍啥,袂得專注。紲落去是啥,伊知影家己知,只是tsit當陣想袂起來。Tann想著矣,煞是有意識去推理,想講應該是按怎。答案毋是自動走出來。伊寫:

神就是權力

伊lóng接受矣。往過會撨改得。往過mā毋捌撨改過。海洋國咧佮東亞國相戰。海洋國自來lóng咧佮東亞國相戰。Jones、Aaronson佮Rutherford hōng起訴ê罪是真--ê。伊毋捌看過會替個洗冤ê相片。無hit張相片佇咧。是伊想出來--ê。伊會記得有會記得對反ê代誌，毋過hia-ê記憶是假--ê，是自騙ê產物。偌簡單咧！只要投降，其他lóng會順順照行。親像你摺流泅水，koh較按怎出力，mā直直予水流沖轉來，tsit-má決定硞頭順流，mài koh反抗。除起你ê態度，啥物lóng無改變，註好ê代誌就是會發生。伊甚至毋知伊頭起先哪會反抗。一切lóng真簡單，除起——！

　　逐項都有可能是真--ê。所謂ê自然律是五四三。重力定律是五四三。O'Brien捌講「我若是欲，我會當跤離地，敢若一粒sap-bûn波浮咧。」Winston共想通矣。「若是伊SIŪNN-KÓNG伊浮起來，我mā仝時SIŪNN-KÓNG我看著伊浮起來，tsit个代誌就是有發生矣。」若像沉船ê一大塊殘骸hōng撈出水面，一个想法koh雄雄拚入伊ê心頭：「無，he無正經發生。是阮想像--ê，he是幻想。」伊隨koh共tsit个想法壓落去。背謬真明顯。Tsit个想法預設佇個人外口ê啥物所在koh有一个「真」ê世界，hia有「真」ê代誌發生。毋過欲按怎會有hit个世界？若毋是經過咱家己ê心智，咱

1984

哪通有啥物智識？所有ê事件lóng發生佇心內。若是發生佇全部人ê心內，hit个代誌就是正經有發生矣。

共hit个背謬hìnn-sak無困難，伊並無予收服去ê危險。毋過伊了解，hit个念頭應該愛永遠袂出現。危險ê念頭若越出來，心智愛會曉看袂著。Tse愛自動運作，照本能免加想。就是新講所講ê**罪擋**。

伊開始練習罪擋。家己想一寡命題出來——「黨講地球是平--ê」，「黨講冰比水較重」，訓練家己mài想著對反ê論點，mā mài共了解。Tse無簡單，真食推理佮即時創作ê能力。像「二加二等於五」tsit款講法所起致ê算術問題，就毋是伊ê智力會當解決--ê。Tse需要某種頭殼體操，愛會曉liâm-mi上精幼使用路則，liâm-mi koh對上嚴重ê路則錯誤無感覺。愚戇和聰明平要緊，mā平僫得做會到。

佇心內ê一跡，伊不時lóng咧疑想個當時會共伊銃殺。「一切lóng愛看你家己，」O'Brien捌講。毋過伊知影，伊無法度怙有意識ê作為共hit个時間點搝較倚來。凡勢是十分鐘後，凡勢是十冬後。個無定會koh共單獨關幾若年，無定共送去勞改營，抑是像有ê案例共放出去一站仔。到伊hőng銃殺進前，若是講伊ê逮捕佮審問tsit規齣戲uì頭koh重搬一回，mā是tsiâu-tsn̂g有可能。有確定--ê，就是死亡絕對袂佇你料會著ê時陣

來。照傳統，照hit个毋捌明講、你毋捌聽人講過毋過就是知影ê傳統，個lóng是揀犯人行巷路徙監房ê時，無警告uì人後壁對後擴彈落去。

有一日，mā凡勢講「一日」毋著，因為凡勢hit陣是三更半暝，伊趨入一个奇異koh喜樂ê譀想。伊佇巷路咧行，等待銃子。伊知影毋是tsit斗。一切lóng著落矣、順序矣、和解矣。憢疑、爭論、痛苦佮驚惶lóng無矣。伊ê身體健康勇壯。伊輕輕鬆鬆行，享受運動，感覺若行佇日頭光裡。伊tann毋是佇慈愛部狹細ê白色巷路矣，是佇一公里hiah闊ê日光大路，人有親像藥物起致ê過暢。伊佇金色鄉國，順步道行過有兔仔咬跡ê牧草埔。伊感受會著短短溼軟ê草埔佇跤底，溫柔ê日頭光照伊ê面。田野ê邊緣有幾tsâng仔榆樹，茬茬仔搖，koh較遠ê某乜所在就是hit條溪，魚仔佇柳樹下跤ê青翠水窟咧泅。

雄雄伊驚一大趒，汗uì龍骨迸出來。伊聽著家己大聲喝：

「Julia！Julia！Julia！我心愛ê Julia！」

有一tiap-á伊有足強ê錯覺，叫是Julia就佇tsia，敢若毋但佇伊身軀邊，是佇伊內底。好親像Julia已經進入伊皮膚ê組織。Tsit个當陣，伊比個兩人鬥陣有自由ê時koh加足愛伊。伊mā知影，Julia猶koh佇某乜所

1984

在活咧,而且需要伊ê幫助。

　　伊the轉去眠床,想欲共心頭扦定。拄才是咧創啥?一時仔ê軟弱,tsit聲會害伊koh加坐偌濟年ê監?

　　Liâm-mi伊就會聽著外口靴管踏步ê聲。個袂放伊按呢發作煞免受罰。伊已經破壞佮個ê協議,假使個進前毋知,tann mā知矣。伊聽從黨,毋過猶是咧恨黨。往過伊服從ê外表下底藏異端ê心,tsit-má伊koh較退一步:伊ê心智已經投降,毋過伊猶koh想欲保留上深ê感情,毋予受侵犯。伊知影伊犯錯矣,毋過伊甘願犯錯。個的確看會出來,O'Brien看會出來。伊khám-gōng ê hit聲喝共一切lóng招矣。

　　伊tann lóng愛koh重來一遍矣。無定愛舞幾若年。伊伸手巡家己ê面,想欲較熟捌新ê面模。伊ê喙顊有深深ê皺痕,喙顊骨摸著giàng-giàng,鼻仔扁--lueh。另外,自頂改佇鏡看著家己了後,伊已經有鬥一副新ê喙齒。毋知影家己ê面生啥物款,koh想欲予人看袂透,毋是簡單ê代誌。Koh較按怎講,kan-na控制五官是無夠--ê。伊tann頭一擺了解著人若是欲藏一个祕密,就愛藏kah家己都看袂著。你愛始終知影祕密囥佇hia,毋過猶未到必要ê時陣,就絕對mài予伊浮出佇你ê意識頂面,hōng指認會出來。自tsit-má開始,伊毋但愛思想正確、感覺正確,夢mā愛夢了正確。伊

koh著不管時共仇恨鎖佇家己內底,做家己ê一部份,煞koh和其他ê部份無相連,像一粒囊腫。

有一日個會決定共伊銃殺。是何時,tsit-má講袂出來,毋過到發生ê進前幾秒,應該是臆會著。Lóng是uì後壁,佇巷路咧行ê時。十秒應該有夠。到hit時伊內底ê世界會反過來。一目𥍉之間,免講一字,免停一步,面ê線條mā免小振動一下,伊ê偽裝隨拆掉,piáng!伊ê仇恨開炮。仇恨會共伊灌飽,若猛火爆發。倚全tsit時,piáng!銃子彈出來,傷晏矣,無就是傷早。個共伊ê腦pōng碎去,就袂赴koh共控制矣。異端思想會逃過處罰,無悔改,予個永遠掠袂著。個是共個家己ê完美成品彈一空。死ê時恨個,tse是自由。

伊目睭瞌起來。Tse比接受智性ê教示較困難。Tse是欲叫伊自毀尊嚴、自斷跤手。伊著跳入去上垃圾ê垃圾物內底。世間上驚人、上使人倒彈--ê是啥?伊想著大兄哥,因為不時佇海報看著,大兄哥ê面在伊印象內就是有一公尺hiah闊。Hit个有厚烏頂骬鬚、目睭會綴人來去ê巨大人面,敢若自動就會佇伊心內出現。伊對大兄哥ê真實感覺是啥?

巷路傳來沉重ê靴管踏步聲。鋼門khòng一下sak開。O'Brien踏入監房,後壁是蠟像面ê警官佮烏制服ê警衛。

1984

「起床，」O'Brien講。「過來。」

Winston徛起來，面對O'Brien。O'Brien勇壯ê雙手掠伊肩胛，倚近近共相。

「你有啲想欲共我騙--honnh，」O'Brien講。「Mài gōng矣。徛予thîng。看我ê面。」

伊停一下，換較溫和ê氣口：

「你有啲進步。智性tik你無啥錯誤矣。只是感情tik你猶koh佇原所在。共我講，Winston——注意，mài講白賊，你知影你若講白賊我lóng看會出來——共我講，你對大兄哥ê真實感覺是啥？」

「我恨伊。」

「你恨伊。誠好。Tsit-má你thìng好伐上尾一步矣。你著敬愛大兄哥。服從伊猶無夠，你著敬愛伊。」

伊共Winston向警衛hia小力sak一下隨放。

「101室，」伊講。

III-5

　佇Winston關監中ê逐階段,伊知影,抑是敢若知影伊人佇tsit棟無窗建築物內底ê佗一跡。無的確是氣壓有小可仔精差。警衛共伊拍ê hit幾間監房比地面較低。O'Brien共伊訊問ê hit間真懸,倚厝頂。Tsit-má tsia佇地下濟濟公尺,深kah袂當koh較深。

　Tsit个所在比伊踮過ê大部份監房lóng較闊。毋過伊無啥注意看周圍。伊注意著--ê kan-na是正頭前有兩塊細塊桌仔,頂頭lóng包綠色ê檯布。一塊桌仔離伊一兩公尺niâ,另外hit塊較遠,倚門。伊坐直hőng縛佇椅仔頂,縛足絚,絚kah伊規身軀連頭都袂得振動。Koh有一塊墊仔uì後壁共伊ê頭固定咧,伊kan-na會當看正頭前。

　伊單獨佇hia有一時仔。門開矣,O'Brien入來。

　「有一改你捌問我,」O'Brien講,「問講101室內底是啥。我共你講你都知影答案,逐家lóng知影101室內底是啥。101室內底--ê,就是全世間上恐怖ê物件。」

1984

門koh開矣。一个警衛入來,捾一跤鐵線做ê箱仔抑是籃仔,囥佇較遠ê hit塊桌仔頂頭。O'Brien拄好閘著,Winston看袂著he是啥。

「全世間上恐怖ê物件是啥,」O'Brien講,「對每一人來講無仝。可能是活埋、火燒死、駐水死、刀揆死,抑是其他ê 50款死法。有時仔是真幼ê代誌,甚至是袂死--ê。」

伊徙較邊仔,桌頂ê物件Winston看較明矣。He是一跤鐵線做ê長篐形籠仔,頂頭有一个耳仔通捾。正面鬥一个敢若比劍術咧戴ê面殼,nah ê hit面向外。雖然有三四公尺遠,伊uân-á看會著籠仔uì長爿隔做兩間,各間有一隻啥物生物。是鳥鼠。

「以你來講,」O'Brien講,「全世間上恐怖ê物件,拄好就是鳥鼠。」

自Winston一下影著hit跤láng-á,未曾知影愛驚啥,規身軀就予一陣歹吉兆ê顛掣流迵過。Tann tsit陣,láng-á正面hit个面殼型機關ê意義雄雄揆入伊心內。伊ê腸仔敢若溶做湯矣。

「你袂使按呢!」伊ê哀聲tshìng懸koh必開。「你袂使!袂使!無按呢--ê啦。」

「你敢會記得,」O'Brien講,「以前你定定夢著ê驚惶?佇你面頭前有一堵烏暗ê壁,你聽著有啥物咧

342

III-5

吼。壁ê另外hit面有某種恐怖ê物件。你知影家己知影he是啥,毋過你毋敢共拖出來看。就是鳥鼠,佇壁ê倒面。」

「O'Brien!」Winston出力控制聲音講。「你知影毋免按呢。你欲愛我做啥?」

O'Brien無直接回答。伊照例激一个若校長ê範,深思款,目睭看遠遠,敢若咧對Winston尻脊後ê一陣聽眾講話。

「單獨來講,」伊講,「痛苦毋是永遠有效。有ê時陣人會當抵抗痛苦,甚至堅持到死。毋過每一个人lóng有伊袂堪得ê代誌,連考慮都無法度。Tse毋是勇敢抑無膽ê問題。若是你uì懸處跋落來,手去摸索仔,he毋是無膽。若是你uì深水下底起來,緊欶氣共肺灌予飽,mā毋是無膽。He只是一个本能,hiat袂掉--ê。鳥鼠mā全款。對你,鳥鼠是袂得忍受--ê。鳥鼠就是你承受袂起ê壓力形式,毋管你欲抑毋。你會做出你hōng要求ê代誌。」

「毋過he是啥?是啥啊?我若毋知我是欲按怎做?」

O'Brien共láng-á捾起來,提來較近ê hit塊桌仔,細膩囥佇檯布頂。Winston聽會著血佇伊耳仔內底唱歌。伊感覺到極稀微。伊敢若坐佇空無半項ê大平洋中

1984

央，平liu-liu ê沙漠跂佇日頭光內底，所有ê聲音uì無邊遠ê所在傳來。毋過he鳥鼠láng-á就佇頭前無kah兩公尺。鳥鼠足大隻，年歲拄好到喙管生做粗koh惡、毛皮uì陪色轉塗色。

「鳥鼠tsit-hō物，」O'Brien猶原咧對伊hit陣無形無影ê觀眾講演，「是一種giat齒類動物，毋過是食肉--ê。你拍算捌聽過佇咱London一寡較散赤ê區有hit-hō代誌，講婦女毋敢共個ê紅嬰仔孤放囥厝內，五分鐘mā毋敢。鳥鼠穩當會來攻擊，免偌久就tshńg kah賭骨。鳥鼠mā會攻擊破病抑咧欲死ê人。個足巧--ê，啥物人當咧茌身無助都知。」

Láng-á內piak一陣長koh尖ê吱叫出來，敢若uì足遠足遠傳來到Winston耳仔。是兩隻鳥鼠咧相拍，lóng想欲liòng過隔柵去將對方hap--lueh。伊koh聽著一聲死心ê哀呻，煞mā敢若是uì外口佗位來--ê。

O'Brien láng-á捾起來，紲手共內底一个啥抑一下，khiàk一聲。Winston起狂使力liòng，欲uì椅仔走脫。當然無效，伊全身佮頭lóng hőng束kah袂振袂動。O'Brien共láng-á提koh較倚來，離Winston ê面無kah一公尺矣。

「我頭一枝桿仔共扳--lueh矣，」O'Brien講。「Tsit跤láng-á ê構造你看有。Tsit个面殼會安佇你

頭面，bā-bā-bā。我koh另外tsit枝桿仔扳--lueh，láng-á門就會抽起來。Tsit兩隻枵燥ê精牲會敢若銃子彈出來。鳥鼠跳掛飛你捌看過無？個會跳去你ê面，透直tsǹg入去。個有時仔會先攻擊目睭，有時仔共人ê喙頓挖一空，共喙舌哺哺咧吞--lueh。」

Láng-á koh較近矣，愈來愈倚。Winston聽著連紲尖利ê喉叫，敢若是uì伊頭殼頂懸ê空中發出來--ê。毋過伊猶是拚死命抵抗驚惶。緊想，緊想，賰幾分之一秒mā愛想，想是唯一ê希望。鳥鼠歹鼻ê臭賠味咧鑽伊ê鼻空矣。伊反腹愛吐，搖kah足厲害，強欲昏昏死死去。一切總烏暗去。Liâm-mi伊起痟矣，若野獸咧吼。毋過佇烏暗中伊捎著一个想法。有一个辦法通救伊，一个niâ。伊著愛揣著另外一个人類，另外一个人類ê SIN-THÉ，共tshāi佇伊佮鳥鼠之間。

面殼ê箍沿已經大kah將其他一切lóng閘無看見矣。Láng-á ê鐵線門離伊ê面賰幾个手pôo hiah近。鳥鼠知影好空--ê來矣，一隻跳懸跳低，另外hit隻毛有有ê暗溝老公仔徛起來，粉紅色ê手扞佇欄杆，大力鼻空氣。鳥鼠ê鬚佮黃喙齒現現佇Winston眼前。烏暗ê驚惶koh一擺共伊搦牢牢。伊目睭變青盲，頭殼無主意，魂魄總飛飛去。

「佇以早中國ê皇朝，tse是真捷用ê刑罰，」

1984

O'Brien猶原敢若咧講課。

面殼khap著伊ê面矣,鐵線捆著伊ê喙顊。Tng tsit時伊想著——無,毋是活路,只是希望,一phuè-á ê希望。袂赴矣,凡勢袂赴矣。Tsóng--sī伊雄雄悟著,全世界kan-na有一个人,kan-na一个身體,伊會當共tsit个刑罰sak予hit个人,共hit个身體共摸來閘佇伊佮鳥鼠中間。伊癲狂喝,直直喝,直直喝。

「去用Julia!去用Julia!Mài我!揣Julia!恁共按怎我毋管!去剝伊ê面,共食kah見骨。Mài我!揣Julia!Mài我!」

伊倒摔向,摔入去無邊無底ê深處,離開鳥鼠矣。伊猶縛佇椅仔頂,毋過伊摔迵過地板,迵過壁堵,迵過大地,迵過海洋,迵過大氣層,進入外太空,進入恆星佮恆星之間ê空隙,愈來愈遠,遠,遠,遠離鳥鼠。毋知偌濟光年hiah遠矣,毋過O'Brien猶是徛佇伊邊仔。鐵線冷冷ê觸感猶佇伊ê喙顊。毋過佇包圍伊身軀ê烏暗中,伊聽著金屬ê khia̍k一聲,知影是láng-á門關起來矣,無開。

III-6

　栗樹咖啡廳無幾个人。一條日頭光斜斜uì窗仔射入來，降佇厚塗粉ê桌面。Tsit陣是15點，稀微冷清。尖脆ê音樂uì千里幕流出來。

　Winston坐佇伊捷坐ê壁角位，繩伊頭前ê空杯仔。有時仔伊影一下仔對面壁頂hit个大大面，對方mā咧看伊。TUĀ-HIANN-KO TEH KĀ LÍ KHUÀNN，圖說按呢講。服務生免招呼就過來共伊ê杯仔tsín酒斟予滇，koh提另外一个矸仔，uì插佇草窒仔頂ê羽毛管hiù幾滴仔液體落去酒裡。He是有加丁香味ê糖丹，是tsit間店ê見長口味。

　Winston咧聽千里幕放送。Tsit-má kan-na咧放音樂。毋過無定著隨時就會插播和平部ê特別快報。非洲前線ê消息使人心憶kah袂堪得。伊規工一陣一陣咧煩惱tse。歐亞國ê軍隊（海洋國咧和歐亞國相戰，海洋國自來lóng咧和歐亞國相戰）咧向南行進，速度緊kah真驚人。Tsit條下晡快報無講著任何具體ê地區，毋過足成是Congo河口已經成做戰場。Brazzaville佮

1984

Leopoldville有危險矣。你免看地圖就知影tse是啥物意思。Tse毋是中非洲會hőng占去袂ê問題niâ，是自規場戰爭以來，海洋國ê領土頭一斗受著威脅。

一个強烈ê情緒雄雄著起來，隨koh hua去。毋是全驚惶，激動無特別原因。伊停止想戰爭。Tsit站伊規心想任何主題lóng袂得久。伊杯仔提起來，酒一喙共kiat--lueh。佮見擺全款，tse tsín酒害伊交懍恂，甚至欲吐。足歹啉--ê，tsit个物件。丁香佮糖丹本身就使人倒彈矣，koh惹hit个臭油餲袂lueh。Koh較害kah無比止--ê，是he tsín酒ê氣味暝日綴伊牢牢，無例外lóng予伊親像鼻著he——。

He是啥，名伊毋捌講出來，連想mā無。只要是做會到，伊mā毋捌予he ê形影走出來。Hit个物件伊若像有智覺著，koh若像無，浮佇伊面頭前，氣味黏佇伊鼻空。Tsín酒uì腹肚溢起來，伊一个呃uì反紫ê喙脣歕出來。服務生koh無招呼就家己來，tsit擺提一塊棋盤，koh有當日ê《時報》，掀佇棋局問題hit頁。服務生看著Winston杯仔空矣，koh捾酒來斟。無需要注文，個知影伊ê習慣。棋盤隨時咧聽候，伊ê壁角桌mā為伊保留，就準客滿ê時mā是伊一个人ê，無人願意予人看著佮伊坐傷倚。無固定隔偌久，服務生會提一張垃圾垃圾ê紙條仔來，講是數單。伊感覺個lóng共算較俗。就準

个共算較貴其實mā無差。伊tsit-má不止仔有。伊有頭路，是一个閒缺，領比伊進前上班koh較tsē。

千里幕ê音樂停矣，換一个人聲咧講話。Winston攑頭聽。煞毋是前線戰況ê快報。只是冗剩部短短ê宣佈，講佇頂一季，靴管鞋帶ê產量比第十个三年計畫ê目標koh超出98%。

伊斟酌研究棋局，開始排棋子。Tsit个真微妙ê局尾當中有兩个騎士。「著白子行，兩步就君。」Winston koh看壁頂大兄哥ê人像。是按怎逐遍lóng是白子咧君，伊想著足神祕。逐遍，毋捌例外，lóng是按呢安排。自世界誕生就毋捌有一个棋局問題是烏子iânn。Tse敢是咧象徵善永遠一定戰勝惡？Hit个大个面共繩倒轉來，冷靜ê力量充滿。白子逐遍lóng君。

千里幕頂ê話音小停，換一个無仝、ke足嚴肅ê氣口koh講：「注意，各位請待命佇15點30收聽重要宣佈。15點30！Tse是最高重要性ê消息。細膩mài赴無著。15點30！」嘵嘵叫ê音樂koh來矣。

Winton心內攪抐。Tsit擺是前線來ê快報矣，伊ê直覺講是歹消息。伊規工不時去想著海洋國佇非洲搩著總毀ê大崩敗，想著就略仔激動。伊袂輸親目睭看著歐亞國ê大軍tshînn過誇稱攻袂破ê海洋國防線，若規長逝ê狗蟻直直來，規路thuh kah非洲極南ê海角。敢

1984

無法度uì邊仔共俉帕後斗?西非海岸線ê大概外形佇伊頭殼內鮮明出現。伊共白騎士拾起來,佇棋盤頂徙一个位。HIA就是正確ê點。伊看著烏色ê大軍衝落南,仝時mā看著另外一支軍力神祕集合起來,liâm-mi就tshah tuì烏軍後尾,共俉陸佮海ê通路tsóng斬斷。伊感覺憑伊ê意念,tsit支軍力當咧形成。毋過愛緊。無,若歐亞國控制規个非洲,若是俉佇好望角有飛機場佮藏水艦基地,俉就會共海洋國切做兩塊。到時偌害都會:崩敗、解體、世界重劃、英社黨滅亡!伊深深歎一口氣。成分插雜ê奇異心情佇伊心內kún-liòng——精確來講koh毋是插雜,hia-ê心情是一沿舒一沿,講袂出來佗一沿是佇上下底。

激動退去矣。伊共白騎士囥轉原位,毋過伊暫且猶無法度穩心來認真研究棋局。伊koh躊神矣。Lím無意識,伊伸指頭仔佇有塗粉ê桌仔頂據:

2+2=5

「俉無法度入去你ê內勢,」Julia捌講。事實是俉有法度入去你ê內勢。「你佇tsia所經歷是ÍNG-UÁN--ê。」O'Brien講過。講了誠準。有ê代誌,包括你家己所做,會予你永遠袂得恢復。你胸坎內底有物件

hőng刣死矣，燒去矣，焐掉矣。

　　伊有拄著Julia，koh有講著話。Tse袂危險矣。親像是憑直覺，伊知影黨tsit-má無啥愛管伊咧創啥矣。只要伊佮Julia有一个人欲，伊mā會當安排koh見第二擺。事實上個是拄遮遇著--ê。He是3月ê一工，佇公園。天氣足bái足滲，塗跤若鐵，草仔蓋成lóng死絕矣。四界無半粒穎，除起一屑仔番紅花勉強掌起來，mā予風削kah裂胸散甲。伊雙手強欲結冰，目睭澹澹，緊跤步咧行，煞看著Julia離伊無kah十公尺。伊隨發見伊有啥物所在無全矣，koh真僫講會明。個兩人險仔tsuánn相閃身隨人去，毋過Winston越頭，罔綴Julia後跤。伊知影按呢無危險，橫直無人對伊有趣味矣。Julia無講話，行斜斜踏草埔頂頭過，若像欲擺脫Winston，liâm-mi koh若放棄矣，據在伊行佇邊仔。個行到幾tsâng仔灌木中央，樹仔lóng枯憔焦瘦，葉仔落kah離離，無通藏身mā無通閃風。個停跤。真正夭壽寒。風掃過樹枝仔，hi-hū叫，共疏櫳koh襤褸ê番紅花mā搧kah東倒西歪。Winston伸手去攬Julia ê腰。

　　Tsit个所在無千里幕，毋過無定有藏mài-kuh，個mā有可能予人看著。只是無重要矣，lóng無重要矣。假使個若欲，mā會當倒落去塗跤HIT-HŌ-HĒ。竟然koh想kah hia去，伊驚一下筋肉硬tsiānn去。Julia

1984

對伊ê攬抱全無反應,連閃mā無欲閃。伊tsit-má知影Julia是佗位改變矣。伊面色變較黃,有一條長長ê傷跡uì額頭連到鬢邊,部份予頭毛崁咧。毋過真正ê改變毋是tse。是伊ê腰變較粗,mā變較硬,硬kah異樣。Winston想起有一擺火箭彈爆擊了後,伊鬥出力uì廢墟拖一sian死體出來,想袂到he身屍足重,有磧磧koh歹搬徙,無蓋成人體,koh較成石頭。Tsit-má Julia ê身體就是tsit-hō感覺。伊ê皮膚摸起來應該mā佮以前真無仝矣,Winston想。

伊無倚去共唚,個mā lóng無講話。兩人翻頭koh行過草埔ê時,Julia才頭一改正目共看,影一下niâ,全輕視佮棄嫌。Winston憢疑he棄嫌是單純為著過去ê代誌,抑是uân-á有對伊較膨來ê面,佮予風直直擠出來ê目油。個佇兩隻鐵椅仔坐落來,齊肩過無真倚。Julia若像欲開喙,一跤兩光ê鞋仔徙幾公分,刁工去共一枝幼樹枝踏斷。伊ê跤pôo敢若有變較闊,Winston有注意著。

「我反背你矣,」Julia直拄直講。

「我反背你矣,」Winston講。

Julia koh用棄嫌ê目睭共捽一下。

「有當時仔,」Julia講,「個用你無才調對抗ê物件共你嚇,你想都毋敢想ê物件。你tsuánn講,『Mài

共我用,去揣別人,去揣hit-hō hit-hō siáng。』事後你假影he只是講講咧,只是欲叫個停,你毋是正經hit-hō意思。才無影。拄著ê時,你就是hit-hō意思。你感覺無別个法度通救你家己矣,你真甘願用hit个法度自救。你才無咧tshap-siâu hit个人受啥物苦。你kan-na關心你家己。」

「你kan-na關心你家己,」Winston綴應。

「了後,你對hit个人ê感覺就lóng無全矣。」

「是,」伊koh應,「感覺就lóng無全矣。」

敢若無別項通koh講矣。風共個薄薄ê連褲衫挵kah貼踮身軀。即時個感覺koh恬恬坐佇hia有較礙虐,確實mā寒kah坐袂牢矣。Julia講幾句仔關係赴地鐵車幫ê話,就徛起來欲行。

「咱愛koh見面,」Winston講。

「著,」Julia講,「咱愛koh見面。」

Winston那tiû-tû,那綴佇Julia後壁半步行一塊仔。個無koh再講話。Julia毋是正經欲共拌走,毋過跤步有較緊一屑仔,避免予伊通佮伊行平前後。Winston拄決定欲陪Julia行到地鐵站,隨koh感覺佇tsit-hō烏寒天按呢綴路無意義mā袂堪得。伊足想欲來走,主要毋是欲離開Julia,是想欲轉去栗樹咖啡廳,hit个所在毋捌像tsit-má tsiah-nī吸引伊。伊思念伊hit

1984

塊壁角桌仔ê光景：有報紙、棋盤佮啉袂焦ê tsín 酒。上重要--ê是hia應該真燒烙。拄好有一陣人來，伊就據在佢將伊和Julia隔開。伊若欲若毋koh綴，煞koh放慢，轉幹，行tuì反方向。行50公尺了後伊越頭看。街頂無䆀，毋過伊已經認袂出佗一个是Julia ê背影。有十捅个咧趕路ê人lóng有成是伊。凡勢伊變較大箍、較硬tsiānn ê身軀uì後壁已經無像以早hiah好認矣。

「拄著ê時，」Julia有講，「你就是hit-hō意思。」斯當時Winston就是hit-hō意思。伊毋是kan-na講講咧，伊就是希望按呢。伊希望是Julia，毋是伊家己，hőng揀去飼he——

千里幕流出來ê音樂內底有一寡變化。一个破碎、恥笑ê調摻入去，就是術仔調。紲落來——凡勢無，凡勢只是伊ê記憶藉有合ê旋律趨出來——一个人聲開始唱：

伸枝淡葉ê栗樹下跤
我出賣你，你出賣我——

伊目屎bùn出來。一个服務生經過，看著杯仔空矣，koh掐酒矸仔過來。

伊杯仔提起來，鼻鼻咧。Tsit-hō物伊啉kah一喙

比一喙koh較歹味。毋過伊已經泅佇內底矣，tse是伊ê生，伊ê死，伊ê koh活。逐暗tsín酒予伊沬入去毋知人ê狀態。早起伊睏醒，通常過11點矣，目睭皮黏牢牢，喙燥kah袂輸火燒，尻脊敢若斷去，若毋是靠規暝囥眠床邊ê酒矸佮茶甌，伊人peh都peh袂起來。中晝時伊面gōng-gōng，酒矸佇手邊，聽千里幕放送。15點開始伊就成做栗樹咖啡廳ê一台家具，坐kah關店為止。無人會koh管伊咧創啥，無pi-á聲叫伊起床，千里幕mā無koh共唸。一禮拜大約兩擺，伊會去真理部一間厚塊埃、拋荒款ê辦公室做一屑仔工課，聽講是工課。伊踮ê單位是某委員會ê次級委員會ê次級委員會，hit个某委員會mā只是算袂清ê仝性質委員會ê其中一个，咧處理編輯第11版新講詞典所拄著ê屑末ê問題。Tsia-ê單位著製作一个號做「臨時報告」ê文件，毋過到底是咧報告啥貨，伊也毋捌正經了解。差不多是逗點愛囥佇月眉號內底抑是外口tsit款代誌就著。佮伊仝委員會koh有四个人，lóng是處境和伊類似--ê。有ê日子個集合開會，隨koh散會，做伙坦白承認都無啥代誌愛做。毋過有ê日子個koh不止仔拚勢咧做工課，搬kah若真--ê，寫會議記錄、擬脹脹長袂收煞ê清單。會袂收煞，較捷就是個已經諍kah咧諍tsit-má應該愛諍啥，愈牽愈複雜僫理解，為著一寡定義講價講kah一仙五厘、離題走

1984

縒、冤家觸口,甚至威脅欲去共高層投。紲落來就是元氣雄雄出盡,規陣圍桌仔坐咧,用熄火ê目睭我看你你看我,袂輸鬼仔聽著雞報曉慢慢仔消散去。

千里幕恬一時仔。Winston頭koh攑起來。快報!啊,毋是,只是換音樂。伊目睭皮內就有非洲地圖,頂頭有標記軍隊移動ê路線:一枝烏色ê箭頭墜直落南,一枝白色ê箭頭水平向東,tuì頭一枝箭頭ê尾溜切過。親像欲求心安,伊koh攑頭看人像he穩靜ê面容。敢有可能,he第二枝箭頭根本無存在?

伊ê興頭koh退矣,tsín酒koh啉一嗽,白騎士抾起來,試行一步。君。毋過tsit步明顯毋著,因為——

一段記持無呼自來。伊看著一間蠟燭照光ê房間,有一頂崁白色床罩ê大頂眠床,伊家己是一个九歲抑十歲ê查埔囡仔,坐佇塗跤咧搖一个撚寶盒,笑kah足樂暢。阿母坐佇伊對面,mā咧笑。

He應該是阿母失蹤進前一個月左右ê代誌。He是一个和好ê時刻,伊暫時袂記得腹肚內艱苦ê枵飢,較早對阿母ê親愛koh活起來矣。Hit工伊記了誠明,外口大雨規桶倒,水佇窗玻璃頂tshè-tshè流,室內光線䆀kah讀冊都無法。兩个囡仔佇暗koh狹ê睏房內底無聊kah擋袂牢。Winston開始hainn開始鬧,看規間厝袂爽,共物件lóng烏白徙位,踢壁枋踢kah厝邊敲

壁抗議。較細漢--ê吼咧恬咧吼咧恬咧。路尾阿母講，
「較乖咧，我就買一个迌𨑨物予你，你會佮意。」講
了就透雨行去近兜一間猶有咧看時陣開ê雜貨店，轉來
ê時紮一个紙枋盒仔，內底是一組蛇梯棋。伊到tann猶
koh會記得紙枋hit个溼溼ê味。物件足兩光--ê，棋盤有
必巡，細細粒ê柴骰仔刻kah有夠低路，倒都倒無啥會
平。Winston看著無歡喜，mā無趣味。毋過阿母一枝
蠟燭點著，個就坐佇塗跤開始奕矣。才一時仔伊就暢
kah強欲飛上天。棋子liâm-mi順椅梯peh起去，有贏
面矣，煞liâm-mi koh uì蛇身溜落來，溜強欲轉到起
點，伊koh喝koh笑。伊佮阿母奕八局，一人贏四局。
細粒子ê小妹並一條長枕坐咧，猶傷細漢看無個咧奕
啥，只是看人笑mā綴咧笑。個做伙度過一个快樂ê下
晡，親像伊koh較早期ê囡仔時hit款。

伊共tsit个光景趕出頭殼。He是假ê記持。假ê記持
有時會來擾亂。假--ê知影是假--ê，就無啥要緊矣。有
ê代誌捌發生，有ê毋捌。伊轉來到棋盤，白騎士koh拈
起來，煞落tuì棋盤頂，摔一个聲出來。伊掣一下，袂
輸肉予餅針揆入去。

尖利ê小吹聲穿過空氣。快報來矣！勝利！便若小
吹佇新聞頭前出來，就是欲報勝利。規間咖啡廳內底若
像電流捽過。連服務生mā顫一下，耳仔伸直咧聽。

1984

　　小吹聲共燃滾ê喧鬧敨放出來。千里幕頂一个興奮ê人聲咧報消息，才開始講，就予外口ê歡呼淹過去矣。新聞若魔法，伶街路已經箍一輾koh一輾。千里幕報--ê伊無逐字聽足真，拄好通夠了解事態正經lóng照伊所料發生矣。一大支海上艦隊祕密對敵軍ê後陣發動奇襲，白箭頭tuì烏箭頭ê尾溜切過。慶祝勝利ê話句uì噪音當中零零星星浮出來：「大規模策略調動——完美ê配合——澈底擊倒——50萬戰俘——士氣完全喪失——控制非洲全土——到終戰ê距離量會著矣——勝利——人類歷史上最偉大ê勝利——勝利，勝利，勝利！」

　　Winston ê雙跤伶桌仔下跤咧搐。伊伶伊ê坐位無徙振動，毋過伊ê心咧走，走足緊，和外口ê群眾做伙，歡呼kah家己tshàu耳去。伊koh再攑頭看大兄哥ê像。騎伶世界頂懸ê偉丈夫！亞洲大軍衝捒也捒袂倒ê大山岩！伊想著，十分鐘，無毋著，才十分鐘進前，伊心內猶咧僥疑，毋敢面對前線來ê消息到底是勝抑是敗。啊，消亡去--ê毋但是歐亞軍！自伊伶慈愛部ê頭一工到tann，伊ê內勢已經改變真tsē，毋過尾局、不可欠、療治ê改變到tsit陣才發生。

　　千里幕頂ê話聲猶koh咧講戰俘、戰利物、屠殺，故事直直倒出來，毋過外口ê喊喝有小可落恬矣。服務生轉去做個ê工課，其中一个koh掂tsín酒矸來。坐伶

幸福夢中ê Winston無注意伊ê杯仔koh滇矣。伊轉去到慈愛部，一切lóng受著寬赦，伊ê靈魂若雪hiah白。伊佇公審ê被告席，招認所有ê代誌，招出所有ê人。伊行佇貼白thài-luh ê巷路，感覺行佇日頭光下，一个武裝警衛綴佇後壁。向望已久ê銃子進入伊ê頭殼。

伊koh注神看頂頭ê大大面。用kah 40冬，伊才了解著he頂脣鬚下底藏--ê是啥物款ê笑容。啊，殘酷、無必要ê誤解！啊，執訣、家己想袂開逃離慈愛胸懷ê流亡！兩逝濫tsín酒味ê淚uì伊鼻仔兩爿流落來。毋過無代誌矣，一切lóng無代誌矣，捙拚完結矣。伊已經戰勝伊家己。伊敬愛大兄哥。

1984

附錄　新講原理

　　新講往陣是海洋國ê官方語言，是專工為著符合英社（Ingsoc）意識形態，也就是英國社會主義ê需求所創造--ê。1984年ê時，無論是講抑寫，猶無人kan-na用新講來溝通。《時報》ê社論是用新講寫--ê，毋過he是一種高深ê手路，著專家才有才調。Hit陣按算到2050年左右，新講會完全取代舊講（也就是咱所稱ê標準英語）。斯當時新講進展穩在，所有ê黨員日常講話lóng愈來愈捷使用新講ê字詞佮文法。1984年使用ê新講，是以《新講詞典》第九版佮第十版為準，tse只是暫時ê版本，其中猶有真tsē無必要ê字詞佮過時ê文法形式，以後lóng愛廢止。佇tsia咱欲討論--ê，是最後完備ê版本，也就是第11版ê詞典。

　　新講ê目的，毋但是用來表達英社主義信徒應該愛有ê世界觀佮心理習慣，而且欲使其他一切ê思考方式lóng無可能存在。照計畫，等kah全國全面採用新講、無人猶koh會記得舊講ê hit日，只要是思想猶需要字詞，任何偏離英社主義ê異端思想，就lóng會的的

確確變kah袂想像得。新講ê詞彙lóng經過精心建構，欲使每一位黨員只要是欲適當表達任何意思ê時，lóng通表達kah誠精確，誠幼路，袂摻著其他ê意思，連間接去接觸著ê機會mā排除。發明新ê字詞是一个方式，但是koh較主要，是消滅舊--ê，包括無愛挃ê字詞，佮字詞所帶違反正統主義ê意思，盡量是所有ê其他意思lóng刣掉。舉一个例，FREE（自由／無著）tsit字有留落來，毋過kan-na會當用佇「tsit隻狗無著（is free from）虼蚤」抑「tsit塊田無著雜草」tsit種句型，無法度照古早ê意思，用佇「政治自由」抑「智識自由」之類，因為政治佮智識ê自由lóng無存在矣，連概念也無存在，當然無地稱呼。毋但絕對異端ê字詞愛禁掉，詞彙量ê減少本身就是目的，非必要ê字詞就袂當留咧。新講ê設計是欲共思想ê範圍**縮減**，毋是共楦闊。共字詞ê選項減kah上少，對達成tsit个目標間接有幫贊。

新講是建立佇咱tsit-má所知ê英語tsit个語言頂頭，毋過新講ê話句就準lóng無用著新造ê字詞，現時ê英語使用者mā定定真僫理解。新講ê字詞分做三大類：A類詞彙、B類詞彙（koh叫做複合字詞）佮C類詞彙。一類一類分別討論會較簡單，毋過新講文法ê奇巧特點會當佇介紹A類詞彙ê時做伙談，橫直全款ê文法規

則對三類詞彙lóng適用。

A類詞彙：A類詞彙是日常生活需要ê字詞，用佇親像飲食、做穡、穿衫、行樓梯、坐車船、園藝、煮食等等。Tsit類差不多lóng是咱已經有ê字詞，比論HIT（拍）、RUN（走）、DOG（狗）、TREE（樹）、SUGAR（糖）、HOUSE（厝）、FIELD（田）等等。毋過和現時ê英語比起來，A類詞彙數量極少，意思mā加足嚴格限定。一切歧義佮意思ê幼細精差lóng排除掉。每一个A類字詞盡做會到lóng只是一个明確ê短音、表示TSÍT Ê真清楚好明白ê概念。單用A類詞彙來寫文學抑是討論政治抑哲學是無啥可能。A類詞彙只是欲用來表達單純、有目的ê概念，通常是關係具體ê物體抑身體ê動作。

新講ê文法有兩个顯目ê特點。頭一个是無全詞性ê字詞差不多lóng會當互換。新講內底任何一个字詞lóng會當用做動詞、名詞、形容詞抑副詞。原則上連像IF（若是）、WHEN（tng-tong）tsiah-nī抽象ê字詞mā適用。動詞佮名詞若是仝詞根ê時，絕對lóng袂變化，tsit條規則本身就會當消滅真tsē退時ê形式。比論講，THOUGHT（思想）tsit字，新講就無，用THINK（想）tsit字兼做名詞佮動詞就好。Tsia無詞源學ê原則愛遵守，有時陣是保留本來ê名詞，有時

1984

陣是動詞。就準意思鄰近ê一組名詞佮動詞並無詞源學ê關係，mā定定會廢除其中一字。比論講，CUT（切）tsit字就無矣，伊ê意思予KNIFE（刀）tsit个名詞兼動詞包辦就有夠。形容詞是用名詞兼形容詞ê後壁鬥FUL來形成，ah副詞就是鬥WISE。所以，SPEED（速度）變做SPEEDFUL就是緊ê形容詞形式，SPEEDWISE就是緊ê副詞形式。一寡咱現時ê形容詞，像GOOD（好）、STRONG（勇）、BIG（大）、BLACK（烏）、SOFT（軟）有保留，毋過數量足少。Tsit款字詞mā毋是真有需要，因為差不多所有形容詞ê意思lóng用名詞兼動詞後壁接FUL就通表示。現時ê副詞lóng無留，除起足少本底就是WISE做字尾--ê。WISE做尾是無例外ê規則。比論講WELL（好ê副詞形式）就改做GOODWISE。

Koh來tse仝款是全面適用ê規則：所有ê字詞lóng會當佇頭前加UN來變做否定，加PLUS表示較懸程度，若強調koh較懸，就加DOUBLEPLUS。按呢，舉例講，UNCOLD（不寒）表示溫暖。PLUSCOLD（更寒）佮DOUBLEPLUSCOLD（雙更寒）就各別表示「足寒」佮「世界寒」。親像現此時ê英語，新講mā會使佇差不多所有ê字詞頭前加ANTE、POST、UP、DOWN等等介詞，來調整字詞ê意思。用tsit个方法就

附錄　新講原理

會當共足大量ê詞彙刣掉。比論講，有GOOD（好）tsit字，就毋免koh有BAD（歹）矣，橫直後者ê意思用UNGOOD表達mā平妥當——應該講koh較妥當。若是有兩个字詞自然構成意思對反ê一對，tsit時愛做ê代誌，就只是愛決定欲共佗一个廢揀。舉例來講，會當用UNLIGHT（不光）來取代DARK（暗），mā會當用UNDARK（不暗）來取代LIGHT（光），看當局佮意。

　　新講文法ê第二个明顯特點就是規律性。除起真少咱較停仔才來說明ê例外，所有ê構形變化（inflexion）lóng遵守全款ê規則。動詞ê過去式佮過去分詞lóng是佇原形後壁加ED。STEAL（偷）ê過去式就是STEALED，THINK（想）ê過去式是THINKED，新講所有ê動詞lóng照按呢行。像SWAM（泅）、GAVE（送）、BROUGHT（紮）、SPOKE（講）、TAKEN（提）tsia-ê形式lóng廢止矣。所有ê複數lóng用加S抑ES來表達。MAN（查埔人）、OX（閹牛）、LIFE（性命）ê複數各別是MANS、OXES、LIFES。形容詞ê比較級一律lóng恬加ER佮EST來表示，像按呢：GOOD、GOODER、GOODEST。不規則形式和加MORE、MOST ê用法lóng廢掉矣。

365

Kan-na賰介詞、關係詞、指示形容詞佮助動詞會當做非規則變化。除起WHOM被認為無必要，tsuánn廢除去，SHALL佮SHOULD取消時態，隨个予WILL佮WOULD納入，tsit幾類ê字詞lóng猶照古早ê用法。另外有一寡字詞採用非規則變化，是為著通講較緊、較順。一个字若是僫發音抑是較捷會聽重耽，以此就會hőng認定是漚字；有時陣koh會為著較順耳，刁工加插幾个字母入去，抑是保留古早ê構詞。毋過tsit个需求主要是佮B類詞彙有關係ê時較明顯。SĪ-ÁN-TSUÁNN發音簡單有tsiah-nī重要，咱mā佇tsit篇文章較後壁才來解說。

B類詞彙：B類詞彙是為著政治目的專工建構--ê。也就是講，tsia-ê字詞毋但佇任何狀況lóng有政治含意，koh是欲強力引導使用者ê心理態度。若是對英社主義無一个加圇ê理解，欲正確使用tsia-ê字詞就真艱計。其中有ê字詞會當翻譯做舊講，甚至是A類ê字詞，毋過按呢定定就愛換做較長ê話，而且不免有一寡話外意會予走去。B類字詞會使講是口頭ê速記，通常是規組ê概念tsinn入去少少幾个音節，而且比一般ê話較精確、較有力。

B類字詞lóng是複合詞。A詞彙內底當然mā有複合詞，像SPEAKWRITE（講寫機），毋過tsit款--ê

附錄　新講原理

只是利便ê縮寫，無意識形態ê色緻。B類字詞是共兩个以上ê字詞抑字詞部份銲接起來，成做一个較簡單發音ê形式。混合ê成品lóng是名詞兼動詞，並且照一般規則變化。舉一个例，GOODTHINK（好想）tsit字，意思量約是「正統」，或者若是用做動詞，就是「用正統ê方式思考」。各種構形如下：名詞兼動詞原形是GOODTHINK；過去式佮過去分詞是GOODTHINKED；現在分詞是GOODTHINKING；形容詞是GOODTHINKFUL；副詞是GOOD-THINKWISE；動詞ê主體是GOODTHINKER（好想者；思想正統ê人）。

B類字詞ê建構完全無根據詞源學。用來組立ê字詞會使是任何詞性，而且照啥物順序排、uì佗位切斷，lóng無要緊，只要好發音，koh通顯示來歷就好。以CRIMETHINK（罪想；犯罪思想）來講，THINK园後壁，毋過佇THINKPOL（想警；思想警察）tsit字，THINK koh园頭前，而且POLICE ê第二个音節落去矣。因為複合ê B類字詞真僫確保順耳，所以B類內底ê不規則構詞比A類較普遍。比論講，MINITRUE（真部）、MINIPAX（和部）佮MINILUV（愛部）ê形容詞形式，隨个是MINITRUTHFUL、MINIPEACEFUL佮MINILOVELY，tse是因為字尾若

1984

用TRUEFUL、PAXFUL佮LOVEFUL無真好發音。不而過，原則tik所有ê B類字詞lóng會當做構形變化，而且方式完全一致。

有一寡B類字詞有非常精幼ê意義，是對tsit个語言無全面精通ê人無啥可能了解--ê。舉一篇《時報》社論內底典型ê一句，講：OLDTHINKERS UNBELLYFEEL INGSOC（舊想者袂腹感英社）。若用舊講，上省字來表達是按呢：「觀念佇革命以前就形成ê人對英國社會主義無法度有全面下感情ê理解。」毋過tse毋是一个充分ê翻譯。起先，欲掌握頂頭tsit句新講加圖ê意義，著愛對英社是啥有真清楚ê概念。Koh再，唯透底佇英社中養成ê人，才會欣賞體會「腹感」抑「舊想」tsit款詞全部ê力量。腹感關係一款盲目、熱狂接受ê態度，咱今日僫得想像。舊想是和邪惡、失德ê概念絞做伙、剝袂開--ê。毋過包括舊想在內ê一寡新講字詞，其特別ê功能是消滅意義較超過表達意義。Tsit款字詞數量必然無tsē，其意義不斷檀闊，共其他tsē-tsē字詞ê意思lóng納入，到其他hia-ê字詞既然用一个就足額通代表，就聽好摒捒揀、放袂記得矣。新講詞典編者面對ê上大困難毋是發明新字詞，是發明出來了後愛確定tsia-ê字詞ê意思，也就是講，愛確定新ê發明共佗一寡字詞取消。

368

附錄　新講原理

像咱已經佇FREE tsit字ê例所看見，往過有帶異端意義ê字詞，有時陣mā會為著利便保留落來，只是共無愛揈ê意思刣掉。另外有算袂清ê字詞lóng停止存在矣，比論名譽、正義、道德、國際主義、民主、科學佮宗教等等，就是予些少管真闊ê字詞包辦去，mā就按呢廢除矣。舉例來講，所有佮自由以及平等ê概念關係真倚ê字詞，就lóng予罪想包含；ah若佮客觀和理性主義ê概念相倚ê字詞，就lóng由舊想代表。精準度較懸就有危險。黨要求黨員愛有ê世界觀，是像古代ê Hebrew人hit款，毋免知影啥tsē，知影異族lóng咧拜「假神」就好。伊毋免知影hia-ê神號做Baal、Osiris、Moloch、Ashtaroth等等。伊對tsia-ê神知影愈少，對伊家己ê正統性愈好。伊知影耶和華佮耶和華ê戒律，所以伊知影叫做別个名、有別款特性ê神lóng是假神。加減相仝ê道理，黨員知影啥物是正確ê行放，mā大概知影啥物款ê偏差有可能發生，只是tsia-ê偏差kan-na有上茫渺含糊ê描述。比論講黨員ê性生活，就完全是怙兩个新講詞咧規制，一个是「性罪」（SEXCRIME），指性方面ê失德；一个是「好性」（GOODSEX），指禁慾。性罪包括所有性方面ê bái行為，包括非婚性交、通姦、同性戀、各種異常性行為，猶koh有為著性慾ê正常性交。以上毋免一个一个

分別，橫直罪lóng平重，原則tik lóng會使處死刑。若是科學佮技術用途ê C類詞彙，凡勢有必要共特定ê性偏差分開號名，毋過普通國民無需要tsit款字詞，個知影好性是啥物意思，就是查埔人佮伊ê某正常性交，唯一目的是生囝，並且查某完全無肉體ê快樂，tse以外就是性罪。使用新講，知影一个異端概念SĪ異端，就到tsia為止，真罕得有法度對hit个概念koh加了解一絲仔。過tsit个點，需要ê字詞無存在。

B類詞彙內底無一个是意識形態中立--ê。真大部份是好聽話。比論講「爽營」（JOYCAMP）是勞改營，和部（MINIPAX）是戰爭部，字面佮實際對反。另面，有ê字詞就拆白koh輕慢呈現出海洋國社會ê真實本質。一个例是「普魯飼」（PROLEFEED），就是講黨分予基層大眾ê糞埽娛樂佮假新聞。Koh有一寡字詞意思矛盾，若用佇黨就有好ê含意，用佇敵人就有bái ê含意。另外koh有足tsē字詞，一下看會叫是都縮寫niâ，其實其中ê意識形態性質毋是來自詞意，是來自結構。

只要做會到，一切有掛抑有可能掛政治意義ê詞彙lóng收佇B類。任何組織、團體、信條、國家、機關制度抑是公共建築ê名，lóng無例外削做人所熟捌ê款式，就是一个簡單好讀ê字詞，有保留來歷，毋過音節減至上少。比論講佇真理部內底，Winston上班ê記錄

司（Records Department）就縮短叫做RECDEP，小說司（Fiction Department）叫做FICDEP，千里幕節目司（Teleprogrammes Department）叫做TELEDEP，如此等等。按呢做毋是kan-na為著省時間。佇20世紀早期，縮短ê字詞佮詞組就是政治語言ê一个特色。人mā注意著極權國家和極權組織使用tsit類縮寫ê傾向特別明顯。要例有NAZI（國家社會主義）、GESTAPO（祕密國家警察）、COMINTERN（共產國際）、INPRECORR（國際新聞通訊）、AGITPROP（中央宣傳煽動部）。頭起先採用tsit款做法只是符合直覺，毋過到新講就有存意ê目的矣。個發見名稱若是按呢縮寫，共本底ê意義連結大部份切斷去，意思會較狹來，並且小可仔改變。舉共產國際（COMMUNIST INTERNATIONAL）tsit个詞來講，會引人聯想著普世ê人類同胞情、紅旗、街壘、馬克思、巴黎公社等等相透ê圖像。若縮寫做COMINTERN，就只是一个密實結合ê組織，佮一套清楚定義ê教條。Tsit个字詞指及ê事物就袂輸一塊桌仔抑椅仔hiah-nī好認，目的mā hiah-nī有限。COMINTERN tsit字免啥想就講會出來，若講COMMUNIST INTERNATIONAL上無愛拖一tiap。仝款道理，比起完整講真理部，講真部引起ê聯想就較少，mā較好控制。Tse毋但通解說便若會當

縮寫就欲縮寫ê習慣，mā通解說是按怎欲下過度ê工夫去共逐字詞創kah容易發音。

意思精確以外，聽著順耳tsit點超過制定新講ê其他所有考慮。必要ê時，文法ê規律性lóng會為著順耳來犧牲。按呢做有道理，因為佇政治第一之下，字詞愛要求束結，意思袂走精，會當講足緊，仝時佇講者ê心內上袂引起回聲。倚欲全部ê B類字詞lóng足相siāng，連tsit點mā使tsia-ê字詞加koh較有力。比論好想、和部、普魯飼、性罪、爽營、英社、腹感、想警，猶koh有足tsē，差不多全部lóng kan-na有兩个至三个音節，重音uì頭一个到上尾个音節平均分佈。Tsit款構詞會鼓勵人講話講足緊，音短促斷站，調無起落。Tse正正就是目的。用意就是欲使人講話ê時，特別是話有意識形態內容ê時，愈無意識愈好。咱日常生活中講話先想一下，當然是有必要，上無是有時仔有必要。毋過tng-tong一个黨員著愛下政治抑倫理判斷ê時，伊就愛有才調共正確答案自動射出來，親像機關銃tsuānn銃子hit款。伊所受ê訓練共伊攢tsit个本等，新講共伊提供偬得thut-tshê ê家私。Tsit款字詞結構，包含歹聽ê發音，佮符合英社精神ê某種刁工ê bái感，lóng贊力使tsit个過程進一坎發揮。

仝款有幫贊--ê，是通揀用ê字詞真少。佮咱ê語言

附錄　新講原理

比,新講ê詞彙庫加足細个,而且koh直直咧研發消除字詞ê方法。無成多數其他語言ê字詞咧增加,新講ê字詞是逐年lóng咧減少。逐遍減少lóng是成就,因為會得選擇ê範圍愈狹,對思想ê引誘愈弱。盡極ê向望是毋免用kah高等腦中樞,咕嚨喉就真gâu講。Uì「鴨講」(DUCKSPEAK)tsit个詞,就看會出當局坦白承認tsit个目標。鴨講ê意思是「若鴨仔咧叫」,毋過tsit个詞和真tsē B類字詞全款,含意有矛盾。若是像鴨仔聲叫出來ê意見是符合正統--ê,用鴨講共形容就是咧呵咾,無別項。若是《時報》稱一位黨ê演說者是「雙更好ê鴨講者」,tse就是熱情koh寶貴ê褒嗦。

C類詞彙:Tsit類是對另外兩類ê補充,並且全部lóng是科學佮技術ê用語。Tsia-ê字詞佮現時使用中ê科學用語真仝,mā是用仝款ê字根建構--ê。毋過新講當局照常真對重共字詞嚴格定義,以及共無愛挃ê意思剝掉。C類詞彙ê文法規則佮另外兩類一致。日常抑是政治言談用會著ê C類字詞足少。各專業領域lóng有特別編製ê詞單,hit途ê科學工作者抑技術者需要用著ê字詞lóng佇個hit份詞單內底,毋過別份詞單頂頭ê字詞個就捌無幾个。逐份詞單共同有收ê字詞真少,mā無一个字詞是超出特定領域、將科學看做一个心智習慣抑是思考方式來表達。窮實,都無「科學」tsit个詞,一切

tsit个詞有可能承載ê意思，lóng予英社tsit个詞充分包含矣。

Uì頭前ê說明看會出來，欲用新講來表達非正統ê意見，小超過真低ê程度就lím無可能。當然mā是有可能用足粗略、類似謗瀆ê方式講出異議，比論講「大兄哥不好」。毋過tsit句表述揣無任何經過推理ê論點共支持，因為需要用著ê字詞lóng無，結局在正統ê耳空聽起來mā只是自證荒謬ê gōng話。對英社不利ê觀念lóng kan-na會當以含糊無字ê形式囥佇頭殼內，mā kan-na會當用意思足闊無精確ê用語來稱呼，仝時所有ê異端邪說lóng只是濫做一伙來譴責，無隨个共定義。事實上，一个人若欲共新講用佇異端目的，kan-na做會到共一寡字非法翻譯倒轉去舊講。舉一个例，用新講是有可能講出「人人lóng平仝（ALL MANS ARE EQUAL）」tsit句，毋過he意義kan-na是可比用舊講講「人人lóng是紅頭毛--ê」。規句無文法錯誤，毋過內容明顯毋是事實，敢若講所有ê人lóng平賬、平重，抑氣力平大。政治平等ê概念無存在矣，本底EQUAL tsit字內底ê「平等」tsit層意義mā就hōng刪除矣。佇1984年，舊講猶是普遍ê溝通媒介，人咧使用新講字詞ê時凡勢會想起字詞原本ê意義，理論tik tsit款危險猶佇咧。實務上，有受良好ê雙想訓練ê人欲避免tse並無

附錄　新講原理

困難。毋過只要koh一兩代，連發生tsit款小撞突ê可能性mā會消失去。以新講做唯一語言大漢ê人袂koh知影EQUAL tsit字往過捌有「政治平等」tse第二層意思，mā袂知影FREE tsit字捌有「智識自由」ê意思，就親像毋捌聽過西洋象棋ê人就毋知影QUEEN（王后）佮ROOK（一種烏鴉；用佇棋子是城堡）ê第二層意思。到時就有真tsē罪行佮過錯是tsia-ê人連犯都無才調犯，因為都lóng無名通叫，mā無地想像。咱mā會當預料，時間過久，新講ê特徵會愈來愈明顯：字詞愈來愈少，意思愈來愈嚴格，所以共用了無適當ê機會mā愈來愈薄。

　　到舊講澈底被取代hit日，現在和往過ê上尾一个關連就切斷去矣。歷史已經重寫過，毋過以早文獻ê零星phuè-á猶未審查十全，tsia賰一寡hia賰一寡，若是有人猶保留舊講ê智識，就有可能讀著。到將來，就準hia-ê phuè-á koh好運活落來，mā會變做袂得理解、無地翻譯。欲共任何一段舊講翻譯做新講，除非he內容是某種技術程序、是真簡單ê日常生活，抑是本底就足傾向正統（用新講叫做好想），若無就無可能做會到。現實中tse表示無一本佇1960年左右進前寫ê冊會當規本翻譯。革命前ê文獻kan-na會當做「意識形態翻譯」，也就是改換語言mā改換意義。咱舉出名ê美國

1984

《獨立宣言》當中ê一段：

阮認為以下ê真理是自明--ê：人人出世就平等，造物主贈予個若干袂使讓與ê權利，其中包括生存權、自由權和追求幸福權。為著保障tsia-ê權利，眾人才佇個當中建立政府，其權力來自被統治者ê同意。任何形式ê政府一旦會對tsia-ê目標造成毀壞，人民就有權利來共改變抑是廢挒，並且建立新ê政府⋯⋯

欲共tsit段翻譯做新講koh堅守原文ê意思，無啥可能。上近倚ê翻譯拍算是共規段生吞koh吐出一个詞：罪想。全文翻譯kan-na會當是意識形態翻譯，Jefferson ê文章變做對絕對政府ê讚詞。

有真tsē往過ê文學確實已經照按呢改造矣。當局考慮著一寡歷史人物ê名聲猶有路用，願意世間保持對個ê記持，毋過全時愛共個ê成就撨做符合英社哲學。有tsē-tsē作家，比論Shakespeare、Milton、Swift、Byron、Dickens等等，個ê作品tng-teh進行新講版ê翻譯：等kah tsit个任務完成，個ê原作佮其他所有往過文學當中猶koh留咧--ê，就lóng會銷毀。Tsia-ê翻譯是費時koh硬篤ê穡頭，黨按算上緊愛到2010抑2020年才會完成。另外koh有大量ê純實用文獻，像必要ê技術

手冊之類--ê，mā愛照仝款方式來處理。新講ê最後定案採用會定佇2050年tsiah-nī晏，主要就是為著欲予翻譯tsit項準備工課有時間通完成。

1984

譯者ê話

現代世界上出名ê預言年期已經過40冬有賰,tsit个預言煞猶毋捌過期。無奇怪,因為是毋是1984年並無重要,就親像冊內主角Winston連伊開始寫日記ê時是毋是1984年都無確定。只要世界猶有欲絕對掌權、共眾人uì行為到思想lóng控制牢牢ê勢力,George Orwell描寫ê恐怖kah荒謬就離世人lóng無遠。

《1984》原冊出版佇1949年,拄好是台灣ê命運之年。到tann台灣猶koh面對hőng併入「大兄哥ê國」ê近迫威脅。台灣人愛uì tsit本捷hőng評做ê「20世紀上偉大小說」讀著啟示,拍算koh較超過任何tsit本冊會當公開發行ê國家ê人民。

台灣人有家己ê語言,毋是kan-na值得用中文。台語愛正常化。Tsit本重要名著出台文版,是應當ê代誌。佇現時在地ê語言環境,tsit个翻譯工程無可能是為著一般譯冊ê目的——共外國冊用咱國人熟捌ê語文介紹予人看有。Tsit本台文版有發展語言ê目的,所以規本ê用詞排句lóng有對重相關ê價值。若無tsit个目的,

1984

tsit本冊袂出現。

就準你毋捌正經讀過《1984》ê任何語版，凡勢mā有聽過「Big brother is watching you」tsit句標語，有印象tse是咧講監視ê厲害。「監視」mā予眾人認做tsit本冊ê代表主題（所以tsē-tsē版本ê封面lóng是一粒目睭，抑一塊螢幕，抑一塊螢幕內底有一粒目睭）。毋過並毋是有咧監視就是大兄哥。有極坎ê權力才是。

極坎權力搦牢ê人佮組織咧想啥？冊裡hit位精光ê黨幹部講kah透機：「權力毋是手段，權力就是目的。」「想像一跤靴管踏佇一个人ê面頂頭──永遠踏咧。」

佇咱tsia都有袂少人咧gōng信專制比民主較好、較「有效率」。煞毋知個崇拜ê統治者想--ê佮個無仝款。向望較tsē人讀著tsit本冊會較深入思考。

1984 台文版

作　　者：George Orwell
譯　　者：周盈成
策畫執行：語力文化出版有限公司
初稿校對：王桂蘭、邱藍萍
封面設計：楊啟巽
排　　版：旭豐數位排版有限公司

發 行 人：鄭超睿
出版發行：主流出版有限公司 Lordway Publishing Co., Ltd.
出 版 部：台北市松山區南京東路五段 389 巷 5 弄 5 號 1 樓
電　　話：(02) 2766-5440
傳　　眞：(02) 2761-3113
電子信箱：lord.way@msa.hinet.net
郵撥帳號：50027271
網　　址：www.lordway.com.tw

經　　銷：紅螞蟻圖書有限公司
地　　址：台北市內湖區舊宗路二段 121 巷 19 號
電　　話：(02) 2795-3656
傳　　眞：(02) 2795-4100

2025 年 04 月　初版 1 刷
書號：L2503
ISBN：978-626-98678-8-2（平裝）
Printed in Taiwan 著作權所有 翻印必究

國家圖書館出版品預行編目資料

1984 / George Orwell 作 ; 周盈成譯. -- 初版. --
臺北市 : 主流出版有限公司, 2025.04
　面；　公分
台文版
譯自 : 1984 (Nineteen eighty-four)
ISBN 978-626-98678-8-2（平裝）

873.57　　　　　　　　　　　　114003003